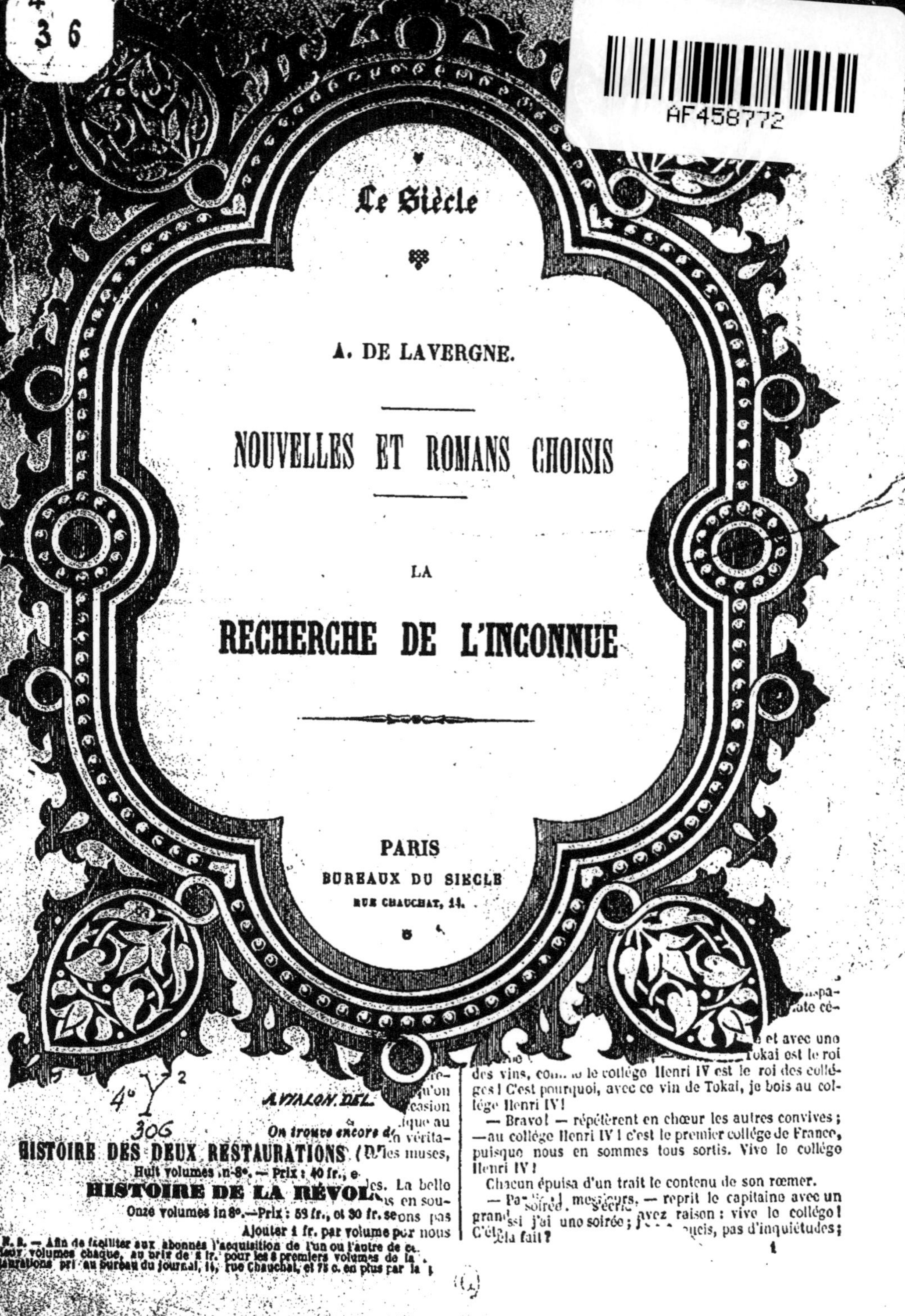

Le Siècle

A. DE LAVERGNE.

NOUVELLES ET ROMANS CHOISIS

LA

RECHERCHE DE L'INCONNUE

PARIS
BUREAUX DU SIÈCLE
RUE CHAUCHAT, 14.

A. VIALON. DEL.

des vins, com... le collége Henri IV est le roi des colléges! C'est pourquoi, avec ce vin de Tokai, je bois au collége Henri IV!

— Bravo! — répétèrent en chœur les autres convives; —au collége Henri IV! c'est le premier collége de France, puisque nous en sommes tous sortis. Vive le collége Henri IV!

Chacun épuisa d'un trait le contenu de son rœmer.

Publication du journal **LE SIÈCLE.**

NOUVELLES ET ROMANS CHOISIS

DE M. ALEXANDRE DE LAVERGNE.

LA RECHERCHE DE L'INCONNUE

CHEZ VÉRY.

C'était au Palais-Royal, chez l'immortel Véry, il n'y a pas encore longtemps de cela. Dans l'un des salons particuliers de ce philanthropique établissement, à l'entresol, à gauche, se trouvaient réunis six jeunes gens, tous anciens élèves du collége Henri IV; chacun d'eux pouvait avoir de vingt-sept à vingt-neuf ans. Chacun d'eux était par conséquent parvenu à cette époque de la vie où, le choix d'un état se trouvant d'ordinaire arrêté, on commence à voir se dessiner devant soi la carrière que l'on doit parcourir, carrière sur laquelle l'espérance secoue son flambeau tout étincelant de charmantes illusions.

C'était donc chez Véry, et il s'agissait d'un déjeuner à frais communs, d'un déjeuner de garçons, pique-nique annuel destiné à resserrer des liens d'ancienne confraternité, à raviver de doux souvenirs d'enfance, et d'autant plus gai, d'autant plus charmant d'ordinaire que le nombre des convives est plus restreint.

Quelques mots maintenant sur nos six jeunes gens.

Le premier était médecin, ou pour mieux dire il avait passé sa thèse; le second était capitaine d'artillerie; le troisième, employé au ministère de la guerre; un autre était cinquième d'agent de change; un autre, maître clerc de notaire; le dernier enfin était comme le sont plus ou moins à présent la plupart des écrivains qui ont entrepris la difficile mission de distraire ce sultan blasé qu'on appelle le public, il était tour à tour et suivant l'occasion romancier, feuilletoniste, auteur dramatique, critique au besoin, poëte même, tout ce qu'il vous plaira, un véritable maître Jacques littéraire, courtisant toutes les muses, couronné par toutes les gloires.

Il se nommait Arthur, Arthur d'Escorailles. La belle duchesse de Fontanges s'appelait ainsi, s'il vous en souvient, avant d'être... duchesse. Nous n'ajouterons pas qu'Arthur avait l'honneur d'être de sa famille, car nous n'en savons rien, bien qu'il eût la faiblesse de le laisser croire, attendu qu'il était blond et beau comme elle, et que comme elle il avait vu le jour au milieu des poétiques montagnes de la haute Auvergne, ce pays que nous ne connaissons guère, nous autres Parisiens, que par les chaudronniers et les porteurs d'eau qu'il nous envoie. Maintenant, vous avez deviné qu'Arthur d'Escorailles doit jouer un grand rôle dans cette histoire; cela posé, nous entrons incontinent en matière.

Après qu'on eut évoqué gaiement tous les souvenirs chers aux anciens élèves du collége Henri IV, depuis les allocutions hebdomadaires du gigantesque et respectable proviseur, M. A..., escorté de son infatigable et pacifique assesseur, le digne censeur des études, M. D..., jusques et y compris les tours joués à tant de maîtres de quartier et de vénérables professeurs même; après que le bureaucrate, qui était le loustic de la réunion, eut contrefait, avec un talent d'imitation digne d'un plus grand théâtre, maîtres, portiers, élèves, infirmiers, etc., il se fit tout à coup un silence, et le capitaine d'artillerie, grand gaillard à larges épaules, avec d'épais sourcils et une moustache noire comme l'aile d'un corbeau, se leva brusquement de son siége, puis, élevant au-dessus de sa tête un *rœmer* dont le cristal d'un bleu verdâtre comme les flots de la mer laissait apercevoir, à travers sa transparente cloison, la généreuse liqueur qu'un diplomate célèbre nous vend à si haut prix,

— Messieurs, — s'écria-t-il d'un air inspiré et avec une superbe voix de basse-taille, — le vin de Tokai est le roi des vins, comme le collége Henri IV est le roi des colléges! C'est pourquoi, avec ce vin de Tokai, je bois au collége Henri IV!

— Bravo! — répétèrent en chœur les autres convives; — au collége Henri IV! c'est le premier collége de France, puisque nous en sommes tous sortis. Vive le collége Henri IV!

Chacun épuisa d'un trait le contenu de son rœmer.

— Pa[illegible]! messieurs, — reprit le capitaine avec un grand [illegible] avez raison : vive le collége! C'éta[illegible]ucis, pas d'inquiétudes;

ce n'est que là, jusqu'à ce jour, que j'ai rencontré l'égalité, et si, comme moi, vous étiez condamnés à vivre sous le joug stupide de la discipline militaire, à exécuter ponctuellement les moindres volontés d'un sot parce qu'il est votre supérieur hiérarchique, à être tous les jours témoin impassible de quelque nouveau passe-droit, vous regretteriez amèrement le temps où vous étiez écoliers.

— Et qui te dit que je ne le regrette pas aussi, moi ? — s'écria vivement l'agent de change.

— Et moi donc ? — reprit le médecin.

— Et moi ? — répétèrent à l'envi tous les autres convives.

— Il paraît qu'il y a de l'écho ici, — reprit le bureaucrate, qui empruntant aussitôt l'accent et les manières d'un de nos plus célèbres acteurs, ajouta d'un ton emphatique : — Vous vous plaignez, messeigneurs ; mais moi, moi, que dirai-je donc ? moi pauvre plante privée d'air, de lumière et de soleil pendant les douces heures de la journée ; moi qui m'étiole à l'ombre malsaine d'un bureau, et quel bureau ! moi obligé de ramper, oui, mes maîtres, de ramper sous le chef de cet odieux bureau ! Et l'on dit que nous avons fait une révolution de juillet ! Cela est faux, messieurs, matériellement faux, entendez-vous ! Juillet est un mythe comme les billets de mille francs. Qui connaît cela, je vous prie, un billet de mille francs ? Je n'en ai jamais vu, pour ma part.

— Auriez-vous rencontré sur votre chemin un malade ? — interrompit le docteur. — Pour moi, je crois au médecin, je suis forcé d'y croire, mais je ne crois plus aux malades. Montrez-moi un malade, s'il vous plaît. Il faudra bientôt les payer, les malades !

— Eh ! messieurs, — s'écria le financier, — qu'est-ce que tout cela en comparaison de ma position ? Obligé de vivre à Paris avec trente ou quarante mille francs que me rapporte mon cinquième de charge ! Est-ce possible ? je vous le demande, un homme comme moi ! Ah ! si j'étais à votre place !... Mais il faut savoir se respecter, ménager certaines convenances. Je ne puis aller à pied, moi, que diable ! je ne puis pas porter des habits râpés et des bottes crottées.

— Pas de fêtes ni dimanches pour moi, — reprit le maître clerc ; — le patron est si exigeant !

Seul, au milieu de cette avalanche de plaintes, Arthur d'Escorailles ne disait rien, soit qu'il n'eût rien à dire en effet, soit plutôt qu'il obéît à ce sentiment de réserve qui abandonne rarement l'écrivain, voué par état comme par nature même au rôle d'observateur. Car, en vertu du merveilleux système de compensations qui régit le monde, cette faculté d'expansion intellectuelle qui s'exerce la plume à la main est presque toujours exclusive de celle qui se traduit par le flux incessant de la parole, et je ne sache pas qu'on ait jamais pu dire d'un grand écrivain que c'était un bavard. Il est vrai qu'on répondrait aisément à cet argument qu'il y a plusieurs manières de bavarder.

Donc Arthur se taisait, et, comme un des convives en faisait l'observation,

— Je lui conseille de se plaindre ! — s'écria le capitaine.

— Pourquoi pas ? — repartit Arthur en souriant.

— Ah çà ! c'est une plaisanterie, n'est-ce pas ? Fais-moi le plaisir de me dire ce qui te manque. Tu as pour toi tout ce qu'il faut pour embellir la vie, santé, figure, gloire, car le public a adopté tes ouvrages, et tu es déjà une célébrité. Ajoute à cela la fortune et l'indépendance qui en résulte pour toi.

— Une clientèle assurée dans les journaux et dans les cabinets de lecture, — continua le médecin, — et quelle clientèle ! toute la France !

— Tes entrées dans toutes les coulisses, — poursuivit l'agent de change.

— Pas de charge à payer —

— Le droit de travai[illegible] cria

vivement le bureaucrate ; — et pas de chef de bureau ! Heureux mortel, va !

A toutes ces apostrophes, Arthur s'était contenté de hocher la tête en souriant toujours, mais ce sourire n'était pas exempt de mélancolie. A la fin, il posa ses deux coudes sur la table, et, appuyant son menton sur ses mains, en même temps qu'il attachait tour à tour son regard sur chacun de ses interlocuteurs :

— Messieurs, — dit-il avec un grand sang-froid, — comme toutes les professions de ce bas monde, celle que j'ai embrassée a ses avantages, je n'en disconviens pas ; mais toute médaille a son revers, et celle-là peut-être plus que toutes les autres. Dans votre carrière, à vous autres officier, bureaucrate, financier, médecin, notaire, une fois que vous avez franchi le seuil, vous n'avez qu'à marcher droit devant vous, laissant faire au temps, au hasard, aux protections, et peut-être un peu, mais bien peu, à votre mérite. Ainsi, au bout de dix ans, sans peine, sans efforts, et ces quatre causes aidant, ou au moins l'une d'elles, vous avez une position dans le monde, et vous vivez, et votre avenir est assuré, avenir plus ou moins large, plus ou moins riant. Savez-vous ce qui nous arrive à nous au bout de dix ans de luttes, de travaux et de veilles ? nous sommes morts ! — A ce dernier mot tous les auditeurs se récrièrent avec un vif sentiment de surprise, mais Arthur reprit avec force : — Oui, au bout de dix ans, je le répète, nous sommes morts. Et comment pourrait-il en être autrement à une époque où, pour faire de la littérature, pour en faire avec succès du moins, il faut écrire sous l'impression brûlante de la fièvre ? Quelle est l'organisation, si puissante que vous la supposiez, qui pourrait résister à cette action incessante de la pensée sur la matière, du feu sur le cerveau ? Quelle est l'imagination si féconde qui, après dix ans de travail et d'enfantemens de toute sorte, ne soit pas à bout d'inventions ? Vous me citeriez peut-être quelques exceptions plus ou moins glorieuses ; mais l'exception confirme la règle, et moi, à côté de ces exceptions, je vous montrerai, si vous le voulez, la plupart de nos grands écrivains, ceux-là qui, dix ans déjà passés, éclairaient d'une si vive lueur l'horizon littéraire de notre France ; je vous les montrerai pâles, languissans, épuisés, se survivant à eux-mêmes, mais comme Charles-Quint, pour assister à leurs funérailles. Eh bien ! me direz-vous, comme Charles-Quint, du moins, pendant ces dix années ils ont été rois, ils ont été empereurs, ils ont régné sur le monde des intelligences, ils se sont enivrés de l'encens que brûlaient devant eux des milliers de thuriféraires. Eh ! messieurs, savez-vous combien une seule critique, de si bas qu'elle parte, quelque injuste qu'elle puisse être, empoisonne d'éloges ? Savez-vous combien d'applaudissemens sont étouffés par un seul coup de sifflet ?

Bien que ces paroles prononcées avec chaleur eussent produit quelque impression sur l'assistance, il paraît que la conviction n'était pas entrée dans tous les esprits, car le capitaine répondit aussitôt :

— Tout cela est bel et bon, mais lorsque pendant trente ans au moins, et souvent quarante, nous autres pauvres diables nous avons travaillé bien obscurément dans la vigne de l'Etat, le plus parcimonieux des maîtres passés, présens et à venir, on nous accorde comme une grâce une retraite qui nous permet tout juste de ne pas mourir de faim, tandis que, après avoir brillé pendant dix années seulement sur la scène du monde, l'écrivain se couche comme le soleil, plein de gloire et de majesté, dans les flots d'or de quelque Pactole qu'il convertit un beau matin en hôtel, en château et en métairie. Ma foi ! tout cela n'est pas trop payé par un peu de bave des critiques et quelques coups de sifflet des envieux. Qu'en dites-vous, messieurs ?

En entendant ces derniers mots, un sourire amer vint effleurer les lèvres d'Arthur d'Escorailles.

— Que parlez-vous, — dit-il, — de Pactole, d'hôtels et de châteaux ? Croyez bien, messieurs, que pour nous tout cela n'existe que dans nos romans. A force d'industrialisme littéraire, quelques-uns, je le sais, arrivent à l'aisance, à la fortune presque jamais, et cette aisance, éphémère comme le labeur dont elle est le prix, s'éteint du jour où notre imagination a perdu sa puissance et sa fécondité. Alors, savez-vous quelle est notre perspective, à tous tant que nous sommes, aujourd'hui que le gouvernement, répudiant la littérature, la plus incontestable des gloires de la France, réserve ses faveurs pour tous les tailleurs de pierre, les badigeonneurs et les croque-notes de tous étages? c'est l'hôpital. Oui, messieurs, l'hôpital peut-être, sauf pour quelques privilégiés auxquels on fera l'aumône d'un emploi de commis dans un bureau. — Un sourire d'incrédulité accueillit cette nouvelle boutade d'Arthur, qui reprit aussitôt : — Eh! bon Dieu! messieurs, croyez bien que je n'accuse ici personne, pas même le gouvernement, qui ne fait à tout prendre pour la littérature et ses représentans ni mieux ni pis que la société tout entière. Je me borne à constater des faits, des faits fâcheux, mais que nul ne saurait contredire. Cependant nous sommes recherchés dans les salons les plus aristocratiques, j'en conviens, mais le mot de madame du Deffand est resté juste. Nous sommes toujours des bêtes curieuses, on nous regarde, on nous fait causer, puis, quand nous avons dépensé tout ce que nous pouvons avoir de verve et d'esprit, on dit en bâillant à sa voisine : « Venez donc avec moi tout à l'heure au concert » de Listz, ce sera magnifique. Tout Paris doit y être. On » assure que sa dernière soirée lui a rapporté vingt mille » francs. » Il est vrai d'ajouter que, quelquefois, on envoie le lendemain son chasseur au cabinet de lecture voisin pour louer notre dernier livre, à raison de vingt centimes le volume. Cela s'appelle pour ces dames encourager la littérature, de compte à demi avec les cuisinières. Pour nous, cela s'appelle la gloire!

Sans chercher à démêler ce qu'il pouvait y avoir de plus ou moins fondé dans ce discours, digne d'Héraclite, le fait est qu'il avait atteint au moins en partie le but que tout orateur doit se proposer, celui d'impressionner et de convaincre ses auditeurs, et que ceux-ci, tout à l'heure livrés à une gaîté folle, se laissaient aller pour le moment à des préoccupations presque sérieuses. Tout à coup le jeune bureaucrate, qui, comme on a pu le voir déjà, était fort ennemi de la mélancolie, saisit une canne qu'il trouva par hasard à sa portée, et, en frappant le parquet à plusieurs reprises,

— Bravo! bravo! — s'écria-t-il; — toutes ces tirades sont d'un effet sûr, et Bocage les dira à merveille. Il me semble l'entendre déjà. Vive Bocage et vive d'Escorailles! Je retiens une stalle d'ami pour la première représentation.

Cette facétie dérida tous les fronts, et chacun se mit à rire, à commencer par d'Escorailles lui-même.

— Tout cela n'empêche pas, — dit le capitaine avec un gros juron par forme de résumé, — que notre camarade d'Escorailles ne soit le plus heureux d'entre nous tous, et je donnerais beaucoup, moi, pour être à sa place.

— Et moi aussi, — répétèrent quatre voix à l'unisson.

— Et nous pas bêtes! — ajouta Bidault (c'est le nom du bureaucrate). — Allons, messieurs, il y a jugement. Garçon, garçon, le dessert!

Puis, avec une voix et une érudition d'opéra-comique, il entonna le refrain suivant :

Il faut rire, il faut boire
A l'hospitalité,
A l'amour, à la gloire,
Ainsi qu'à la beauté.

Tous les convives répétèrent en chœur ce refrain. On venait de servir le dessert, et le repas commencé en plein midi s'achevait joyeusement à la lueur des bougies.

Déjà le jeune docteur avait porté à la fois la santé de Zélie, d'Arsène et de Julie, trois reines des fêtes du Ranelagh, trois de nos plus célèbres lorettes, et l'agent de change lui avait répondu par un toste général au corps de ballet de l'Académie royale de musique. Aussi bien, quel est le déjeuner de garçon où, après avoir dignement fêté Cérès et Bacchus (vieux style), on ne finisse pas, à un moment donné, par invoquer le nom de la plus charmante divinité des temps antiques?

Et, au fait, cela ne vaut-il pas mieux que toutes nos plates et interminables discussions prétendues politiques, qui divisent aujourd'hui nos salons en deux camps, absolument comme un établissement de bains, l'un tout rose, tout frais, tout vermeil, mais muet en dépit de tant de jolies bouches dont le sourire serait si doux, mais aveugle avec les plus beaux yeux du monde, mais sourd avec des oreilles si bien faites pour recueillir de tendres ou de joyeux propos; l'autre, au contraire, tout yeux, tout oreilles et tout bruit, mais complètement noir au physique et au moral, et psalmodiant sur les tons de la gamme je ne sais quel phébus parlementaire qui n'a de nom dans aucune langue humaine et qu'on n'a pu baptiser en français qu'à l'aide d'un barbarisme, en l'appelant *premier-Paris*.

Malheureusement, une fois lancé dans la carrière des confessions amoureuses, il est bien difficile de s'arrêter, alors surtout que le champagne, le tokai et le vin du Rhin, comme autant d'invisibles cavaliers, éperonnent la langue. L'agent de change, le premier, se mit à détailler les perfections sans nombre de la petite J..., de l'Académie royale de musique, et à raconter comment il était devenu seigneur suzerain de tant de grâces et d'attraits. Jusque-là, il n'y avait pas grand mal : mademoiselle J... rentre à plus d'un titre dans le domaine de la publicité; mais la contagion de l'exemple gagnant de proche en proche, chaque convive se crut dans l'obligation de divulguer à son tour ses prouesses, et des noms plus ou moins respectables furent prononcés et accompagnés de révélations assez peu catholiques. Le bureaucrate alla même jusqu'à se vanter d'avoir trouvé un moyen merveilleux de se venger des réprimandes continuelles de son chef de bureau en adressant ses hommages à la jeune femme de ce respectable fonctionnaire.

On en était sur ce chapitre lorsque le capitaine, qui, bien qu'il semblât fort occupé à remplir et à vider son verre, ne perdait rien de tout ce qui se passait autour de lui, s'écria d'une voix de tonnerre :

— Messieurs, je vous dénonce deux traîtres.

— Qui donc?

— Eh! parbleu! d'Escorailles et Durandin.

Ce dernier nom était celui du maître clerc, le plus honnête garçon que la terre ait jamais porté, mais en même temps, il faut le dire, le plus simple et le plus naïf que le notariat ait pu compter dans ses rangs à une époque où les officiers ministériels de toute classe, et surtout de celle-là, en remontreraient à Machiavel lui-même.

— Qu'as-tu donc à nous reprocher? — repartit gaîment Arthur.

— Ce que j'ai à vous reprocher? — reprit l'officier, — il ose le demander! J'ai à vous reprocher que voilà plus de cinq minutes que vous n'avez touché à vos verres. Fi! c'est honteux pour un auteur.

— Qu'à cela ne tienne! — répondit d'Escorailles en avalant d'un trait le contenu de son verre.

— Quant à moi, — dit le maître clerc en tirant sa montre de son gilet, — messieurs, je vous prie de m'excuser si je ne vous fais plus raison; mais j'ai une soirée aujourd'hui, une soirée où il faudra même que je me rende bientôt, et qui est fort importante pour moi. Vous comprenez que je ne saurais m'y présenter dans un état peu présentable.

— Une soirée! — s'écria le bureaucrate; — eh bien! moi aussi j'ai une soirée; j'en ai tous les jours, qu'est-ce que cela fait?

— C'est vrai, — reprit le capitaine, — mais ce n'est pas tout, mes très chers. Tous ici nous avons fait notre confession amoureuse, à l'exception de vous deux. Est-il juste, est-il convenable que vous seuls gardiez le silence? Je le demande à l'assemblée.

— Non, certes, — repartirent en chœur les autres convives, — pas d'exceptions ni de priviléges ici. Que diable! entre anciens camarades de collége, on peut tout se dire.

— On demande madame Durandin et madame d'Escorailles! — s'écria le facétieux bureaucrate.

— Messieurs, — balbutia le maître clerc d'une voix mal assurée, — sur ce point je demande à garder l'anonyme, attendu que, tel que vous me voyez, je suis sur le point de me marier.

— Tiens, tiens! — dit l'agent de change, — Durandin se marie, c'est drôle! Durandin, tu me présenteras à ta femme, n'est-ce pas?

— N'oublie pas, Durandin, — ajouta le jeune bureaucrate, — que je suis à ta disposition pour être garçon de noce. C'est ma spécialité.

— Ah çà! — reprit l'impitoyable capitaine, — est-ce que par hasard d'Escorailles songerait aussi à se marier?

— Moi! ma foi! non.

— Eh bien! donc, parle-nous de tes amours, tu peux être bien persuadé que nous n'en ouvrirons la bouche à âme qui vive. C'est chose convenue.

— Voyons, — dit le jeune docteur en saisissant la main d'Arthur et en expérimentant son pouls absolument comme s'il avait eu affaire à un malade, — parle, ouvre-nous ton âme, beau mystérieux; quelle est la grande coquette ou la sensible ingénuité qui tient en ce moment ton cœur dans ses lacs? Est-ce une lionne d'opéra, de ballet, de drame ou de vaudeville qui a eu l'heur de t'attacher à son char? Cela doit être si agréable d'être le préféré de certaines actrices!

— Que le ciel m'en préserve! — s'écria Arthur; — je ne suis ni assez riche pour acheter ces dames ni assez pauvre pour me vendre à elles.

— Peste! — repartit l'agent de change, — voilà des sentimens ou je ne m'y connais pas. Allons, allons, je vois que notre ami d'Escorailles donne dans la femme du monde.

— Pas davantage.

— Eh! eh! — dit le capitaine, — dans la grisette peut-être?

— Ma foi! je n'en ferais pas mystère.

Ici tous les convives se regardèrent d'un air d'incrédulité.

— Alors, mon cher, — s'écria le médecin, — je te plains de toute mon âme, car ta discrétion prouve que tu es amoureux. Rien qu'à te voir si pessimiste aujourd'hui, je l'aurais parié. C'est un diagnostic infaillible.

— A d'autres! — répondit Arthur, qui rougit légèrement; — est-ce que j'ai le temps d'être amoureux avec les libraires, les journaux, les revues, que sais-je? Sans cela, je ne dis pas.

— Il y vient, messieurs, il y vient. Quand je disais! Voyons, pas de mauvaise honte, morbleu!

— Eh bien! vous le voulez à toute force?...

— Certainement nous le voulons.

— C'est que cela va vous sembler bien singulier.

— De mieux en mieux! cela nous promet un récit. Diable! diable! un roman historique, et dans lequel l'auteur joue le principal rôle, un roman de d'Escorailles que nous seuls connaîtrons dans toute la France, et que les libraires belges ne pourront contrefaire. Qu'en dites-vous, messieurs? Nous ne nous attendions pas à cette bonne fortune.

— Oh! c'est tout au plus un commencement de nouvelle, et je ne sais en vérité si je dois... car vous allez bien vous moquer de moi.

— Parle, mon cher, nous t'attendons et nous sommes tous et tout oreilles.

— Mais vous me garderez le secret, au moins.

— C'est chose convenue.

— C'était dans le courant de l'automne dernier. Je revenais d'Auvergne, où m'avaient appelé des affaires de famille et un peu aussi, il faut bien le dire, le besoin de retremper mon imagination fatiguée dans la contemplation de la vigoureuse végétation de nos montagnes et des mœurs encore *toutes primitives* et toutes rustiques de leurs habitans. Comme le temps était fort beau, je résolus de traverser à cheval, avec un guide, la chaîne des montagnes qui sépare le vieux castel de mes bons aïeux de la ville de Clermont, où j'avais fait retenir une place aux messageries royales. M'étant levé de bon matin, j'arrivai au déclin du jour dans la capitale de la basse Auvergne, une heure environ avant le départ de la diligence. J'étais brisé de fatigue, et vous le comprendrez sans peine quand vous saurez que j'avais fait ainsi douze lieues de pays à travers la partie la plus accidentée à coup sûr de toute la France. Quant au brave montagnard qui m'avait servi de guide sans autre moyen de transport, en ce qui le concernait, que son bâton et ses souliers ferrés, il était, disait-il, tout prêt à recommencer. Dès qu'il fut possible de monter dans la diligence, je m'y installai de mon mieux dans un coin du coupé, où, à ma grande surprise, je me trouvai seul, et, m'enveloppant dans un grand manteau de voyage, j'appuyai ma tête contre le coussin de cuir, oreiller banal offert aux voyageurs par l'administration des messageries, et sur lequel se sont accomplis tant de rêves. La diligence partit, et bientôt, bercé par le roulement de l'énorme véhicule et par le tintement des grelots des chevaux, cédant surtout à la fatigue, je m'endormis d'un profond sommeil...

II

LE COUPÉ DE LA DILIGENCE.

Ici les convives parurent redoubler d'attention, et Arthur reprit en ces termes :

— Lorsque je m'éveillai, il faisait un soleil magnifique, et je n'étais plus seul. Il y avait dans le coupé, à côté de moi ou plutôt sur moi, car la personne dont il s'agit était littéralement couchée sur mon épaule...

— Diable! diable! — interrompit le financier, — voilà une histoire qui devient fort mythologique.

— Il y avait, — ajouta Arthur, — un particulier d'une soixantaine d'années environ et d'un embonpoint fort prononcé, la tête ensevelie sous un ample bonnet de soie noire qui lui masquait à peu près complétement le visage, à l'exception pourtant d'un gros nez tout barbouillé de tabac, dont le ronflement solennel aurait dû m'éveiller depuis longtemps, car on devait l'entendre, à coup sûr, jusque sur l'impériale. Assez peu ravi d'un pareil contact, je ne pus m'empêcher de secouer avec une vivacité peut-être condamnable le lourd fardeau qui pesait sur mon épaule, en accompagnant cet acte d'une apostrophe des plus énergiques. Soudain à ma première exclamation en répondit une autre dans le coin du coupé opposé à celui que j'occupais, et aux rayons du soleil qui illuminait joyeusement l'étroit espace où s'accomplissait ce que je vous raconte, j'aperçus... oh! ce souvenir restera éternellement gravé dans ma mémoire; j'aperçus la plus ravissante créature qu'il soit possible d'imaginer, une jeune fille de dix-sept ans au plus, avec de grands yeux bleus, un visage plein de candeur et d'ingénuité, harmonieusement encadré dans de beaux cheveux d'un blond cendré retombant en grappes le long des joues jusqu'à la naissance du col le plus souple et le plus élégant que j'aie vu de ma vie. A cet aspect, je tressaillis et demeurai la bouche béante, en proie à une telle stupéfaction que celle qui en était l'objet ne put réprimer un sourire, sourire plein de charme et qui me laissa entrevoir, à demi cachées sous des lèvres de corail, une double rangée de dents blanches et fines comme des perles.

— Tiens! tiens! — murmura à cet endroit le maître clerc, monsieur Durandin, dont ces dernières paroles avaient excité l'attention au plus haut degré, — un gros monsieur qui prend du tabac et une jeune fille blonde... cela m'intéresse beaucoup.

Cette interruption attira à son auteur quelques regards de travers, et l'agent de change, dont la patience ne semblait pas être le caractère distinctif, s'écria en frappant du pied :

— A la porte, Durandin! il interrompt toujours.

— C'est la première fois, — balbutia le maître clerc, qui devint extrêmement rêveur; mais déjà Arthur avait repris le cours de son récit :

— Mon premier sentiment avait été celui de la surprise et de l'admiration; le second fut tout au regret; car mon homme, après avoir bâillé à se décrocher la mâchoire et étendu les bras en avant, s'était enfin réveillé. Il avait retroussé rapidement son bonnet de soie noire tout autour de sa tête, et, attachant sur moi un regard fort peu bienveillant : « Monsieur, » m'avait-il dit d'un ton plein de mauvaise humeur, » savez-vous à qui vous avez affaire? Si vous ne le savez pas, respectez du moins mes cheveux blancs. » A cette incartade j'aurais eu bien des choses à répondre, et d'abord que je n'étais pas tenu de savoir si un homme dont la tête était enveloppée d'un bonnet de soie noire avait les cheveux blancs ou de toute autre couleur; mais je vous avouerai franchement que, soit que je ne fusse pas encore bien réveillé moi-même, soit que je me sentisse réellement dans mon tort, je restai muet. Ce n'était pas, à ce qu'il paraît, le compte de mon adversaire, car il tira aussitôt sa tabatière de sa poche, et, après avoir aspiré à grand bruit une prise de tabac, il s'écria : « Il paraît que ce monsieur n'entend pas le français ou qu'il n'a jamais tenu une épée de sa vie. » Pour le coup, il y avait chez mon voisin intention bien arrêtée de me chercher querelle, et, quelque absurde qu'en fût le sujet, j'allais répondre à son agression comme il convenait; mais à ce moment je rencontrai dans les yeux de la jeune fille qui se trouvait auprès de lui une expression si suppliante que je me contins et gardai un silence obstiné. Là-dessus, mon homme haussa les épaules, me tourna le dos et engagea une conversation indifférente avec sa voisine que, aux premiers mots échangés entre eux, je reconnus être sa fille. Pardieu! me dis-je alors, il faut convenir que je joue de malheur. Voilà une jolie personne avec laquelle j'ai à faire un voyage de cent lieues, et il faut que, de prime abord, j'encoure l'animadversion de son père; si bien que me voici face à face pour deux jours entiers avec un homme qui à cette heure est nécessairement mon ennemi intime. En cela vous allez voir que je ne m'étais guère trompé. Lorsqu'on descendit de voiture pour déjeuner, comme, afin de réparer ma faute, je tendais mon bras au père de la jolie blonde pour l'aider à descendre, il s'écria d'un ton bourru qu'il n'avait besoin de l'aide de personne. Je baissai la tête avec résignation et m'écartai pour livrer passage à ce père irrité ainsi qu'à sa fille. Quelques secondes à peine s'étaient écoulées depuis cet incident lorsqu'un souffle embaumé passa sur mon visage, et en même temps une voix plus douce que la plus suave musique murmura timidement tout près de mon oreille : « Monsieur, je vous en prie, n'en veuillez point à mon père, il est malade, voyez-vous, et il s'irrite aisément. Vous l'excusez, n'est-ce pas? » Et un regard angélique accompagna ces paroles, un regard qui me bouleversa. Je voulus répondre, mais la voix expira sur le bord de mes lèvres. Et puis mon adorable interlocutrice m'avait déjà tourné le dos, et sa taille svelte et légère venait de disparaître sous la porte de l'auberge devant laquelle nous étions arrêtés, ainsi qu'une vision céleste entrevue dans un rêve. Ému, palpitant, j'entrai moi-même dans cette auberge. Chaque voyageur venait s'asseoir autour d'une table où le déjeuner était servi. Une place se trouvait près de la charmante blonde. Obéissant à une espèce d'impulsion magnétique, je me dirigeai vers cette place et m'y assis. Déjà, plein d'un trouble délicieux, je sentais la robe de la jeune fille frôler mes vêtemens; mais, plaignez-moi, à cet instant même mon vindicatif voisin du coupé, qui se trouvait assis du côté opposé, venant à m'apercevoir, m'adresse une affreuse grimace, se lève avec fracas, et, faisant signe à sa fille de le suivre, court se placer avec elle à l'autre bout de la table, non sans m'avoir adressé l'apostrophe suivante, qui me fit rougir jusqu'au blanc des yeux : « Je vous défends de regarder ma fille, entendez-vous? » Je vous laisse à juger de mon embarras. Pourtant il faut bien faire contre fortune bon cœur. D'ailleurs la diligence était pleine, et force fut à mon ennemi de revenir prendre place dans le coupé à côté de moi. Seulement, par un nouveau trait d'animosité, il affecta de se placer de telle sorte que je ne pusse, malgré toute ma bonne volonté, entrevoir les traits de sa fille. En cela son embonpoint le servait à merveille. Bien plus, il ne lui parla durant tout le voyage qu'à voix basse, et c'est à grand'peine si, dans ce dialogue qui aurait eu tant d'intérêt pour moi, je pus surprendre à la dérobée quelques mots d'où je conjecturai que le père et la fille habitaient Paris d'ordinaire, qu'ils revenaient du mont Dore, et qu'ils avaient pris la diligence à quelques lieues de Clermont.

Ici Durandin passa la main sur son front en murmurant tout bas :

— Les eaux du mont Dore! O ciel! c'est bien cela.

— Sans doute, — poursuivit Arthur, — j'avais affaire à quelque vieux grognard en retraite qui était venu chercher aux eaux le soulagement d'anciennes blessures, quelque vétéran de la garde impériale...

— En es-tu bien sûr? — interrompit le maître clerc, dont le visage sembla s'éclaircir quelque peu.

— Ma foi! sa conversation, sa tenue, sa susceptibilité même semblaient l'indiquer. D'ailleurs il portait des moustaches.

Cette dernière particularité, loin de rassurer Durandin, parut lui causer un grand trouble.

— La nuit venue, — continua Arthur, — mon ennemi abaissa de nouveau sur son visage le bonnet de soie noire dont je vous ai parlé, se farcit le nez de tabac, et quelques instans après le ronflement solennel de son organe olfactif me prouva que chez lui la haine n'excluait pas du moins le sommeil. Bientôt même sa tête, s'affaissant de mon côté, s'en vint tout naturellement et presque amicalement retomber sur mon épaule encor endolorie du poids qu'elle avait supporté la veille. Mais cette fois je supportai héroïquement le fardeau, car une douce compensation m'était offerte. La lune venait de se lever, et cet astre, alors dans tout son plein, semblait prendre plaisir à caresser de ses plus suaves reflets le visage de ma jolie blonde. Nul obstacle ne s'interposait à cette heure entre ses yeux et les miens. — Durandin pâlit, et Arthur poursuivit en ces termes : — Cependant, au bout de quelques instans, elle parut effrayée de l'obstination avec laquelle je la regardais, et, abaissant pudiquement ses paupières, elle pencha la tête en arrière, comme si elle-même eût cédé au sommeil. Ce moment fut pour moi plein de doute et d'amertume, et mille pensées tumultueuses surgirent aussitôt dans mon âme. Cette jeune fille, je la connaissais à peine depuis quelques heures; elle m'avait adressé quelques paroles à la dérobée, quelques paroles de simple politesse sans doute, et pourtant je sentais que j'éprouverais un grand vide lorsqu'il me faudrait renoncer à la voir, et j'en frémissais à l'avance. Il me semblait, je ne sais pourquoi, que nos deux cœurs étaient faits pour s'entendre, mais le moyen de m'en assurer si je continuais à garder le silence? Son père dormait d'un profond sommeil, et quelque chose me disait qu'elle ne devait point dormir, puisque je veillais, moi. Tout à coup elle fit un mouvement; je m'enhardis, et, d'une voix brisée par la plus vive émotion, mais parfaitement perceptible, car en ce moment la diligence montait une côte et le bruit des roues ne pouvait couvrir le son de ma voix, quoique je parlasse le plus bas possible : « Mademoiselle, » balbutiai-je, « mademoiselle, deux mots, je vous en supplie... » Elle tressaillit, releva la tête, entr'ouvrit ses beaux yeux, et, avec un geste plein de grâce et de vivacité, posa le doigt sur le bord de ses lèvres; puis elle me regarda d'une façon si suppliante à la fois et si tendre que, craignant de lui déplaire, je n'osai plus articuler une parole. Mais, tant que la lune brilla au ciel, je restai les yeux amoureusement fixés sur cette jeune fille, et elle, sans doute pour me récompenser de mon obéissance, ne ferma pas les siens. Le lendemain matin, mon voisin se réveilla, retroussa son bonnet de soie noire, se farcit derechef le nez de tabac, et me tourna le dos exactement comme la veille. Nous arrivâmes à Paris sur le soir, et je fus assez heureux, dans le tumulte et la confusion inséparables d'un pareil quart d'heure, pour offrir ma main à la jeune fille, afin de l'aider à descendre de diligence, et il me sembla, dans ce moment suprême où nos deux mains se touchèrent pour la première, hélas! pour la dernière fois peut-être, qu'un léger frémissement répondait à la pression de la mienne; mais ce fut tout. Quelques instans après un fiacre s'avança. La jeune fille et son père y prirent place avec leurs bagages, qu'une façon de domestique coiffé d'un bonnet de police était venu prendre, et tous deux disparurent à mes yeux.

Ici le narrateur ayant fait une pause, tous les convives s'écrièrent.

— Eh bien! après?

— Après, — reprit Arthur; — je ne les ai plus revus.

— Eh quoi! c'est déjà fini?

— Mon Dieu! oui.

— Ouf! — s'écria Durandin, qui depuis quelques instans semblait respirer avec peine.

— Tant pis! — grommela l'agent de change; — cela commençait à m'intéresser un peu, mais cela se termine fort mal. Moi j'aime les dénoûmens heureux, au théâtre et dans les romans, et celui-ci ne me satisfait nullement. Tu feras bien de le garder pour ton usage particulier.

— Eh quoi! — dit le capitaine de sa grosse voix, — tu ne t'es pas élancé aussitôt sur les traces de cette jeune fille, sauf à monter derrière le fiacre? Ah! cela m'étonne et me peine de ta part. Un auteur! Morbleu! si j'avais été à ta place!...

— Eh! messieurs, — s'écria le bureaucrate, — il y avait un moyen bien plus ingénieux : c'était de demander le nom du papa au conducteur. Il devait l'avoir sur sa feuille, et, une fois le nom connu, l'almanach des cent mille adresses n'est pas imprimé pour les caniches, peut-être.

— C'est ce que j'ai fait, — répondit Arthur.

A peine il avait prononcé cette parole que le maître clerc, sortant de sa préoccupation, s'écria avec une angoisse presque fiévreuse :

— Eh bien! ce nom, quel est-il?

— Hélas! c'est un nom fort vulgaire et fort prosaïque. Il paraît que l'auteur des jours de ma Dulcinée s'appelle... Martin, le colonel Martin, le général Martin, tout ce que vous voudrez, car j'en suis encore aux conjectures à l'endroit de son grade.

Arthur n'avait pas encore fermé la bouche que le futur notaire royal lui serrait la main avec la plus vive effusion, en marmottant :

— J'étais fou, j'étais fou! un homme d'un certain âge, gros, qui prend du tabac, qui va aux eaux du mont Dore et dont la fille est blonde, mais cela se voit partout.

— Or, messieurs, — reprit Arthur un peu surpris de cette marque de tendresse de son ami Durandin, qu'il attribua à l'influence du vin de Tokai, — il faut que vous sachiez que l'almanach des cent mille adresses contient cent soixante-quatorze Martin, je les ai comptés. Cherchez maintenant.

— Ah! diable, — s'écria le très facétieux Bidault, — il est bien fâcheux pour toi que monsieur le baron Dupin n'ait pas encore fait la statistique des Martin; il faut la lui demander. En attendant, je propose la santé de mademoiselle Martin.

— Appuyé! appuyé!

— Voyons, messieurs, vos verres sont-ils pleins? Attention au commandement! A la santé de mademoiselle... à propos, tu dois savoir son prénom au moins.

— Il m'a semblé, mais je n'en suis pas bien sûr, que son père l'appelait Laure.

— Laure! — balbutia le maître clerc en tremblant.

Et le bruit d'un verre brisé retentit sur le parquet.

— Que le diable emporte Durandin! — s'écria l'agent de change. — On n'est pas plus maladroit que ce garçon-là. Voilà mon gilet tout taché.

— Laure! — reprit le jeune docteur; — un joli nom, ma foi! Voyez donc comme cela se rencontre, messieurs. D'Escorailles sera son Pétrarque.

— Oui, s'il la retrouve jamais.

— C'est égal, à la santé de Laure et de Pétrarque! *aliàs* de mademoiselle Martin et de monsieur d'Escorailles! Ah çà! qu'as-tu donc ce soir, Durandin? est-ce que tu es malade? Quel bonheur! messieurs; félicitez-moi, j'ai enfin trouvé un malade. Ce cher Durandin, mon premier client! viens, que je t'embrasse!

Et le maître clerc ne put se soustraire à l'accolade du jeune docteur, bien qu'il s'écriât :

— Moi malade! non pas, messieurs, non pas! je ne me suis jamais si bien porté, et je bois à la santé de mademoiselle Martin, j'en suis! — Puis il ajouta en lui-même et par forme de récapitulation mentale : — Mon Dieu! mon Dieu! que je suis donc bête ce soir! Voilà maintenant que je prends la mouche à propos de ce nom de Laure, comme s'il n'y avait pas dans les quatre-vingt-six départemens des centaines, des milliers de Laures!

— Allons, allons! — dit le capitaine, — Durandin a trop bu, il a besoin de prendre l'air. Garçon! garçon! le café et les cigares!

Au bout de quelques instans, l'un des convives s'écria :

— Çà, que faisons-nous ce soir? J'espère que nous ne nous séparons pas encore. Il nous arrive si rarement de nous trouver réunis. Si nous allions finir notre soirée au spectacle? Qu'en pensez-vous?

— Appuyé! appuyé!

— Il y a justement une première représentation au théâtre du Palais-Royal, une pièce dans laquelle Déjazet joue le principal rôle. Ce doit être amusant.

— C'est cela, allons voir Déjazet!

Durandin tira de nouveau sa montre de son gilet.

— Ah! bon Dieu! — s'écria-t-il, — déjà huit heures et demie! Il faut que je vous quitte. Et ma soirée que j'oubliais! Vous m'excuserez, n'est-ce pas?

— Huit heures et demie, — reprit le capitaine. — Morbleu! dépêchons-nous, si nous voulons encore avoir de la place.

— Qu'à cela ne tienne! — dit Arthur en tirant négligemment de sa poche un coupon, — voici une loge que j'ai là par hasard, profitez-en si bon vous semble.

— Eh quoi! ne viens-tu pas avec nous?

— Veuillez m'en dispenser. Cela m'est impossible aujourd'hui.

— Pourquoi donc?

— Pourquoi...? pourquoi...? c'est que c'est bien assez pour moi d'assister aux pièces de mes confrères, sans être condamné à voir aussi...

— Les tiennes, peut-être?

— N'en dites rien à personne, au moins. C'est un vaudeville, et, comme je n'ai aucune prétention à l'Académie, je ne signe point ces effets-là.

— Mais tu les encaisses. Heureux d'Escorailles, va! et il ose se plaindre de son sort!

— Je gage, — dit l'agent de change, — que tu t'en vas de ce pas dans les coulisses chercher qui te fasse oublier mademoiselle Laure Martin.

— Non, certes, je vous ai fait ma profession de foi à cet égard.

— Adieu donc, — ajouta le capitaine; — ta pièce ira aux nues, mon cher, et si l'on osait... Compte sur le collége Henri IV, morbleu!

Là-dessus les convives se séparèrent, et d'Escorailles et Durandin restèrent tous deux seuls sous le péristyle du Palais-Royal.

— Eh bien! — dit Arthur au maître clerc, tu étais si pressé de nous quitter. Te voilà libre maintenant, que n'en profites-tu?

— C'est qu'avant de le faire, — répondit Durandin avec un peu d'embarras, — j'aurais un service à te demander.

— Deux, si tu veux.

— Je m'en vais en soirée, comme je te l'ai dit, chez des personnes fort recommandables... des personnes qui habitent le quartier des Lombards. Ces personnes-là ont lu tes ouvrages et les admirent.

— Mon cher, il faut qu'elles aient de l'admiration de reste.

— Je leur ai souvent parlé de toi comme d'un de mes bons camarades de collége, et je leur ai même dit que j'aurais le plaisir de déjeuner avec toi aujourd'hui.

— Ah! tu leur as dit cela. Eh bien!

— Eh bien! mon cher Arthur, je t'avouerai que j'avais promis... sans avoir encore osé t'en parler, de faire tous mes efforts pour te déterminer à m'accompagner.

— Mon cher, ce serait avec grand plaisir, bien que j'aime fort peu les nouvelles connaissances; mais, tu le vois, je ne suis pas en tenue, je n'ai pas comme toi l'habit noir et la cravate blanche. Et puis je te dirai que j'ai moi-même une soirée à laquelle j'ai promis de me rendre, une soirée dans un autre quartier.

— Où donc?

— Eh! mon Dieu! chez le duc d'Orléans.

Ici le maître clerc faillit tomber à la renverse.

— Tu vas chez le duc d'Orléans? — s'écria-t-il. — Heureux d'Escorailles. Mon Dieu! mon Dieu! qu'on est heureux d'être auteur, et pourquoi moi-même...! Mon ami, je m'attache à toi, il faut absolument que tu viennes avec moi, ne fût-ce qu'une demi-heure, au quartier des Lombards. Fais cela pour moi, je t'en prie. D'abord on doit aller fort tard chez le duc d'Orléans, n'est-ce pas? et puis, je te l'ai dit; j'ai promis, et si tu savais à qui j'ai promis... Mais je te raconterai tout cela chemin faisant. Enfin, vois donc comme cela posera ton camarade Durandin dans le quartier des Lombards lorsque je pourrai dire: Mon ami d'Escorailles a bien voulu m'accompagner, mais il ne saurait vous consacrer que peu d'instants: il est attendu chez S. A. R. monseigneur le duc d'Orléans. Allons, Arthur, une bonne résolution.

— Tu le veux, Durandin, j'y consens, car je n'ai jamais su rien refuser à un ancien camarade, à un ami.

— Ah! ce cher d'Escorailles, je t'embrasserais si nous n'étions pas en plein Palais-Royal.

— Je t'en dispense. Tu me permettras pourtant de rentrer dans ma chartreuse pour y faire un bout de toilette.

— Volontiers! mais je ne te quitte pas, car je crains trop que tu m'échappes. Je te constitue ce soir mon Pylade jusqu'au quartier des Lombards inclusivement.

— A la bonne heure! et maintenant, monsieur Oreste Durandin, parlez-moi un peu de votre Hermione.

III

UNE CHARTREUSE.

Avant de poursuivre le cours de ce récit, qu'il nous soit permis de faire une pause, non point pour demander au lecteur pardon de nos fautes, à la façon des écrivains espagnols, car nous en avons trop à commettre d'ici au dénoûment pour fatiguer déjà son indulgence; mais à l'effet de mettre sous ses yeux quelques détails biographiques nécessaires peut-être pour compléter les indications sommaires que nous avons déjà eu occasion de consigner ici sur le caractère, les goûts, les idées d'Arthur d'Escorailles. Les souvenirs de la première jeunesse exercent généralement, on le sait, une telle influence sur nos sentiments, sur nos actions même, à toutes les époques de la vie, qu'il ne sera pas sans intérêt, du moins nous l'espérons, de jeter un coup d'œil sur le passé de notre héros, pour mieux comprendre son présent. Les quelques détails que nous allons donner à cet égard tiendront ici la place des accessoires qu'un peintre se plaît à grouper quelquefois autour du personnage dont il a entrepris le portrait, afin d'ajouter à la représentation plus ou moins exacte du modèle celle des objets matériels dont il est habituellement environné, du lieu même où s'écoule sa vie, et de rendre ainsi l'illusion plus complète.

Arthur d'Escorailles appartenait, on l'a déjà vu, à l'une des plus nobles familles de la haute Auvergne, qui fait remonter sa généalogie, comme l'étymologie même de son nom, jusqu'à Scaurus Aurelius, l'un des lieutenants de Jules César, et dont ce n'est sans doute pas le moindre titre de gloire d'avoir compté au nombre de ses rejetons la charmante duchesse de Fontanges, car elle se trouve réunir ainsi, comme le faisaient observer sous la restauration les mauvais plaisans du département du Cantal, la noblesse de *robe* et la noblesse d'*épée*.

Malheureusement pour Arthur, la branche de l'illustre maison dont il était issu, la branche cadette d'ailleurs, était aussi pauvre qu'elle était noble. Elle partageait sous ce point de vue le sort commun à presque toutes les anciennes familles de la haute Auvergne, ruinées, dès avant la grande révolution de 1789, par les sacrifices énormes qu'elles s'étaient imposés pour faire figure à la cour. Jadis Louis XI avait décapité la féodalité dans la personne de quelques grands vassaux qui portaient ombrage à la couronne. Mais la féodalité, comme le phénix, renaissait de sa cendre; elle s'épanouissait encore triomphante, à l'ombre de ses donjons, dans quelques provinces reculées, où le défaut de communications, les vieilles mœurs, les vieux usages semblaient lui assurer une existence d'une durée indéfinie. On sait comment Louis XIV, beaucoup plus grand politique encore que son soupçonneux prédécesseur, parvint à faire descendre du haut de leurs nids d'aigles tous ces fiers suzerains, et à leur faire échanger le fer de leurs armures contre des rubans et des dentelles, et leur sauvage indépendance contre l'insigne faveur de monter dans les carrosses du roi et de se ruiner à son service. Cette fois la féodalité ne devait plus se relever.

M. d'Escorailles le père, qui avait émigré, était rentré en France au commencement de l'empire, et avait repris possession du vieux manoir de ses aïeux, puis il s'était marié. Mais comme son manoir était fort démantelé et que lui-même n'était pas en beaucoup meilleur état, on conçoit sans peine qu'il ne fit pas un riche mariage. Il épousa une de ses parentes, qui lui apporta en dot beaucoup de jeunesse et de beauté, plus un blason presque équivalent au sien; quant à la fortune, néant.

De ce mariage naquirent un garçon et cinq filles. Le

garçon était Arthur. Quant aux cinq filles, nous ne les portons ici que pour mémoire, leur père ayant jugé convenable d'en faire des religieuses pour leur épargner une mésalliance.

Comme cela arrive presque toujours, Arthur annonça dès l'âge le plus tendre une foule d'heureuses dispositions, mais ces dispositions faillirent rester à l'état de germes par suite de l'offre généreuse d'un digne abbé, son parent, qui, recueilli au château en quelque sorte par charité, voulait à toute force en témoigner sa vive gratitude en se chargeant de l'éducation du jeune châtelain. Or cet honnête ecclésiastique appartenait à cette fraction de l'ancien régime qui, n'ayant jamais rien su, n'avait par conséquent rien oublié.

Madame d'Escorailles, chez laquelle la tendresse maternelle n'excluait en aucune façon le bon sens, parvint à dissuader son mari de l'acceptation d'une pareille offre, et, grâce aux souvenirs des services de toute sa famille avant et pendant l'émigration, Arthur obtint la faveur d'une bourse royale au collége Henri IV.

C'est là qu'il fit toutes ses études et qu'il devint le condisciple du jeune duc de Chartres, depuis duc d'Orléans. On nous pardonnera sans doute de passer sous silence les lauriers universitaires que, suivant toute apparence, notre héros ne manqua pas de moissonner dans le cours de sa vie scolaire, et de laisser à deviner s'il était plus fort en thème qu'en version.

Suivant l'usage antique et solennel de la maison d'Escorailles, Arthur était destiné à la carrière des armes, bien que madame sa mère prétendît qu'il eût été beaucoup plus convenable d'en faire un magistrat; mais elle avait dû céder à l'autorité maritale, se bornant à exiger, par forme de capitulation, que son fils complétât en tout état de cause le cours de ses études. La révolution de juillet, qui vint à éclater sur ces entrefaites, coupa court à toute contestation : Arthur ne fut ni sous-lieutenant ni substitut du procureur du roi.

Il avait dix-neuf ans alors et venait d'achever sa philosophie. Toutefois nous n'oserions pas garantir qu'il eût puisé dans les enseignemens tout récens de cette étude les secours nécessaires pour supporter avec résignation le renversement de tout ce qui constituait la religion de sa famille et la sienne propre. Il partit pour l'Auvergne, résolu, comme on disait alors dans le monde légitimiste, à s'en aller attendre auprès de ses parens *des jours meilleurs*.

Dans les premiers temps, son séjour au milieu des montagnes eut pour lui plus d'un charme. D'abord il se retrouvait dans sa famille, auprès de sa mère, qu'il aimait tendrement; et puis il avait enfin secoué pour toujours le joug du collége; et si parfois dans la vie on se prend à regretter le temps où l'on était écolier, ce n'est jamais à dix-neuf ans. D'un autre côté, la fermentation qui régnait alors dans toute la France, dans l'enceinte des villes surtout, contre le régime qu'on venait de renverser, avait ravivé sur plus d'un point du royaume des sentimens contraires. A la vie monotone des châteaux, dans un pays perdu comme la haute Auvergne par exemple, succédait l'animation fiévreuse que donne l'esprit de parti lorsqu'il est puissamment surexcité. Sous prétexte de parties de chasse, on se réunissait, on se montait la tête, on allait même jusqu'à conspirer. Jamais l'esprit de sociabilité n'avait été poussé si loin dans les castels du département du Cantal, et il était peu de gentilshommes *auvergnacs* qui ne rêvassent pour leurs chères montagnes le poétique auréole dont l'Écosse est redevable à sa fidélité envers la cause des Stuarts.

Toutefois, il faut s'empresser de l'ajouter, nulle part peut-être cette fièvre, qui en Bretagne et en Vendée devait amener de sanglantes collisions et rallumer un moment la guerre civile, ne s'apaisa si vite que dans la haute Auvergne. Là les conjurés devinrent en très peu de temps de simples *boudeurs*, et chacun se remit à vivre tranquillement chez soi et pour soi. C'est assez généralement le propre des montagnards de s'exalter très facilement; mais leur ardeur et leur enthousiasme sont rarement de longue durée. Ce sont d'excellens soldats pour l'attaque, mais de peu d'utilité pour la défense.

Aussi bien les jours, les mois, les années même s'écoulaient sans que les espérances du parti légitimiste fussent suivies d'aucun résultat; la duchesse de Berri était devenue captive, et monsieur d'Escorailles le père en était mort de douleur. Sa veuve, bien que jeune encore, ne tarda pas à le joindre au tombeau; elle succomba à une maladie de poitrine, mal terrible qui fait tant de victimes dans les pays de montagnes, où les brusques variations de l'atmosphère n'en facilitent que trop le développement. Arthur demeura seul et orphelin à un âge où les conseils de sa mère lui eussent été plus précieux que jamais.

D'abord il trouva dans l'étude des littératures étrangères, qu'il avait à peine effleurée au collége, et surtout dans la lecture assidue des poëtes, un adoucissement à des chagrins réels et des distractions qui lui firent oublier quelquefois la solitude profonde au milieu de laquelle il vivait; mais il sentit bientôt que, à son âge, avec ses connaissances, et doué comme il était d'une imagination pleine de chaleur et d'activité, il ne pouvait se condamner à passer sa vie dans un vieux manoir d'Auvergne. Un tel séjour pouvait bien présenter quelques agrémens durant la belle saison, mais, une fois l'hiver venu, il devenait réellement insupportable, car alors les neiges, qui arrêtent de bonne heure toutes les communications, claquemuraient au logis les hôtes du manoir pour sept mois de l'année au moins.

Si Arthur avait rencontré dans le commerce habituel des personnes qui formaient son entourage quelques ressources sous le rapport de l'intelligence, il eût peut-être pris patience et préféré à une position obscure dans quelque grande ville la considération qui s'attache encore, à cent vingt lieues de Paris, aux derniers rejetons des anciennes familles. L'existence agreste et féconde en privations de toute sorte d'un châtelain d'Auvergne lui eût peut-être plus souri, dans ce cas, que les jouissances multipliées et tout le comfortable qui environnent le citadin. Mais, à part le vieil abbé dont nous avons parlé, et qui tombait décidément en enfance, Arthur d'Escorailles n'avait auprès de lui, durant les longs hivers qui viennent s'abattre sur les montagnes d'Auvergne, que quelques pâtres ou vachers auxquels le patois du pays suffisait amplement pour échanger leurs idées, et qui ne connaissaient pas d'autre langue.

On ne s'étonnera donc point si, par quelque vilain jour de décembre ou de janvier, notre héros prit la grande résolution de quitter son castel et de venir à Paris, ce foyer lumineux où tant de beaux papillons de province viennent se brûler les ailes.

A cet effet, il commença par affermer son domaine moyennant un revenu annuel de 2,600 francs. C'était déjà quelque chose; mais que faire à Paris avec 2,600 francs par an? On fait son droit, son cours de médecine, dira-t-on, puis l'on devient après, si l'on peut, un avocat célèbre comme Dupin, comme Mauguin, comme Barrot, ou un illustre médecin comme... qui vous voudrez; à la bonne heure! mais ce n'était pas là la vocation de notre ami Arthur d'Escorailles, qui aimait mieux étudier Shakespeare, Schiller, Byron, Dante, Calderone que d'argumenter sur le régime hypothécaire ou de pratiquer une saignée. Et puis, ne l'oublions pas, Arthur était un aristocrate, non point à la façon de nos seigneurs de la bourse, qui estiment qu'un écu ne sent jamais mauvais, mais un peu comme ces hidalgos de Castille, qui aimeraient mieux se laisser mourir de faim que de faire œuvre de leurs doigts, attendu leur qualité, à moins toutefois que ce ne fût pour manier une épée.

A cet égard Arthur pensa, et en cela il n'eut pas tout à fait tort, que, à une époque aussi peu belliqueuse que la nôtre, la plume doit tenir lieu de l'épée, et que la prenière de toutes les noblesses à présent est celle qui s'acquiert par l'intelligence et le talent, parce que celle-là n'est contestée par personne, et que ses titres sont immortels. Arthur se fit écrivain.

C'était l'époque où la presse, se métamorphosant afin de se rendre accessible à toutes les intelligences comme à toutes les bourses, et de caresser tous les goûts comme tous les instincts, appelait à son aide tous les hommes d'imagination, et établissait avec leur concours cette grande communion politico-littéraire à laquelle tant de fidèles viennent aujourd'hui prendre part sous les espèces du premier-Paris et du feuilleton. Sous cette forme nouvelle, le roman allait acquérir désormais une popularité que, à aucune époque, il n'avait obtenue. Il allait s'introduire au village comme à la ville, dans les mansardes comme dans les hôtels, pénétrer dans le sanctuaire de la famille et conquérir le foyer domestique. De plus, ce genre de publicité offrait aux talens inconnus l'avantage de pouvoir se révéler au public en quelque sorte de prime-saut, et sans le secours d'aucun intermédiaire.

Le début d'Arthur fit sensation, et moins de six mois après il était devenu l'un des auteurs à la mode. Ses feuilletons, transplantés sur la scène, étaient un élément assuré de vogue. Bref, il exerçait une part de cet empire que l'imagination obtient si aisément de nos jours, où le public, avide d'amusemens et de distractions, se montre si peu exigeant sur les moyens qu'on emploie pour parvenir à lui en procurer.

Au moment où se passe ce récit, il y avait environ cinq ans qu'Arthur occupait cette position, fort enviée comme nous l'avons vu, par tous ses camarades de collége, et pourtant, s'il faut l'en croire lui-même, peu digne de l'être. Quoi qu'il en puisse être, maintenant que nos lecteurs sont suffisamment édifiés sur la position et sur les antécédens de notre héros, hâtons-nous d'ajouter aux détails biographiques qui précèdent quelques indications *domiciliaires* qui en sont le complément indispensable, car nul n'ignore qu'aujourd'hui on a remplacé le vieux proverbe : *Dis-moi qui tu hantes, je te dirai qui tu es*, par le suivant : *Dis-moi où et comment tu es logé, je te dirai qui tu es.*

Sous l'ancien régime, à part quelques exceptions assez rares, les gens de lettres étaient, dit-on, fort mal logés, et, plutôt que de nous livrer à cet égard à une description toute rétrospective, nous demandons au lecteur la permission de lui rappeler quelques-uns des vers charmans de Gresset. Cela vaudra mieux que notre prose. Pour ne pas étendre outre mesure notre citation, passons d'abord

Sur cette montagne empestée
Où la foule, toujours crottée,
De prestolets provinciaux
Trotte sans cesse et sans repos ;
Vers ces demeures odieuses
Où règnent les longs argumens
Et les harangues ennuyeuses,
Loin du séjour des agrémens.

Et après avoir demandé humblement excuse au quartier latin, arrivons bien vite au logement de notre confrère.

Là, du toit d'un cinquième étage,
Qui domine avec avantage
Tout le climat grammairien,
S'élève un antre aérien,
Un astrologique ermitage,
Qui paraît mieux, dans le lointain,
Le nid de quelque oiseau sauvage
Que la retraite d'un humain.

Ceci n'est encore que l'extérieur, ne vous y trompez pas ; entrons donc sans plus tarder dans l'intérieur, et sans trop nous appesantir sur le lit sans rideaux, sur le flambeau... noir et même sur les cinquante rats qui, pendant que l'auteur veille,

Ronflent encore en faux bourdon,

continuons notre examen :

Si ma chambre est ronde ou carrée,
C'est ce que je ne dirai pas ;
Tout ce que j'en sais sans compas,
C'est que depuis l'oblique entrée,
Dans cette cage resserrée,
On peut former jusqu'à six pas.
Une lucarne mal vitrée,
Près d'une gouttière livrée
A d'interminables sabbats,
Où l'université des chats,
A minuit, en robe fourrée,
Vient tenir ses bruyans états ;
Une table mi-démembrée,
Près du plus humble des grabats ;
Six brins de paille délabrée,
Tressés sur deux vieux échalas :
Voilà les meubles délicats
Dont ma chartreuse est décorée.

Sans doute il y a un peu d'exagération dans le tableau, que nous a légué le chantre de Vert-Vert, du logement d'un poëte, et on peut croire que, en cette dernière qualité, il s'est laissé emporter par l'amour de l'hyperbole ; mais il n'en est pas moins vrai que c'est sur des tables souvent boiteuses et dans des mansardes plus ou moins ouvertes à tous les vents qu'ont été écrits, au dernier siècle, bien des bouquets à Chloris, bien des sonnets et des madrigaux qui, colportés ensuite dans les boudoirs, faisaient pâmer d'aise nos charmantes et sensibles aïeules. Alors il y avait deux personnages dans le poëte, comme dans le romancier, comme dans l'auteur dramatique : l'homme du matin, pauvre, râpé, dépenaillé, élaborant à grand' peine, dans son humble et solitaire réduit, l'œuvre qui devait pourvoir à sa subsistance du lendemain ; et l'homme du soir, radieux, recherché de tous, des belles dames surtout, et se pavanant dans les salons, au milieu de la plus fine fleur de la noblesse, de par le droit sacré de l'intelligence.

Aujourd'hui tout cela est bien changé, et, si l'on ne rencontre plus guère le soir, dans les salons, ni grands seigneurs, ni gens de lettres (ces deux aristocraties se touchent par tant de points), en revanche il est peu de ces derniers, Dieu merci ! qui en soient réduits le matin à travailler *sur une table mi-démembrée près du plus humble des grabats ;* il est vrai qu'ils n'écrivent plus de bouquets à Chloris.

Au milieu du naufrage de toutes les vieilles coutumes, il en est une, la seule peut-être, à l'égard de laquelle l'écrivain soit demeuré fidèle au souvenir de ses devanciers. C'est celle de la chartreuse, de la chartreuse aérienne. Si l'on faisait une statistique des logemens occupés par les gens de lettres, je gage qu'on en trouverait difficilement un sur dix qui n'eût pas fait élection de domicile près du ciel, sans doute pour se trouver plus voisin du soleil, du divin Apollon. On n'est poëte, romancier, feuilletonniste qu'à cette condition. Comme Gresset, l'on a sa chartreuse au cinquième étage ou au quatrième tout au moins. Mais aussi quelle différence entre la chartreuse de l'ancien régime et celle du nouveau !

Celle-là, vous le savez, était située *loin du séjour des agrémens*, dans le quartier Saint-Jacques ; celle d'aujourd'hui s'épanouit d'ordinaire au centre des plaisirs et de la vie élégante, à la Chaussée-d'Antin ou dans la nouvelle Athènes. Là, au lieu du bruit *des longs argumens et des harangues ennuyeuses*, l'oreille ravie ne recueille dans l'air que l'écho affaibli des plus fraîches mélodies de Bellini et d'Auber, et par intervalles le piaffement martial des chevaux qui entraînent quelque beauté voisine dans nos spectacles et dans nos fêtes · là encore, au lieu de *la table mi-démembrée* et *des six brins de paille tressés sur deux vieux échalas*, vous trouvez quelque bureau de bois de palissandre, sculpté, coquettement enseveli sous une riche housse de velours, garnie de crépines de soie, et vous pouvez vous asseoir dans un fauteuil dont le moelleux échafaudage, sorte de compromis entre la paresse du dix-septième siècle et la volupté du dix-huitième, permet si bien d'attendre l'inspiration. Peut-être, il est vrai, quant à l'étendue du local, la chartreuse d'aujourd'hui ne l'emporte-t-elle pas de beaucoup sur celle d'autrefois; mais nous serions bien mal avisés de nous plaindre, alors que de complaisans architectes, épuisant pour nous toutes les ressources de leur art, ont trouvé moyen, dans un si étroit espace, de nous ménager un appartement complet en miniature, salon, boudoir, cabinet de travail, salle à manger, chambre à coucher, que sais-je? bien d'autres choses encore, et souvent, comme appendice, des jardins suspendus dignes de Sémiramis. Et puis, en fait d'habitation, le mot célèbre de Socrate ne doit-il pas toujours être présent à la pensée de l'homme de lettres? car Socrate était un sage entre les sages. Puis enfin avons-nous besoin de tant de place à présent que nos amis ne portent plus l'épée en verrouil et que nos maîtresses, si elles daignent nous visiter, ne viennent plus frapper à notre porte en robe à panier avec les cheveux coiffés à la Pompadour?

Voici pour le local et pour sa situation. Reste maintenant la décoration intérieure. A cet égard, c'est grand dommage que l'on ait tant abusé des descriptions, cette merveilleuse ressource offerte à l'imagination paresseuse du romancier. Sans cela vous auriez eu un inventaire bien détaillé, bien complet, bien coloré surtout de l'ameublement d'une chartreuse quelconque, depuis les meubles les plus indispensables jusques et y compris les plâtres, les bronzes, les chinoiseries et toutes ces charmantes superfluités qui, du monde artistique et littéraire où elles trônaient d'abord à peu près exclusivement, ont fini par envahir aujourd'hui, sans exception, tous les rangs de la société. Puisqu'il en est ainsi, nous nous bornerons à dire que, après le boudoir d'une jeune et jolie femme aussi bien partagée par la fortune que par la nature, il n'y a rien aujourd'hui de plus frais, de plus coquet, de plus élégant que la chartreuse d'un écrivain à la mode. Maintenant, au milieu de tout l'entourage du luxe moderne, ce dernier a-t-il plus de verve et d'esprit que ses devanciers dans leur galetas? C'est là un grand problème que la postérité jugera, si tant est que la postérité veuille bien s'occuper de nos écrivains à la mode, ce dont je ne me porte garant à aucun titre.

Ces prémisses posées, suivons Arthur d'Escorailles à sa chartreuse, rue de la Ferme-des-Mathurins, en compagnie de son camarade Durandin, le maître clerc de notaire. Là, arrêtons-nous avec eux au cinquième étage, devant une première porte à deux battans, recouverte en velours vert encadrés de clous dorés. Au coup de sonnette du maître répond dans l'intérieur un pas cadencé; une première porte s'ouvre, puis les deux battans de velours glissent sur leurs gonds, et nous voici face à face avec une de ces bonnes et naïves physionomies négrichonnes qu'on retrouve si souvent dans les tableaux des peintres du dix-septième siècle, à la suite de quelque belle dame, alors qu'il était de mise parmi les femmes de haut parage d'avoir un noir pour porte-queue.

L'homme dont il s'agit est de petite taille, mais assez bien fait, et, comme tous les nègres du monde, il se pavane avec beaucoup d'orgueil sous le costume mauresque dont il est revêtu. A la vue d'Arthur et de son compagnon, Abd-el-Kader (c'est le nom du noir) baisse respectueusement et par deux fois la tête jusque sur sa poitrine, à la façon des Orientaux, puis, sans prononcer une parole et avec la même solennité que s'il avait à introduire un calife et son vizir, il les précède gravement, le bougeoir à la main, soulevant au-dessus de leurs têtes les portières de tapisserie et tournant devant eux le bouton des serrures. C'est ainsi que les deux camarades de collége parviennent au fond de l'appartement, dans une petite chambre à coucher fort coquettement meublée et qu'une lampe Carcel inonde de sa vive et pure lumière. Là deux bons fauteuils à dos renversé les attendent auprès d'un excellent feu. Sur un signe d'Arthur le nègre disparaît. Écoutons.

IV

LE BOUQUET DE MARGUERITES.

— Ah! diable! — s'écrie monsieur Polydore Durandin, le maître clerc, en contemplant d'un air ébahi l'or, la soie, le velours, qui s'épanouissent de tous côtés autour de lui, — tu appelles cela une chartreuse, toi! Quel luxe! quelle élégance! Excusez! Et un nègre encore par dessus le marché!

— Oui, un de mes parens, officier de l'armée, a bien voulu me le ramener, et je lui ai cédé en échange un groom qui... Mais revenons à toi. Donc, mon cher Durandin, tu es amoureux de mademoiselle Laure Rieublanc: c'est bien là le nom que tu m'as dit, n'est-ce pas?

— Oui, oui, c'est bien là le nom... Laure Rieublanc tandis que toi, c'est Laure Martin; ne confondons pas.

— Le papa Rieublanc est un ancien droguiste qui a fait fortune dans cette utile profession. Il y a là une dot de deux cent mille francs et quatre cent mille francs d'espérances. De ton côté, tu n'es pas sans quelques ressources, et ton patron est tout disposé à te céder, moyennant un demi-million au plus, le double panonceau qui décore sa porte: c'est pour rien. J'ai bien retenu tous les chiffres, tu le vois. Eh bien! mon cher, tout cela me paraît très convenable, et je ne vois pas pourquoi tu n'épouserais pas mademoiselle Rieublanc.

— C'est justement ce que son père me disait encore hier matin.

— Vivat! alors qu'est-ce qui t'embarrasse?

Ici le maître clerc poussa un profond soupir, puis il s'écria d'un ton piteux:

— Monsieur Rieublanc a ajouté en me tendant la main: Plaisez à ma fille, et ma fille est à vous.

— De mieux en mieux. Que te faut-il de plus! Tu me sembles bien exigeant, mon cher Durandin.

— Pour faire un poulet rôti, comme dit la *Cuisinière bourgeoise*, il faut prendre un poulet. Or mademoiselle Laure Rieublanc est une charmante personne, je te l'ai dit, mais reste à savoir si elle voudra de moi.

— Elle serait bien dégoûtée, mordieu! Mon camarade Polydore Durandin! un homme qui va passer notaire royal, vérificateur et certificateur! un homme de cinq pieds trois pouces, n'est-ce pas, Durandin, autrement dit un mètre soixante-quinze centimètres? une physionomie... agréable, le nez un peu fort, c'est vrai, et la bouche un peu grande; mais cela ne te messied pas. Allons, allons, mademoiselle Rieublanc n'a pas de goût si elle repousse ton hommage, et je me charge de le lui dire, moi.

— Vrai! Eh bien! j'accepte ton offre avec reconnaissance. C'est que, vois-tu, mon cher Arthur, mademoiselle Laure Rieublanc, qui a perdu sa mère de fort bonne heure, a été élevée dans un pensionnat à la mode, un de ces pensionnats où l'on apprend l'anglais, l'espagnol, l'italien, la danse, la musique, que sais-je!

— Tout en un mot, excepté ce qu'une femme doit savoir.

— Peut-être bien. Et, dame! quoique j'aie été reçu bachelier ès lettres, tu sais que je ne connais rien de tout cela, moi.

— Ce qui ne t'empêche pas, j'en suis sûr, de diriger à merveille l'étude de maître Baudineau, ton patron.

— J'y fais du moins tous mes efforts. Au surplus, ne va pas prendre une mauvaise opinion de mademoiselle Laure pour cela. Le fond est excellent, je t'assure : elle est pleine de simplicité et de gentillesse, mais elle n'aurait pas été fâchée de trouver un mari avec qui elle pût baragouiner anglais et italien, comme toi par exemple, et qui lui eût adressé des vers par ci par là, encore comme toi.

— Mais je ne suis pas maître clerc, moi, mon cher Durandin, et c'est fort heureux sans doute pour le notariat comme pour moi-même. Allons, ne t'inquiète pas, je me fais ce soir ton avocat, et je veux être... sifflé, ce qui pourrait bien m'arriver, par parenthèse, en ce moment même au théâtre du Palais Royal, si je ne gagne pas ta cause. Mais il se fait tard, et maintenant que me voici un peu réchauffé et au courant de tes affaires, tu permets que ton confident fasse sa toilette devant toi. Pendant que je m'habille, ce qui ne sera pas long, veux-tu me faire un plaisir, c'est de décacheter ma correspondance, qui est là devant toi sur la cheminée, et de m'en donner lecture. Il pourrait y avoir quelque chose de pressé, depuis ce matin que je suis absent de chez moi.

— Bien volontiers, mais c'est qu'aussi il pourrait y avoir dans ces lettres tels détails... si c'était une femme, par exemple, qui t'écrivît?

— Oh! [illegible]re toi, je n'ai point de secrets. Mon cher lecteur, [illegible]s attends.

— V[illegible]s donc : hum! hum! que dit celui-là?

« [illegible]on cher monsieur,

» Je me suis présenté plusieurs fois chez vous sans » avoir le plaisir de vous rencontrer, et je prends le parti » de vous écrire pour vous prier en grâce de songer à » l'ouvrage que vous avez bien voulu me promettre pour » notre saison d'hiver ; ce sera un véritable service que » vous rendrez à mon théâtre et à moi-même, et je suis » tout disposé à le reconnaître au moyen d'une prime » dont vous pouvez fixer vous-même le montant. Je m'en » rapporte entièrement, à cet égard, à votre loyauté bien » connue. Un mot de réponse, s'il vous plaît, à votre tout » dévoué... »

— J'y songerai... Passons à des tableaux plus riants.

— Comme il te plaira. Il y a sur l'adresse *très pressé*. Diable! j'aurais dû commencer par cette lettre-là. C'est du rédacteur en chef d'un journal.

« Mon cher ami,

« Votre feuilleton est-il prêt? Le public en attend avec » la plus vive impatience la continuation. C'est décidé» ment un de vos plus grands succès en ce genre. Ainsi » que vous avez pu le voir, j'ai fait mettre une note dans » le numéro d'hier pour annoncer *urbi et orbi* que vous » étiez indisposé. Je suis informé que depuis lors les bu» reaux du journal ne désemplissent pas d'abonnés qui » viennent demander de vos nouvelles. Tâchez donc de » les rassurer et de nous en débarrasser en nous envoyant » un peu de copie. Le commissaire de police se plaint de » ce que cela gêne la circulation dans le quartier. Tout à » vous de cœur... »

— Le commissaire de police...! Tu as entendu? Qu'on est heureux, mon Dieu! de recevoir de ces lettres-là. Ah çà! tu as été indisposé? Tu ne m'en avais rien dit?

— Moi, pas du tout, je me porte à merveille. J'avais hier une partie de chasse à laquelle j'avais promis de ne pas manquer, et aujourd'hui notre déjeuner annuel. Il a bien fallu interrompre mon feuilleton.

— Pas possible! et le public a cru... Pauvre public! Mais, dis-moi, Arthur, est-ce que c'est bien difficile à fabriquer un feuilleton?

— Mais pas plus qu'autre chose.

— Ah! mon cher, si tu voulais me donner quelques conseils, c'est pour le coup que je serais sûr de faire la conquête de mademoiselle Laure Bleublanc, elle qui aime tant les feuilletons, les tiens surtout!

— C'est une plaisanterie.

— Non pas : je parle très sérieusement. Voyons un troisième message... — Au même instant, la porte s'ouvrit, et Abd-el-Kader entra tenant à la main un petit paquet d'une forme toute particulière et soigneusement cacheté. — Que diable est-ce qu'on t'apporte là? — s'écria le maître clerc ; — à la forme de l'enveloppe, on dirait un bouquet. Est-ce que c'est aujourd'hui la saint Arthur?

— Nullement. On se sera trompé d'étage. C'est sans doute pour quelque dame de la maison qui va en soirée. Abd-el-Kader va le porter à son adresse.

Ici le nègre, sur qui les yeux de son maître s'étaient portés en parlant ainsi, eut un sourire fort significatif, qui fit reluire sur le fond de son noir visage une double rangée de dents d'une blancheur éblouissante, et il tendit le paquet à Arthur en marmottant quelques syllabes, moitié françaises, moitié arabes, fort peu intelligibles.

— Hein! qu'est-ce qu'il dit ton moricaud? — reprit Durandin.

— Ma foi! je n'en sais rien.

— Cela ne laisse pas que d'être fort agréable d'avoir un domestique bédouin! Décidément j'aime mieux ma femme de ménage. Je la comprends au moins quand elle parle, et elle parle beaucoup.

— Eh! mais il y a quelque chose d'écrit sur l'enveloppe.

— A la bonne heure! c'est du français cela, et c'est une jolie écriture. Ton nom en toutes lettres : « Pour monsieur Arthur d'Escorailles. » Il n'y a pas à s'y tromper; ce doit être une femme qui a écrit cela, et une jolie femme encore.

— Erreur! mon pauvre Durandin, erreur! je vois ce que c'est. Il s'agit tout simplement de ma pièce du Palais-Royal, c'est le bouquet d'usage que m'envoient les garçons du théâtre, et cette petite écriture est tout simplement celle du machiniste. Ils s'y prennent de bonne heure, comme tu vois, et il faut que la pièce ait prodigieusement réussi. Prends dans ma bourse une pièce de vingt francs, et fais-la leur donner, je te prie.

A ce moment Abd-el-Kader se mit à hocher la tête d'une façon négative, en montrant de nouveau sa double rangée de dents blanches, et en accouplant de la façon la plus bizarre et avec une impétuosité sans égale les mots arabes et les mots français. Bien plus, Durandin ayant porté la main à la bourse d'Arthur, qui était sur la cheminée, le nègre le saisit vivement par le bras, en lui faisant signe de n'y point toucher.

— Ah çà! — s'écria le maître clerc impatienté, — fais donc finir ton Bédouin! Est-ce qu'il me prend pour un voleur? — Mais Arthur ne répondit pas, car il venait de décacheter le papier dans lequel était enveloppé le mystérieux envoi qu'on lui faisait, et il n'avait pu retenir une exclamation de surprise en apercevant un charmant bouquet de marguerites. — Diable! — reprit Durandin, — des marguerites en hiver? C'est une rareté, et cela a dû coûter gros. Il paraît qu'on fait grandement les choses dans les coulisses du théâtre du Palais-Royal! Ce sont bien des marguerites naturelles, n'est-ce pas?

— Vois plutôt toi-même.

En même temps Arthur tendit son bouquet à Durandin. Dans ce mouvement un petit papier plié se détacha d'entre les fleurs et tomba sur le parquet.

— Ah! ah! — s'écria le maître clerc, — un billet! cela se complique. Arthur, Arthur, tu ne nous as pas tout dit ce soir chez Véry. — Déjà le billet était ramassé, déjà il était déplié, et en le lisant une vive rougeur venait de colorer les joues d'Arthur. — Ah! ah! — repartit le maître clerc triomphant, — il paraît que ce n'est pas le mahiniste qui t'écrit. Je gage que c'est ton inconnue de la diligence.

Arthur congédia son valet d'un geste, puis, d'une voix légèrement altérée par l'émotion :

— Tiens, lis, — balbutia-t-il.

Le billet ne contenait que ces simples mots :

« Voici mon nom, et je vous aime. »

— Peste ! — reprit Durandin, — voilà une déclaration digne des *Mille et une Nuits*. Qu'en dis-tu ? Heureux Arthur, va ! Ah çà ! il paraît qu'elle se nomme comme les fleurs qu'elle t'envoie ; le calembour est fort distingué, du reste, tout comme le nom, mais ce n'est pas là celui que tu nous as dit ce soir : tu auras mal entendu, j'en suis sûr ; car ce ne peut être que ton inconnue de la diligence qui se rappelle ainsi à ton souvenir. Elle aura su par hasard quel est l'écrivain célèbre avec qui elle a voyagé, elle se sera monté la tête, et voilà !

Pendant que le maître clerc se livrait à ses conjectures, celui à qui elles s'adressaient avait baissé la tête, et ses yeux étaient amoureusement fixés sur le bouquet de marguerites et sur le petit billet qu'il tenait dans sa main. Tout à coup il releva la tête :

— Allons ! — s'écria-t-il, — ma toilette est terminée. Partons pour le quartier des Lombards.

Là-dessus Arthur déposa le bouquet de marguerites dans l'un des vases qui garnissaient sa cheminée, puis il serra le petit billet dans son carnet, qu'il eut bien soin de placer dans la poche de son habit, tout près de son cœur, et, ces préliminaires accomplis, les deux jeunes gens se mirent en devoir de regagner leur citadine, qui les attendait à la porte de la maison. Pendant ce laps de temps pas une parole ne fut échangée entre eux ; seulement, lorsque la portière ayant été refermée le char numéroté se mit en mouvement, le maître clerc dit à son ancien camarade, en lui serrant la main :

— Arthur, mon cher Arthur, il faut absolument que je me fasse auteur.

V

LE QUARTIER DES LOMBARDS.

Au nombre des quartiers de Paris qui ont le mieux conservé jusqu'à ce jour la physionomie des vieux âges de notre histoire, il en est un qui nous a toujours semblé plus que tous les autres empreint de ce cachet particulier et, si l'on veut, de cette rouille du passé que le frottement de la civilisation est impuissant à faire disparaître. Ce quartier a conservé son antique dénomination de quartier des Lombards. Et ce n'est point à tort qu'on lui a laissé une appellation à laquelle s'attachent, on le sait, des souvenirs de grandes richesses ; car entre ces pierres humides où l'air et la lumière ont tant de peine à pénétrer on trouverait presque à chaque pas des fortunes épanouies à l'ombre des bocaux et des alambics de toute sorte, des fortunes ignorées du monde élégant qui peuple les sphères parfumées de la Chaussée-d'Antin, des fortunes plus considérables, plus solides surtout que celles de tous nos brasseurs d'affaires, qui se pavanent en gants jaunes et en bottes vernies, le jour, à la Bourse, le soir, au Théâtre-Italien ou à l'Opéra.

Le Marais a pour lui ses hôtels séculaires, consacrés successivement par la noblesse d'épée et par la noblesse de robe ; le Marais est un quartier tout armorié ; la Cité se trouve partagée entre les gens d'église, cette autre noblesse, et les descendans directs des ribauds et des truands ; le quartier Saint-Jacques est demeuré le séjour exclusif de la jeunesse studieuse des écoles ; c'est le pays savant, le pays universitaire par excellence. Tous ces quartiers-là ont eu jadis leur population spéciale, et ils la conservent encore jusqu'à un certain point ; mais que de changemens le cours des années n'a-t-il pas amenés dans leur physionomie et dans les mœurs de leurs habitans ! Seul entre tous, le quartier des Lombards, en y joignant, si l'on veut, la rue Saint-Denis et la rue Saint-Martin, ses deux appendices, représente encore fidèlement, dans une foule de détails intimes empruntés à la fois au monde physique et au monde moral, cette bonne vieille bourgeoisie parisienne entée sur le commerce et l'industrie, simple, naïve, religieuse, frugale, laborieuse surtout au dernier point, véritable miroir, en un mot, de toutes les vertus patriarcales, et dont il faut regretter seulement qu'un petit grain de parcimonie vienne parfois ternir l'éclat.

Dans le quartier des Lombards, les maisons n'ont généralement point de cours intérieures. Mais à quoi bon, s'il vous plaît, un espace vide où l'on ne peut loger ni épiceries ni drogueries ? L'air manque, il est vrai ; mais qu'a-t-on besoin d'air quand on a des magasins pouvant contenir pour 500,000 francs de denrées coloniales ? Les appartemens sont obscurs, froids, exigus ; mais qu'importe, pourvu qu'on ait assez de place pour recevoir le chaland et pour loger les livres des comptes courans ? Et puis la fièvre du travail, alimentée par un lucre qui se renouvelle à chaque instant, rend insensible au souffle glacé de l'hiver. Un dernier trait, et il est caractéristique : c'est dans le quartier des Lombards qu'on trouve encore de ces études de notaire situées au rez-de-chaussée sur la rue, dans une espèce de cave, et protégées par d'énormes barreaux en fer, comme jadis toutes les boutiques de boulangers.

En résumé, au milieu de ce torrent qui emporte dans Paris les vieilles mœurs, les vieux usages, les vieux logis, il semble que le quartier des Lombards soit demeuré debout et presque intact, grâce à je ne sais quelle mystérieuse pétrification. C'est une façon de Pompéi et d'Herculanum sortie de ses cendres, et rendue à la fois à la lumière et à l'existence pour l'édification des contemporains.

Neuf heures trois quarts du soir sonnaient à l'église Saint-Merry lorsqu'une citadine, tournant brusquement l'angle que forme la rue des Lombards, la grande artère de ce quartier, avec celle des Cinq-Diamans, s'arrêta à l'entrée de cette dernière rue, devant une porte bâtarde à marteau de fer, et dont une chatière treillissée ménagée dans l'épaisse membrure du bois accusait suffisamment la haute antiquité. Nos jeunes gens se disposèrent à descendre de la voiture, et, pendant que l'un d'eux invitait l'automédon à l'attendre, une main qui n'appartenait ni à l'un ni à l'autre saisit le marteau de fer suspendu à la porte et frappa.

Durandin poussa un cri de surprise et de frayeur, auquel répondit un rire strident et guttural, en même temps qu'un fantôme entièrement enveloppé d'un burnous blanc, surmonté d'un capuchon qui ne laissait voir que des prunelles blanches sur un masque noir, vint s'incliner devant les deux jeunes gens et leur offrir l'aide de son bras pour mettre pied à terre.

— Rassure-toi, Durandin, — s'écria Arthur. — Eh quoi ! n'as-tu pas reconnu Abd-el-Kader, qui était monté derrière la voiture ? C'est mon valet de pied ordinaire quand je vais au bal, et mon valet de chambre quand je reste chez moi. Oh ! c'est un garçon précieux.

— Ma foi ! mon cher, j'ai cru que c'était le diable en personne, et je te supplie de ne point le faire monter avec nous. Il serait capable de faire peur à toute la société. On n'est pas encore fait à ces bédouins-là, vois-tu, dans le quartier des Lombards.

— A la bonne heure ! il gardera la voiture.

Le nègre hocha la tête, et demeura immobile comme une sentinelle au port d'armes.

Après une demi-minute d'attente environ la porte s'ouvrit, et un faible jet de lumière, émané d'une façon de lanterne borgne, permit aux jeunes gens de traverser sans trop se heurter à la muraille une allée longue, humide et surtout fort étroite, qui servait à la maison de vestibule, d'*atrium*, tout ce que l'on voudra. Au bout de cette allée se trouvait une grille en fer, nouvelle barrière à franchir, et qui prouvait surabondamment combien les anciens propriétaires de cette demeure étaient défians, bien que, à coup sûr, le métier de voleur fût loin, sous l'ancien régime, d'avoir reçu tous les perfectionnemens qu'on lui a apportés de nos jours.

Un portier, un véritable portier du temps passé, sale, crasseux, dépenaillé et la tête coiffée du classique bonnet de laine, entr'ouvrit en arrière de la grille un carreau de vitre mobile, puis, avançant extérieurement son bras doublement orné d'une chandelle et d'un tirepied, il parut se livrer à une inspection assez approfondie des deux visiteurs. Cette inspection tourna sans doute à leur avantage, car au bout d'une demi-minute la grille s'ouvrit.

Cette fois les deux jeunes gens se disposaient à franchir rapidement les degrés de l'escalier lorsque le farouche Cerbère, s'élançant hors de sa loge, s'écria d'un voix glapissante :

— Où vont ces messieurs?

— Eh! — s'écria l'un des deux jeunes gens, — est-ce que vous ne me reconnaissez pas, père Subtil? je viens passer la soirée chez monsieur Rieublanc avec monsieur, qui est mon ami.

— Excusez, monsieur Durandin, — repartit plus doucement monsieur Subtil; — c'est que d'abord je ne connaissais pas monsieur votre ami; et puis à une heure si avancée... enfin j'ai ma consigne, vous le savez, je ne connais que ça. — Là-dessus, saisissant un sifflet appendu le long de sa hanche en guise de chapelet, monsieur Subtil emboucha l'instrument et en tira coup sur coup deux sons suraigus propres à déchirer l'oreille la moins délicate. — Maintenant, messieurs, — dit-il, — vous pouvez monter, il y a un quinquet dans l'escalier aujourd'hui, et vous ne courez aucun risque.

Les deux jeunes gens suivirent la rampe d'un escalier qui, construit il y a deux cents ans au moins, affectait la forme de plusieurs triangles superposés, et s'arrêtèrent au second étage. Là ils se trouvèrent face à face avec deux servantes qui, au double coup de sifflet de monsieur Subtil, n'avaient pu s'empêcher d'ouvrir la porte de l'appartement et d'accourir se poster curieusement sur le palier de l'escalier afin de voir plus tôt quelles personnes pouvaient arriver à une heure si indue à la soirée de monsieur Rieublanc.

— Eh! c'est monsieur Durandin! — s'écrièrent-elles toutes les deux d'une seule voix et avec un accent normand des plus prononcés. — Comme vous arrivez donc tard, monsieur!

Le maître clerc, qui, comme on le voit, était fort connu de toute la maison, échangea avec les deux caméristes, deux fraîches et fortes filles coiffées à la paysanne, un bonsoir familièrement affectueux; puis, tendant à chacune d'elles une main à laquelle il venait d'arborer, en montant l'escalier, un magnifique gant jaune serin, afin qu'elles eussent à en attacher les boutons :

— C'est vrai, — dit-il d'un air mystérieux et à mi-voix, — mais aussi vous ne savez pas qui j'amène : c'est un auteur célèbre, un de mes amis intimes, qui est attendu, en sortant d'ici, chez S. A. R. monseigneur le duc d'Orléans, rien que cela! Allons, ôtez-moi mon paletot maintenant.

Les deux servantes ouvrirent de grands yeux, bien que, à vrai dire, ces mots d'auteur célèbre et même d'altesse royale n'eussent pas pour elles une signification bien précise, et elles se hâtèrent d'introduire les deux jeunes gens dans une façon de salle à manger pompeusement éclairée par deux quinquets dont la lueur se reflétait sur des boiseries noires et humides de vétusté. Cette salle se trouvait métamorphosée à la fois en vestiaire, en antichambre et en office; il y avait là, indépendamment des châles, manteaux, redingotes, etc., la plus curieuse collection qu'il soit possible d'imaginer des socques articulés et non articulés, de claques, de riflards de tous les régimes, entremêlés de couvre-chefs masculins et féminins, ces derniers, des couleurs les plus variées, le tout propre à démontrer d'une façon victorieuse qu'une portion notable des invités étaient venus à pied rue des Cinq-Diamans, avec l'intention, comme on dit vulgairement, de s'en retourner par la même voiture.

Arthur d'Escorailles, accoutumé à vivre dans une société élégante, au milieu de toutes les recherches d'un luxe un peu superficiel (à Paris en est-il jamais autrement?), faisait tous ses efforts pour dissimuler sa surprise à l'aspect de tous les détails plus ou moins vulgaires, plus ou moins prosaïques, de ce monde nouveau dans lequel il venait de faire son entrée. Comme il avait trop de savoir-vivre pour manifester par aucun signe extérieur la situation de son esprit, il avait pris une attitude de résignation qui n'excluait pas entièrement je ne sais quelle arrière-pensée d'observation moqueuse empreinte dans son regard plein de finesse et dans un pli presque imperceptible de sa bouche. On eût dit, si l'on veut bien nous pardonner cette comparaison, quelque hôte superbe des forêts tenu en laisse par un pauvre diable de cornac prêt à faire l'exhibition au milieu d'une foire.

Buffon a dit quelque part : « Le style, c'est l'homme! » mais depuis feu Walter Scott, d'illustre et descriptive mémoire, tout romancier bien appris a remplacé cet adage par le suivant : « Le costume, c'est le personnage. » Qu'il nous soit donc permis d'indiquer celui de nos héros. Tous, suivant la mode aussi tenace que tyrannique à laquelle la France obéit depuis plus d'un quart de siècle, étaient uniformément vêtus de couleurs sombres, mais, bien que leur toilette fût à peu de chose près pareille, il y avait entre eux la même différence qu'entre un bel épagneul finement découplé et un barbet, tous deux de même robe.

Autant Polydore Durandin avait mauvaise grâce avec ses vêtemens, dans lesquels son corps et ses deux jambes affectaient la forme de trois sacs à moitié remplis, autant il y avait d'élégance et d'harmonie dans le costume d'Arthur. C'est que son habit, juste et presque collant jusqu'à la naissance des hanches, large et ondoyant des basques, faisait ressortir avec tant d'avantage la riche cambrure de sa taille svelte et dégagée; c'est que sa tête blonde et un peu rêveuse comme toute tête de poëte se détachait si bien, encadrée qu'elle était dans une simple cravate de satin noir, au-dessous de laquelle apparaissait un fragment de jabot; c'est que sa fine moustache vénitienne ombrageait les contours d'une bouche d'où il semblait qu'il ne dût s'échapper que de douces paroles, si elle n'eût accusé en même temps un peu de fierté. J'allais ajouter qu'Arthur portait des gants fort bien faits, et que ses bottes vernies étaient irréprochables.

Il n'en était pas de même de Durandin, dont le costume était loin de rehausser la tournure et la physionomie quelque peu vulgaires. Sous ce rapport comme sous bien d'autres, Polydore s'éloignait sensiblement des habitudes d'élégance qui se sont introduites depuis quelques années dans le notariat. Car, aujourd'hui que la bourgeoisie a bien décidément détrôné la noblesse même en matière de toilette, nul n'ignore que nos Lauzun, nos Vardes et nos Fronsac sont presque tous des clercs de notaire ou des commis d'agent de change. Malheureusement, et quoique principal clerc de notaire, Polydore Durandin appartenait à cette classe d'individus qui s'empressent d'adopter une mode alors qu'elle est en pleine décadence et qui jamais n'ont su former convenablement le nœud de leur cravate. Ajoutons à cela qu'il professait une espèce de culte pour la cravate blanche, celle qui exige justement le plus de soins, de recherche et d'élégance. Il portait ce soir-là un gilet de soie couleur claire, à grands ramages, taillé en veste de marquis, et dont l'effet était d'autant plus bizarre que son habit, coupé à l'anglaise et terminé en queue de morue, laissait ses hanches entièrement à découvert. Enfin il avait à la main un chapeau claque tel qu'il s'en voyait encore quelques-uns il y a cinq ou six ans. Sous cet accoutrement un peu hétéroclite le pauvre garçon se croyait superbe, et on l'eût bien étonné en cherchant à le désabuser.

Après avoir lancé furtivement dans un vieux miroir suspendu en un coin de la salle à manger un regard assez satisfait, Durandin prit triomphalement sous son bras le bras d'Escorailles, et se dirigea avec lui vers la porte du salon. Déjà les deux servantes, se précipitant devant eux, portaient à la fois la main à la serrure afin de pouvoir contempler l'entrée des deux jeunes gens, lorsqu'un prélude de piano se fit entendre, et en même temps une voix fraîche et pure de jeune fille entonna une des plus suaves cantilènes de Bellini, la cavatine du premier acte des *Puritains*, celle dans laquelle la *diva* Grisi déploie si bien toutes les merveilleuses ressources de son gosier de rossignol : *son vergine vezzosa*...

— C'est elle ! — s'écria Durandin, qui tressaillit et dont une vive rougeur colora les joues : — c'est mademoiselle Laure Rieublanc ! — Par une sorte de commotion électrique, Arthur tressaillit également. Cette voix si mélodieuse qui venait de frapper son oreille, le choix et l'exécution de ce morceau de musique contrastaient d'une façon si sensible avec les objets matériels qui venaient de s'offrir à sa vue qu'il fut un moment tenté de se croire sous l'influence d'un rêve. — Tu comprends, murmura tout bas le maître clerc, — que nous ne pouvons nous permettre d'entrer dans un pareil moment. Attendons et écoutons.

Arthur n'avait pas besoin d'une semblable recommandation, car il était tout oreilles et ne respirait plus. Il était alors, si l'on veut bien se rappeler toutes les circonstances qui avaient marqué pour lui cette soirée, sous l'empire de ces prédispositions où l'âme, et avec elle en quelque sorte tout l'organisme, s'ouvre si aisément à toutes les impressions douces et voluptueuses. Il songeait à ce mystérieux bouquet de marguerites qu'il avait reçu, et, comme dans une des plus fraîches en même temps que des plus poétiques créations de Shakespeare, il lui semblait que les notes qui venaient frapper son oreille s'échappaient comme autant de voix harmonieuses du calice des marguerites.

Lorsque la cavatine fut terminée, Durandin lui toucha légèrement le bras en s'écriant avec un juste orgueil :

— Hein ! qu'en dis-tu ? cela ne te semble-t-il pas bien pour le quartier des Lombards ?

— Je dis, — repartit Arthur avec beaucoup de vivacité, — que voilà sans contredit la plus jolie voix que j'ai entendue de ma vie.

— Ah ! mon cher, — reprit Durandin en poussant un gros soupir, — que diras-tu quand tu verras la cantatrice !

— Voyons-la donc, car je crois que nous pouvons entrer maintenant.

En parlant ainsi Arthur ouvrit la porte du salon, une grande pièce formant un carré long, également boisée du haut en bas comme la salle à manger, et dont tout l'ornement consistait en un portrait en pied représentant un officier de voltigeurs de la garde nationale en grande tenue d'été. Au moment où les deux amis entrèrent, une jeune fille de dix-sept à dix-huit ans, à la taille svelte et élancée, bien que peu élevée, vint au-devant d'eux. Elle avait de grands yeux bleus, un visage plein de candeur et d'ingénuité, harmonieusement encadré dans de beaux cheveux d'un blond cendré retombant en grappes le long de ses joues jusqu'à la naissance d'un cou plein de souplesse et d'élégance. Une simple robe de mousseline blanche dessinait les contours de son corps. C'était mademoiselle Laure. Elle venait justement de quitter le piano, et, s'empressant au-devant du maître clerc, qui s'était avancé le premier, elle lui dit avec une petite moue enfantine pleine de grâce :

— Oh ! c'est bien mal à vous, monsieur Durandin, d'arriver si tard, vous qui m'aviez tant promis de m'applaudir !

— Mademoiselle, — répondit Polydore en faisant sa plus aimable grimace, — je vous demande un million d'excuses, je savais que vous n'aviez pas besoin de moi. Au surplus, — ajouta-t-il en enflant sa voix de façon à ce qu'on pût l'entendre à l'autre bout du salon, — j'apporte avec moi mon pardon. Permettez-moi de vous présenter l'un de mes amis particuliers, monsieur Arthur d'Escorailles, qui a bien voulu ne point se rendre immédiatement au bal de S. A. R. monseigneur le duc d'Orléans, où il est attendu, afin de vous consacrer...

Pendant que, tout entier à l'observation de l'effet que produisait sur l'assistance cette magnifique annonce, Durandin lançait à droite et à gauche des regards de conquérant, la jeune fille avait jeté rapidement les yeux sur Arthur, et elle était devenue d'une pâleur mortelle. Ce dernier, tremblant lui-même, les yeux baissés, cherchait vainement une parole au fond de son gosier lorsqu'un homme d'un embonpoint peu ordinaire, et porteur d'une paire de petites moustaches grises qui donnaient à sa physionomie l'expression la plus singulière qu'il soit possible d'imaginer, se fit jour à travers plusieurs groupes, et accourut tout essoufflé à la rencontre des nouveaux venus.

— Eh ! c'est ce cher monsieur Durandin ! — s'écria-t-il d'un ton plein de bonne humeur ; — allons, il ne nous manque plus rien et la fête est complète maintenant. — Puis, se tournant aussitôt du côté de divers personnages avec ou sans moustaches, et à physionomies plus ou moins belliqueuses, qui se trouvaient à peu de distance de lui, il continua avec impétuosité et en les apostrophant l'un après l'autre : — Commandant, lieutenant, sergent, je vous présente monsieur Durandin, le principal clerc de l'étude de maître Baudineau, notre voisin, un charmant garçon, entendez-vous, et dont je fais le plus grand cas, bien qu'il ne soit pas encore de la garde nationale, mais il en sera, morbleu ! — Pendant ce temps-là monsieur Polydore Durandin s'épuisait en efforts superflus pour placer une parole et surtout pour faire apercevoir à l'amphitryon qu'il n'était point venu seul, et que lui-même avait une présentation à faire, une présentation importante. L'impitoyable monsieur Rieublanc (car le lecteur n'a pu penser que ce fût une autre personne, bien que nous le nommions ici pour la première fois), monsieur Rieublanc ne lui en laissait pas le loisir, et déjà il entamait un autre thème de conversation en s'écriant : — Ah çà ! mon cher Durandin, vous êtes bien en retard, ce soir ! Je vous avais dit pourtant : « Huit heures, heure militaire. » Vous avez manqué à la consigne, morbleu ! vous aviez donc des affaires pressées à l'étude, quelque contrat de mariage, peut-être la fille de notre porte-drapeau, n'est-ce pas ? Un des tambours m'a dit... Prenez donc une prise de tabac dans ma tabatière, cela vous dégagera le cerveau.

Ici le maître clerc saisit avec avidité l'occasion que lui offrait l'interruption forcée du discours de son interlocuteur pour s'écrier enfin avec une volubilité extraordinaire, et en reproduisant les termes mêmes de la phrase qu'il avait imaginée et dont il était fier :

— Non, monsieur Rieublanc, je n'avais point de contrat ce soir, et j'apporte mon pardon avec moi. Permettez-moi de vous présenter l'un de mes amis particuliers, monsieur Arthur d'Escorailles, qui a bien voulu ne point se rendre immédiatement au bal de S. A. R. monseigneur le duc d'Orléans, où il est attendu, afin... — A cet instant monsieur Rieublanc jeta à son tour sur l'hôte qui venait de s'introduire dans son domicile des yeux qui soudain parurent effarés ; tout son corps frémit, sa moustache se hérissa. Il ouvrit la bouche et essaya de parler, mais la parole expira sur le bord de ses lèvres, car il venait de reconnaître avec colère dans ce jeune homme qu'on lui présentait l'ennemi intime avec lequel il s'était vu condamné à coexister quarante heures durant dans le coupé de la diligence de Clermont à Paris. Arthur avait toujours les yeux baissés, et mademoiselle Laure, en proie à mille sensations, différentes sans doute de celles qu'éprouvait son père, avait pris le parti de baisser les siens, comme si, ayant vu briller l'éclair, elle eût attendu en tremblant les éclats de la foudre. Tout à coup Durandin, faisant quelques pas en avant, s'écria : — Tiens ! tiens ! mais je ne me trompe pas, c'est notre camarade Bidault que j'aperçois là-bas.

VI

UNE SOIRÉE RUE DES CINQ-DIAMANS.

Durandin, bien loin de se douter de ce qui se passait dans l'âme de Laure et de son père, attribuait à l'admiration que faisait éprouver à ses hôtes la vue de l'homme célèbre qu'il venait de leur présenter un trouble et une stupéfaction qui se trahissaient si évidemment. Quant aux assistans, un seul sentiment était peint sur leur visage, celui d'une naïve curiosité; car au quartier des Lombards on ne sait point dissimuler ses sentimens comme à la Chaussée-d'Antin ou au faubourg Saint-Honoré, et pour mieux voir l'auteur à la mode on eût volontiers monté sur les banquettes.

Tout à coup le bouillant ex-droguiste parut disposé à terminer par un éclat fâcheux les embarras d'une situation dont un homme du monde se fût tiré sans doute par quelque expédient détourné et avec tous les dehors de la politesse.

— Ah ! ah ! — s'écria-t-il, les joues gonflées et en se haussant sur la pointe de ses pieds, car il était d'une stature fort médiocre, — c'est à monsieur Arthur d'Escorailles que j'ai l'honneur de parler ! morbleu ! j'en suis fort aise...

Nous ne savons trop ce que monsieur Rieublanc allait ajouter, mais en ce moment il fut interrompu par un jeune homme qui, s'élançant auprès de lui et saisissant la main d'Arthur, s'écria :

— Pardieu ! messieurs, voici une agréable aventure; je sors à l'instant même du théâtre du Palais-Royal, où l'on donnait une pièce de mon ami que voici, une pièce qui a eu le plus grand succès, par parenthèse. D'Escorailles, je t'en fais mon compliment. Mais figure-toi, mon cher, qu'il y avait là, dans la salle, aux premières loges, un individu que tout le monde se montrait et qui te ressemble d'une manière frappante. On jurerait que c'est toi, ma parole d'honneur ! et si je ne savais bien positivement..., il me semble l'avoir déjà rencontré sur les chemins de fer ou en voiture publique; car il voyage beaucoup, à ce qu'on dit, ce jeune homme-là. — Ces paroles, débitées avec un aplomb remarquable, exercèrent instantanément le même effet que l'introduction d'un courant d'air dans une salle où la raréfaction de l'atmosphère empêche de respirer. Le front de monsieur Rieublanc se rasséréna aussitôt, et il sourit avec affabilité; un frais incarnat ranima les joues de sa fille, et Arthur recouvra la voix pour répondre aux complimens de bienvenue du maître de la maison. Le magicien qui venait d'opérer ce prodige n'était autre que monsieur Eugène Bidault, le jeune et facétieux bureaucrate avec lequel nos lecteurs ont déjà fait un commencement de connaissance chez Véry. Convié à la soirée de monsieur Rieublanc en qualité de caporal fourrier dans la compagnie de voltigeurs de la garde nationale, dont l'ex-droguiste avait l'honneur d'être le capitaine, Eugène Bidault avait voulu cumuler à la fois le plaisir du spectacle et celui du bal. C'est pourquoi il s'était rendu d'abord, en compagnie de ses anciens camarades, au théâtre du Palais-Royal; puis, la pièce nouvelle terminée, il s'était élancé dans un omnibus, qui l'avait déposé non loin de la rue des Cinq-Diamans. Fort heureusement pour Arthur, comme on vient de le voir, il était arrivé quelques minutes avant lui, et, témoin du danger qu'il courait, doué d'ailleurs au suprême degré de cet esprit d'à-propos que développe puissamment l'habitude de vivre sous un joug quelconque et la nécessité de tromper des supérieurs, il avait, selon l'expression consacrée, rompu les chiens et par suite détourné l'orage. Si Eugène Bidault s'était fait auteur dramatique, il serait peut-être aujourd'hui le premier d'entre tous, car nul mieux que lui ne possédait le grand art que, en argot du métier, on nomme *ficelles*, seulement, au lieu d'écrire, il pratiquait.

— Ah çà ! — murmura-t-il à voix basse à l'oreille d'Arthur, — c'est ton particulier de la diligence ! motus ! Ce pauvre Durandin ! et c'est lui qui te présente ! ces aventures-là ne sont faites que pour lui ! Du courage ! on ne se doute de rien.

Le fait est que monsieur Rieublanc, ou mieux encore le capitaine Rieublanc (depuis qu'il était retiré du commerce il prenait volontiers ce titre, en dehors même des réunions de la garde nationale), s'était empressé de mordre à l'hameçon du bureaucrate, et cela d'autant plus aisément qu'il n'avait guère fait qu'entrevoir Arthur dans le coupé de la diligence, on s'en souvient sans doute; et puis qui ne sait combien la différence qui existe entre un costume de voyage, un costume d'hiver surtout, et une toilette de soirée, métamorphose le même individu?

Quant à mademoiselle Laure, bien qu'elle ne fût pas dans cette circonstance tout à fait aussi crédule que son père, elle se serait bien gardée de le laisser voir. Tous deux d'ailleurs, comme on le pense bien, avaient intérêt, à divers titres, à ne point évoquer hautement le souvenir d'une rencontre qu'il était au moins inutile de publier. Les aventures de diligence, quelque innocentes qu'elles puissent être, donnent toujours beaucoup à penser à la malignité lorsqu'une jeune femme s'y trouve mêlée.

Pour Durandin, on a vu qu'il était entièrement absorbé par la pensée du relief que lui donnait l'introduction d'une célébrité telle que d'Escorailles dans le salon de monsieur Rieublanc, et il interpréta nécessairement en ce sens le trouble de la fille et du père, d'autant mieux que, s'il eût conservé quelques soupçons après le récit qu'Arthur avait fait le matin à ses amis, l'envoi du bouquet de marguerites eût suffi pour les dissiper. Enfin on doit se rappeler que le nom des voyageurs avec lesquels Arthur était revenu de Clermont à Paris avait été reconnu essentiellement différent de celui de l'ex-droguiste, qui n'avait nul intérêt à dissimuler le sien propre.

Cependant un prélude de contredanse vient de retentir sur le piano; et, docile à ce signal, toute la jeunesse masculine s'est élancée auprès d'une vingtaine de danseuses quadrangulairement épanouies, sous l'aile de leurs chaperons maternels ou autres, sur des banquettes adossées aux quatre faces du salon; déjà les couples divers se placent et s'échelonnent d'après l'ordre déterminé par l'immuable loi qui régit la formation d'un quadrille. Déjà vingt dialogues confus s'engagent, et, bien qu'Arthur d'Escorailles n'ait point cessé d'être le point de mire de tous les regards, la curiosité commence à s'émousser quelque peu et à faire place à d'autres préoccupations.

Deux personnes seulement, debout et face à face, gardent le silence. Ces deux personnes, est-il besoin de les nommer? Arthur enfin, le premier, croit devoir prendre la parole.

— Mademoiselle, — dit-il en s'approchant de Laure et d'une voix à laquelle le trouble qu'il éprouve ajoute un charme de plus, — mademoiselle, permettez-moi de réclamer la faveur d'une contredanse.

— Je vous remercie, monsieur, — balbutie la jeune fille, — je suis engagée.

Une pause. Sans le tumulte inséparable de l'organisation d'un quadrille, on entendrait certainement le battement sourd et précipité de deux cœurs qui bondissent contre deux poitrines.

— Pourtant, mademoiselle, je ne vois point venir votre danseur, et si j'étais assez heureux pour obtenir de vous cette contredanse...

— Oh ! il va venir, monsieur, j'en suis sûre...

— Mais il ne vient point. De grâce, je vous en prie, souffrez que je le remplace... Vous voyez... on va commencer.

Par une de ces fatalités qui (nous en appelons au souvenir de nos lectrices) n'arrivent jamais plus souvent qu'aux femmes que leurs agrémens personnels ou leur position mettent le plus dans le cas d'être recherchées, le cavalier avec qui mademoiselle Laure avait bien voulu promettre de danser cette fois lui avait fait décidément faux bond. C'était, comme toujours, l'effet d'un malentendu sans doute, mais enfin il y avait lieu de pourvoir au remplacement du délinquant.

Mademoiselle Laure Rieublanc n'était ni prude ni coquette; cependant, par des motifs que toute lectrice appréciera, il lui en coûtait beaucoup en ce moment d'accorder à Arthur la faveur, beaucoup plus étendue qu'on ne le pense généralement, d'une contredanse, c'est-à-dire d'un entretien dans lequel on peut si bien tromper, quand on le veut, l'œil le plus clairvoyant, l'oreille la plus exercée. D'ailleurs, qui ne sait que plus il y a de gens pour regarder et pour écouter, moins on a de chance d'être vu ou entendu.

Donc mademoiselle Laure, obéissant à un sentiment de réserve qu'on trouve encore dans le quartier des Lombards, murmura timidement, en évitant de rencontrer les yeux d'Arthur.

— Je me sens un peu fatiguée, monsieur, et je suis bien fâchée de vous refuser, mais permettez-moi de me reposer pendant cette contredanse.

En parlant ainsi, elle s'inclina avec une grâce charmante devant le solliciteur qu'elle éconduisait inhumainement. Celui-ci n'osa pas insister, mais il attacha sur Laure un regard si plein de tristesse, qu'à coup sûr elle en eût été attendrie si elle n'eût pas baissé les yeux.

Tout à coup Durandin, qui venait d'échanger çà et là dans le salon des poignées de main avec quelques familiers de la maison Rieublanc; Durandin, qui avait vu de loin le mauvais succès de l'invitation de son illustre ami, se précipita auprès de mademoiselle Laure, entraînant dans sa course je ne ne sais quelle danseuse émérite qu'il venait de raccoler au coin d'une banquette.

— Ah ! mademoiselle, — s'écria-t-il, — mademoiselle, je vous en supplie, ne refusez point de me faire vis-à-vis avec mon ami Arthur d'Escorailles, autrement vous condamnez madame à ne point danser, et ce serait dommage. Monsieur Rieublanc, capitaine Rieublanc, prêtez-moi main-forte auprès de votre aimable fille.

Monsieur Rieublanc étant intervenu auprès de sa fille, celle-ci se détermina à abandonner sa main à Arthur, qui introduisit sa danseuse toute tremblante dans le quadrille, et aussitôt chaque couple, entrant en branle, se livra avec toute la fougue du septième arrondissement aux délicieuses agitations de la *chaîne anglaise*.

Pendant qu'on se trémousse ainsi dans le salon de l'ex-droguiste, parlons un peu de lui, de sa fille et de ses hôtes.

Monsieur Athanase Rieublanc, retiré depuis peu des affaires avec une fortune des plus rondes et le grade important de capitaine de voltigeurs dans la garde nationale, était un petit homme fort vif, bien que d'une corpulence remarquable. Il avait de petits yeux noirs, de petites moustaches et un gros nez en pied de marmite. Il comptait alors soixante-trois ans environ, bien qu'il en dissimulât une partie par amour pour l'épaulette que ses concitoyens lui avaient conférée et qu'il tenait à abdiquer le plus tard possible, car c'était sa vie, à lui, que la garde nationale, bien qu'elle ne lui eût procuré, outre son grade et les dîners du château les jours de garde, que des fraîcheurs et des rhumatismes.

Un jour qu'un grand personnage passait une revue et que, frappé de l'air profondément martial du capitaine Rieublanc, il s'était arrêté pour lui demander s'il avait servi, le droguiste répondit avec un grand sang-froid : « Oui, dans la vieille garde ! » Pas n'est besoin d'ajouter que c'était dans la vieille garde nationale, celle de la restauration, et que, en fait de mortiers, Athanase Rieublanc n'en avait vu d'autres que ceux qui se trouvaient dans la boutique de son père, droguiste comme lui, et sur lesquels il avait fait ses premières armes. Le grand personnage tendit la main au capitaine, non sans s'étonner qu'un homme de si petite taille eût pu être admis dans un corps où la stature n'était pas moins obligatoire que le courage, et, depuis cette poignée de main, monsieur Rieublanc a toujours voté dans les élections pour le candidat du ministère.

Après son bonnet à poils (symboliquement parlant), monsieur Athanase Rieublanc n'aimait rien tant au monde que sa fille unique, mademoiselle Laure, rose charmante, épanouie un beau matin après un hymen longtemps stérile, au milieu des alambics et des denrées coloniales. Il eût été difficile de rencontrer un assemblage plus complet de toutes les qualités, de toutes les grâces qui forment autour d'un front de jeune fille une si douce auréole, et, quant à ces qualités, à ces grâces juvéniles on pouvait joindre, ainsi qu'elle, tous les talens qui charment la vie, et la beauté qui les éclaire comme le soleil; quand avec tous ces attraits réunis on pouvait offrir à un mari deux cent mille francs comptant de dot, il était permis sans doute de montrer quelque hésitation sur le choix de ce mari, alors même qu'on habitait rue des Cinq-Diamans, dans une maison noire et humide, doublement fermée par une grille en fer et une porte bâtarde.

Laure entrait ce jour-là dans sa dix-neuvième année, et c'était pour solenniser son anniversaire de naissance que monsieur Rieublanc avait invité un certain nombre de gardes nationaux choisis parmi les notables de sa compagnie, y compris le commandant du bataillon et quelques anciens confrères en épiceries et en drogueries, à venir, avec leurs familles, prendre leur part d'un thé dont sa fille devait, bien entendu, faire les honneurs. Aussi, d'un bout du salon à l'autre, on n'entendait retentir que les apostrophes suivantes :

— On demande un rentrant à l'écarté ! A votre tour, major !

— Caporal, faites-moi donc vis-à-vis !

Le capitaine Rieublanc était émerveillé; il allait de l'un à l'autre, distribuant libéralement des poignées de main à tous ses hôtes, et s'écriant en même temps :

— N'est-ce pas que ma soirée est charmante ? C'est une vraie fête de famille. N'étaient ces dames, on se croirait au corps de garde.

Au milieu du tumulte parfois un peu assourdissant qui caractérise la grosse gaîté bourgeoise, Arthur jugea qu'il pouvait sans danger d'être entendu s'expliquer nettement et franchement avec mademoiselle Laure, dont la froide réserve n'avait pu lui échapper.

— Mademoiselle, — lui dit-il rapidement et à mi-voix, — je vous supplie de me pardonner le bonheur que j'éprouve de vous avoir retrouvée au moment où je désespérais de vous revoir jamais. Croyez bien aussi que je ne suis redevable de ce bonheur qu'à un simple hasard. — Laure n'avait pu réprimer à ces derniers mots, un léger mouvement d'incrédulité. — Oui, mademoiselle, — continua-t-il : — amené dans la maison de monsieur Rieublanc par mon ami, je n'ai pu penser que j'y retrouverais sous ce nom des personnes qu'on m'avait assuré se nommer tout différemment.

A ce moment la jeune fille, qui jusqu'alors avait tenu ses paupières soigneusement baissées, leva ses grands yeux bleus sur Arthur avec une expression de candeur ineffable : puis, comme s'il lui eût suffi de ce regard pour lire au fond du cœur du jeune homme, elle répondit elle-même à mi-voix et très vivement.

— Je vous crois, monsieur, je vous crois; j'ai besoin de vous croire pour ne point renoncer à la bonne opinion que j'avais conçue de vous... d'après ce que nous en a dit monsieur Durandin. — Comme elle ajoutait avec émotion ces derniers mots, en guise de correctif à ce que les précédens avaient peut-être d'un peu trop explicite, l'impérieuse ritournelle se fit entendre et il fallut interrompre un dialogue si bien commencé. Lorsqu'elle revint à sa place, voulant sans doute changer le cours de la conversation, ce fut elle qui reprit la première la parole, et elle s'écria avec une aisance et une tranquillité affectées : — Monsieur, nous vous devons bien des remercîmens, mon père et moi, d'avoir bien voulu vous déranger pour assister à une petite réunion dans notre vilain quartier, une réunion qui ne saurait avoir aucun attrait pour vous, composée qu'elle est de personnes entièrement étrangères à vos idées, à vos habitudes, à vos occupations, qui sont nos plaisirs à nous.

— Pardon, mademoiselle, mais jusqu'à présent je n'ai entendu, je n'ai vu ici qu'une seule personne.

— Allons, soyez franc, monsieur, vous voulez dire une seule chose : la garde nationale. Que voulez-vous? mon père n'est plus jeune, et à son âge on a besoin d'une distraction pour occuper sa vie. Autant celle-là qu'une autre, n'est-ce pas? Elle est bien innocente, au moins. Faites-vous partie de la garde nationale, vous, monsieur?

— Non, mademoiselle, je n'ai point cet honneur, dont je me sens parfaitement indigne, et que jusqu'à ce jour j'ai décliné.

— Alors, — reprit la jeune fille, ramenée comme par une pente irrésistible vers un sujet de conversation rempli pour elle de dangereuses émotions, — ce n'est pas vous qui, comme mon père, auriez racheté bien cher, l'automne dernier, les places de deux voyageurs, afin de ne point manquer une prise d'armes.

Ce fut au tour d'Arthur de regarder Laure, qui rougit beaucoup.

— Mademoiselle, — dit-il, — je dois beaucoup, je le vois, à la garde nationale, puisque c'est grâce à elle que vous... et monsieur votre père avez pris la place de ces deux voyageurs. Je lui dois un souvenir qui ne s'effacera jamais de ma mémoire.

— Monsieur...

— Ecoutez, mademoiselle, ce souvenir je l'évoque ici aujourd'hui, en ce moment, pour la dernière fois sans doute. Je sais quel est le vœu le plus cher d'un ancien camarade de collége, j'allais dire son espérance... et, chargé par lui de plaider sa cause auprès de vous, je ne veux point qu'il ait à me reprocher d'avoir trahi sa confiance. Ne repoussez pas sa demande, mademoiselle, c'est un garçon plein d'honneur et de loyauté, digne de votre choix; et ce choix vous ne vous en repentirez pas, je m'en porte garant. Sans doute, il est pénible pour moi, oh! plus pénible que vous ne pouvez penser, maintenant surtout, de vous demander pour un autre ce que j'aurais été si heureux d'obtenir pour moi-même; mais j'espère qu'en agissant ainsi, vous ne me refuserez pas votre estime et peut-être... un peu de pitié.

Arthur se tut.

Laure ne répondit pas, mais elle était visiblement émue, et dans leur préoccupation, l'un et l'autre étaient devenus si étrangers à ce qui se passait autour d'eux, qu'il fallut que Durandin, leur vis-à-vis, s'écriât à deux reprises différentes :

— Eh bien! eh bien! mademoiselle Laure, vous avez oublié le chassez-croisez! En avant quatre, maintenant.

Quelques instans après, Arthur d'Escorailles reconduisit très cérémonieusement mademoiselle Laure à sa place, sans que pas une parole eût été échangée entre eux depuis celles qu'on vient de rapporter; puis, s'étant incliné froidement devant elle, il alla prendre le bras de monsieur Eugène Bidault, le bureaucrate.

— Merci, mon ami, — lui dit-il à voix basse, — du service signalé que tu m'as rendu ce soir, mais je crois être en droit d'exiger ta parole d'honneur que toute cette affaire restera secrète.

Monsieur Bidault serra la main de l'écrivain et répéta par deux fois, avec une énergie fort comique :

— *Juro! juro!*

Le maître clerc s'approcha d'eux, et, se penchant à l'oreille d'Arthur :

— Eh bien! mon cher, — lui dit-il, — comment la trouves-tu?

— Mais pas mal, pas mal.

— Diable! tu es bien difficile! C'est-à-dire qu'elle est adorable, et je ne l'ai jamais vue aussi jolie que ce soir, avec cette robe de mousseline blanche. Il n'est pas jusqu'à sa pâleur (car elle paraît un peu souffrante) qui ne la rende encore plus charmante. Ah çà! tu vas tenir ta promesse et lui parler en ma faveur.

— C'est déjà fait.

— Eh! eh! ton plaidoyer n'a pas été long, car il m'a semblé que vous ne vous disiez pas grand'chose pendant la contredanse; mais j'espère que tu vas compléter la plaidoirie.

— Pardon, mon cher Durandin, excuse-moi auprès de monsieur et de mademoiselle Rieublanc; je suis forcé de vous quitter.

— Tiens! tiens! est-ce que tu serais malade? Je te trouve aussi un peu pâle.

— Moi! en aucune façon! mais il est déjà fort tard, tu sais que j'ai une autre soirée.

— Comment! tu m'abandonnes déjà? Ah! quelle trahison! c'est affreux; mais attends au moins qu'on ait servi le thé.

— C'est impossible! Adieu, Durandin, adieu Bidault, mes bons amis... adieu.

En parlant ainsi, Arthur, parvenu à la porte du salon, sortit rapidement, et Durandin, quelque peu désappointé, n'eut d'autre ressource que de s'en aller de groupe en groupe en répétant :

— Mon ami Arthur d'Escorailles s'en va; mon ami Arthur d'Escorailles s'est en allé. Il a été obligé de nous quitter pour se rendre au bal de Son Altesse Royale le duc d'Orléans. Que voulez-vous? on se l'arrache. Hein! quel joli cavalier! et quel grand auteur! — Parvenu auprès de mademoiselle Laure : — Eh bien! mademoiselle, — lui dit-il, — comment le trouvez-vous?

— Qui donc? — balbutia la jeune fille.

— Eh! mon ami Arthur d'Escorailles!

— Je voudrais pouvoir répondre à votre question, mais il est bien difficile de se former une opinion sur quelqu'un à la première vue.

Et, tout en parlant ainsi, elle chiffonnait son mouchoir entre ses doigts d'un air rêveur.

— Allons! — s'écria le maître clerc en se retournant et en frappant sur l'épaule de son ami le bureaucrate, — il est clair qu'ils ne se sont plu ni l'un ni l'autre.

Pendant ce temps, Arthur sortait de la maison Rieublanc. C'est alors que le bouquet de marguerites et le billet qu'il avait reçus deux heures auparavant lui revinrent à la mémoire, et il se dit :

— Pourquoi n'est-ce pas Laure qui m'a envoyé ce souvenir et cette espérance? Mais puisque ce n'est pas, puisque ce ne peut pas être elle, qui est-ce donc?

VII

UNE SOIRÉE AU PAVILLON MARSAN.

Nul de ceux qui ont été conviés aux fêtes que donnait au pavillon Marsan le prince, aujourd'hui et pour longtemps l'objet des regrets de toute la France, ne saurait avoir perdu le souvenir de ces charmantes réunions, où l'élite de la société parisienne se trouvait rassemblée, et dont monsieur le duc d'Orléans faisait les honneurs avec tant de grâce. C'était là vraiment comme un conciliabule de toutes les aristocraties, depuis celle de l'intelligence, la première de toutes, jusqu'à celle que donnent le rang et la naissance, jusqu'à celle même de la beauté, qui ajoute tant d'éclat aux plus nobles blasons.

Tout le monde, on le sait, à l'aide de quelques protections et d'un uniforme de garde nationale, peut parvenir à figurer au milieu d'une de ces immenses cohues qu'on appelle un bal de la cour; mais il n'en était pas de même des soirées du prince royal, où les invitations, restreintes dans des limites assez étroites, étaient en outre soumises, sans aucune exception, au contrôle du jeune duc, auprès duquel les petites vanités de nos Turcarets et de nos bourgeois grands seigneurs n'ont jamais trouvé un accès bien facile.

Grâce à ce contrôle, le pavillon Marsan était à notre époque ce que fut le palais de Marly au temps de Louis XIV, une façon d'oasis ouverte seulement pour un petit nombre d'élus, et où l'héritier du trône cherchait à grouper autour de lui, sinon seulement ses amis, du moins ceux qu'il savait ne pas être ses ennemis, si tant est que jamais il ait pu sciemment inspirer à qui que ce soit un sentiment de malveillance.

Et, à cette occasion, qu'il soit permis à celui qui écrit ces lignes de protester contre toute imputation de flatterie. En effet, si l'on doit des égards aux vivans, on ne doit aux morts que la vérité, et cette maxime ne saurait paraître suspecte sous la plume d'un écrivain qui, après avoir été le condisciple du duc de Chartres pendant huit années de sa vie, n'a contracté envers le prince royal aucune dette de reconnaissance.

Que si le nom de monsieur le duc d'Orléans, aujourd'hui fatalement tombé dans le domaine de l'histoire, se trouve mêlé à ce récit d'une façon purement accidentelle et tout à fait indirecte, c'est qu'en voulant présenter au lecteur un tableau plus ou moins fidèle du monde parisien, il y a tantôt deux ou trois ans, il était difficile de passer sous silence ce qui en faisait alors un des principaux attraits; c'est qu'en parlant d'un écrivain célèbre, il était impossible de refuser un souvenir au prince qui s'essayait déjà au rôle d'Auguste en remplissant celui de Mécène.

Le jour où se passe cette partie de notre récit, il y avait donc bal au pavillon Marsan. C'était le premier de la saison. La cour des Tuileries était encombrée de brillans équipages, de valets revêtus des plus éclatantes livrées, et l'on voyait apparaître, de distance en distance, l'uniforme si martial et si imposant de la garde municipale à cheval; car, depuis la révolution de juillet, la garde qui veille, les jours de fête, au maintien du bon ordre à la porte du palais des rois est absolument la même que celle qu'on trouve en pareille occasion à la porte de nos seigneurs les banquiers et les agens de change. C'est un des résultats les plus positifs de ce grand événement.

C'est l'heure où tous les élémens qui concourent à l'éclat d'une réunion de ce genre se trouvant rassemblés et appelés à fonctionner, chacun dans sa sphère d'action, la fête est généralement le plus animée; l'heure où le tumulte, la joie, les gais propos débordent en quelque sorte à travers l'épaisseur des murailles. Les bruits lointains de l'orchestre se mêlaient au piaffement des chevaux, et derrière les vitres des croisées, qui étincelaient de la lueur de mille bougies, on voyait passer et repasser incessamment des ombres joyeuses. Au milieu de cette vaste place du Carrousel, si solitaire et si sombre sous un ciel brumeux d'hiver, ce petit coin du palais qu'on nomme le pavillon Marsan se détachait sur le fond noir et mélancolique du vieux Louvre comme une gerbe de lumière.

Tout cela présentait déjà un contraste assez marqué avec la rue des Cinq-Diamans et avec la maison de monsieur Rieublanc. Dans toute autre circonstance même, il est vraisemblable qu'Arthur d'Escorailles en eût été frappé; mais à ce moment il était absorbé par des préoccupations intimes beaucoup trop profondes pour que les aspects plus ou moins poétiques du monde extérieur pussent exercer sur lui aucune influence.

Après avoir conféré les hautes fonctions de porte-manteau au fidèle Abd-el-Kader, qui dut continuer au pavillon Marsan la faction qu'il avait commencée rue des Cinq-Diamans, mais au moins à couvert cette fois, Arthur franchit assez rapidement le vestibule, entre une double haie mélangée d'arbustes en fleurs et de laquais tout poudrés et tout resplendissans sous leur élégante livrée de velours violet. Quelques instans après, sur le vu de sa lettre d'invitation, il fut introduit dans la grande galerie à droite, celle où monsieur le duc d'Orléans, non moins jaloux d'offrir l'hospitalité aux princes de la peinture contemporaine qu'à leurs ouvrages, s'était plu à rassembler tant de charmantes productions, depuis les chefs-d'œuvre de Scheffer et de Decamps jusqu'aux tableaux de chasse de Jadin. Le prince royal se trouvait en ce moment dans cette partie des appartemens, et l'huissier de service en avait, suivant l'usage, averti Arthur.

Le coup d'œil qui s'offrit alors à ce dernier était vraiment féerique.

Dans cette galerie, dont la décoration intérieure présentait un compromis du meilleur goût entre le style si gracieux de l'époque de la renaissance et le caractère splendide et imposant du dix-septième siècle, s'épanouissait, à la lueur des lustres et des girandoles, la plus charmante collection de jolies femmes qu'il soit possible d'imaginer; car, dans cette cour de l'héritier du trône, il semblait qu'il n'y eût place que pour la jeunesse et les grâces, et que la laideur et les rides s'en fussent exclues d'elles-mêmes, de peur d'attrister ses fêtes. Il y avait là vraiment comme un double reflet de deux époques les plus brillantes de notre histoire, celle de François Ier et celle de Louis XIV, alors que les arts et la beauté se donnaient la main et se prêtaient de mutuelles inspirations.

Les hommes, appartenant en grande majorité aux rangs de l'armée, ne présentaient point aux regards le spectacle si sombre et si monotone d'un accoutrement qui donne à nos réunions je ne sais quelle vague ressemblance avec un conciliabule d'employés des pompes funèbres, ou avec une nuée de corbeaux abattus dans un champ de blé. Ils étaient en uniforme, et c'est à peine si quelques députés choisis parmi les plus jeunes, si quelques artistes, l'élite de nos peintres et de nos sculpteurs, si quelques littérateurs enfin, représentaient là société du dix-neuvième siècle, cette société qui porte le deuil de tant de douces illusions perdues. Ils étaient là, avec leurs vêtemens noirs, comme une protestation vivante d'un régime d'égalité (égalité de surface, égalité chimérique) contre les distinctions si multipliées et la rigoureuse hiérarchie du régime militaire. Mais, bien que leur costume fût, à coup sûr, le plus simple et le plus mesquin entre tous, à voir les attentions et les prévenances dont ils étaient l'objet dans cette demeure, on pouvait croire qu'ils étaient réellement les rois de la fête.

Le prince royal était, suivant son usage, en costume de pair de France, avec un simple crachat, celui de l'ordre de la Légion d'honneur; en même temps, ressuscitant une mode de la cour impériale, il avait adopté la culotte de casimir blanc, les bas de soie blancs et les souliers à boucles, substitués par lui avec avantage, en pareille occasion, au sans-façon fort commode mais assez disgracieux du pantalon et des bottes. Il eût été difficile d'avoir meilleure grâce que lui sous ce costume, qui dessinait à merveille toute l'élégance d'une taille élevée et bien prise.

Lorsque Arthur entra, monsieur le duc d'Orléans se trouvait en conversation assez intime avec un général récemment arrivé d'Afrique; mais, apercevant de loin son ancien condisciple, il lui fit un signe amical, tout en lui montrant du doigt et en souriant une magnifique horloge de Boule, dont l'aiguille marquait onze heures et demie. Accoutumé en effet, déjà de longue date, à la ponctualité des habitudes militaires, monsieur le duc d'Orléans n'aimait pas plus qu'on fût en retard au bal que sur le champ de bataille, et, sous ce rapport comme sous bien d'autres, il tenait un peu de son glorieux ancêtre le grand roi.

Quant à madame la duchesse d'Orléans, en ce moment tout entière aux plaisirs de cette soirée, la joie au front, le sourire sur les lèvres, elle figurait au milieu d'un quadrille avec monsieur le duc de Nemours. Sans doute, en la voyant ce soir-là si heureuse et si charmante, plus d'un de ses hôtes, remontant en imagination le cours des années, ne put s'empêcher d'évoquer dans sa pensée la mémoire de cette adorable duchesse de Bourgogne, elle aussi l'âme des jeux et des fêtes de toute une cour, elle aussi appelée à partager avec son jeune époux le plus beau trône du monde. Mais qui aurait pensé alors qu'une analogie empruntée à plus de cent ans de distance se compléterait à peu de temps de là d'une façon si funeste?

Quoi qu'il en soit, le lecteur nous pardonnera sans doute d'avoir laissé percer dans notre récit quelque chose des impressions mélancoliques qui longtemps encore s'attacheront au souvenir des fêtes du pavillon Marsan. Maintenant nous retournons à notre héros.

L'agitation du monde n'est pas moins propice parfois aux rêveries amoureuses que la solitude même. Aussi, au milieu de cette atmosphère lumineuse et parfumée où il venait de pénétrer, en présence de toutes les merveilles du luxe le plus raffiné et le plus propre à éblouir les yeux, Arthur était toujours absorbé par une seule pensée, celle de la découverte qu'il venait de faire rue des Cinq-Diamans. Il voyait tourbillonner devant lui l'essaim des femmes les plus charmantes et les plus distinguées de la capitale; il les voyait belles non-seulement des attraits qu'elles devaient à la nature, mais encore de tous ceux qu'ajoutent l'art de la toilette, les fleurs, les diamans, la voluptueuse animation du bal, et il était insensible à un pareil spectacle, car maintenant une seule femme résumait pour lui toutes les autres. Il entendait bruire à ses oreilles un orchestre enivrant, et toute harmonie s'effaçait pour lui devant le souvenir de quelques notes fugitives empruntées à une cavatine de Bellini. Oh! avec quelles délices il eût, si quelque bonne fée lui eût prêté sa baguette, substitué à toutes ces tentures de soie, d'or et de velours, les boiseries enfumées et vermoulues du salon de monsieur Rieublanc, et à tant de tableaux merveilleux des maîtres de la peinture le portrait en pied du capitaine de voltigeurs de la 4e légion!

Un moment il voulut chercher dans son amour-propre un refuge contre l'amour qu'il sentait se glisser impérieusement au plus profond de son cœur, et il songea alors à ce bouquet de marguerites qu'il avait reçu ce même soir et au billet qui l'avait accompagné; mais la personne qui lui avait envoyé ce mystérieux *selam* valait-elle réellement la peine qu'on s'occupât d'elle? Et alors même qu'il en eût été ainsi, ce qui était au moins douteux, ce n'était point Laure. Et puis ce bouquet, cette déclaration pouvaient bien n'être après tout qu'un leurre, une mystification. Qui sait même si quelque malicieuse actrice n'avait pas voulu s'amuser ainsi aux dépens de notre auteur?

L'esprit rempli de ces préoccupations, c'est à peine si Arthur échangea quelques phrases insignifiantes avec deux ou trois personnes de connaissance qu'il rencontra en parcourant les appartemens; puis, insensible aux charmes d'une valse de Strauss, lui non moins renommé peut-être comme valseur que comme romancier, à une époque où le premier de ces deux talens conduit à tout, il s'en alla s'asseoir dans un petit salon écarté et solitaire, afin de pouvoir donner audience à ses pensées avec pleine liberté.

Cet endroit, entouré de tous côtés de moelleux divans et parfumé des senteurs d'une grande quantité de fleurs de serre chaude épanouies tout à l'entour dans de riches jardinières, semblait disposé tout exprès pour favoriser le repos et la rêverie. Il y avait à peine cinq minutes qu'Arthur y avait fait élection de domicile lorsqu'il fut tiré tout à coup de ses méditations transcendantales sur les rencontres en diligence et sur leurs suites par le bruit d'un énergique bâillement. Personne n'ignore qu'il y a en pareille circonstance un instinct profondément sympathique, qui éveille presque toujours un mélancolique écho dans notre mâchoire. On ne s'étonnera donc pas si Arthur ne put réprimer lui-même un léger bâillement en réponse à celui qui venait de retentir à peu de distance. En même temps il ev[illegible] la tête et aperçut immédiatement en face de lui, debout et adossé à une cheminée, chef-d'œuvre de sculpture moderne, un personnage d'assez haute taille, mais fort mince, et dont une barbe noire, taillée en pointe et avançant sur la poitrine à la manière arabe, faisait ressortir le teint pâle et un peu efféminé.

Ce personnage, qui pouvait avoir environ trente-cinq ans, était vêtu de l'uniforme de chef d'escadron des chasseurs d'Afrique, qu'il portait avec une aisance et une désinvolture remarquables; la rosette et la croix d'officier de la Légion d'honneur brillaient sur sa poitrine; mais, par une anomalie assez bizarre, sa tournure, son attitude et l'expression même de son visage offraient un mélange inexplicable d'habitudes martiales et de nonchalance presque féminine. C'est ainsi que l'une de ses mains était appuyée sur le pommeau de son sabre pendant que de l'autre il s'éventait avec un mouchoir de fine batiste, orné d'un riche blason délicatement brodé. N'eût été le caractère d'actualité de son costume, il n'eût pas mal figuré l'un des mignons du roi Henri III, ce voluptueux duc d'Epernon, par exemple, toujours prêt à dégainer contre tous venans et à tous propos, et qui ne pouvait respirer le parfum d'une rose sans tomber aussitôt en syncope.

— Pardieu! monsieur, — s'écria le personnage en question, qui ne put réprimer un sourire, — il faut convenir que nous faisons à nous deux un joli duo, et je vois que vous vous amusez comme moi. Ma foi! ennuyons-nous bien ensemble, comme disait le roi Louis XIII à je ne sais plus lequel de ses favoris.

— Monsieur, — répondit Arthur après avoir regardé fixement son interlocuteur, — si vous voulez me faire l'honneur de causer avec moi, je suis sûr d'avance du contraire.

— Diable! diable! vous croyez?... Eh bien! j'ai fort envie de vous faire mentir.

— Essayez, monsieur, je vous en défie!

Qui ne sait combien certaines attractions, qu'on pourrait appeler vraiment magnétiques, ont d'empire sur nous dans bien des circonstances de la vie? Arthur et son interlocuteur se voyaient pour la première fois, et ils se sentaient réciproquement attirés l'un vers l'autre sans pouvoir se rendre compte de l'influence à laquelle ils obéissaient, influence essentiellement complexe et mystérieuse, qui réside dans les traits du visage, dans le son de la voix, dans un mot, dans un sourire, dans une attitude, partout, en un mot, et nulle part. Déjà le chef d'escadron avait quitté le poste d'observation qu'il occupait devant la cheminée, et il était venu s'asseoir sur le divan, à côté d'Arthur, et la conversation était décidément engagée entre eux.

— En vérité, — disait l'officier, — je vous dois d'abord des excuses, monsieur, de vous avoir ainsi dérangé dans vos méditations. Je gage que vous pensiez à votre belle. A votre âge, avec votre figure, il n'en peut être différemment. Est-elle ici?

— Mais, monsieur, — balbutia Arthur qui hocha en même temps la tête avec un sourire mélancolique, — je ne sais en vérité si...

— Allons donc! soyez franc, point de cérémonie; je

veux vous donner l'exemple, et je vous avoue franchement que moi je songeais à la mienne, qui, par parenthèse, n'est pas ici.

— Parbleu! monsieur, nous pouvons nous donner la main.

— A la bonne heure! Touchez là. Vous me direz peut-être qu'il ne manque pas de femmes charmantes chez monsieur le duc d'Orléans; eh! bon Dieu! je n'en disconviens pas; mais il faut faire la cour à ces dames au moins deux mois, sous prétexte qu'elles sont des femmes du monde, et quand on n'a qu'un congé de trois mois, dont il faut défalquer le temps du voyage, quelques jours de repos, les préparatifs de départ, etc., etc., vous comprenez sans peine qu'on est tout près d'être aimé juste au moment où il faut faire ses paquets. C'est fort désagréable, n'est-il pas vrai?

— Monsieur, je suis parfaitement de votre avis.

— Au lieu d'une femme du monde, parlez-moi d'une actrice! Quelle différence! c'est l'histoire d'un souper. Après le souper on se convient, ou l'on ne se convient pas, et tout est dit. Et puis quelle gaieté! quelle bonne humeur! Moi d'abord je vous avouerai que je raffole des actrices. Elle et les chevaux, je ne connais que cela. Et vous?

— Moi, monsieur, je n'ai pas tout à fait les mêmes idées.

— Eh bien! vous avez tort. Il est vrai que vous n'êtes pas comme moi, selon toute apparence, obligé de vivre une bonne partie de l'année éloigné des coulisses et de la lueur de la rampe.

— Non, monsieur.

— Tel que vous me voyez, j'arrive d'Afrique, où je viens de faire la campagne de l'Atlas.

— Une rude campagne, à ce qu'il paraît, monsieur.

— Ne m'en parlez pas. J'ai passé là huit mois sans autre distraction que les fusillades de nos bons amis les Bédouins, qui m'ont tué deux chevaux charmans, Elssler et Déjazet (pauvre Elssler! pauvre Déjazet!), et la lecture des journaux, quand il nous en arrivait par hasard. Oh! je lisais tout alors, depuis le premier-Paris jusqu'à la dernière annonce. Combien j'en ai dévoré de feuilletons!

— Allons! je vois qu'on a bien raison de dire que l'armée d'Afrique pratique toutes les vertus, le courage et la résignation surtout.

— Vous plaisantez et vous avez tort. Il y a tel de nos écrivains qui m'a fait passer au bivouac, dans quelque site bien sauvage, à l'ombre de quelque pan de ruine romaine, de délicieux momens. Vous souriez. Est-ce que par hasard j'aurais l'honneur de parler à un de nos demi-dieux littéraires?

— On les appelle maintenant des maréchaux, monsieur; mais je ne suis qu'un soldat dans cette armée d'un nouveau genre.

— Il ne vous reste plus qu'à me dire votre nom pour que je vous donne le haut grade que vous déclinez avec tant de modestie.

— Souffrez, monsieur, que je le taise de peur de vous en ôter l'envie. Il est d'ailleurs fort probable que nous ne nous reverrons jamais. A quoi bon dès lors vous apprendre ce qui ne saurait pour moi rien ajouter au charme de votre conversation, et ce qui pourrait par contre me faire déchoir dans votre souvenir?

— Comme il vous plaira, monsieur l'anonyme. Seulement laissez-moi espérer que vous ne serez pas aussi discret à l'égard de vos confrères. Il y en a plusieurs ici ce soir, m'a-t-on dit, et il en est un surtout que j'ai le grand désir de voir, un pour lequel je professe un culte tout particulier, je vous le confesse sans détour, au risque de vous rendre jaloux: c'est Arthur d'Escorailles. Vous seriez bien aimable de me le montrer, car je suis fort curieux de faire sa connaissance.

— Alors permettez donc qu'il se félicite d'abord d'avoir fait la vôtre.

— O ciel! vous seriez!... Ah! monsieur, que disais-je, un demi-dieu! Je vous supplie de me pardonner, car vous êtes un dieu tout entier. Arthur d'Escorailles! Ah! je suis heureux et fier à la fois de cette rencontre, et j'espère maintenant que, si c'est la première fois, ce ne sera pas du moins la dernière.

— Croyez, monsieur, que je le désire aussi de tout mon cœur.

— D'abord je veux vous présenter à ma femme. Car il faut que je vous avoue bien vite que je suis marié, marié à l'une de vos plus ferventes lectrices. Mais voyez donc comme cela se rencontre! moi qui désirais tant vous connaître! Ah! voilà une soirée qui marquera à coup sûr dans les plus agréables que j'aie passées à Paris depuis mon retour d'Afrique.

Comme il parlait ainsi, un jeune attaché d'ambassade, un cousin selon toute apparence, s'approcha.

— Mon cher Henri, — s'écria-t-il, — je viens remplir auprès de vous une mission qui m'est fort pénible, bien que pour vous elle ne puisse être qu'agréable. Votre femme est un peu fatiguée. Il paraît qu'elle avait un bal hier et qu'elle en a encore un demain. Elle a eu l'inhumanité de me refuser la dernière valse, et elle y met le comble maintenant en me chargeant de vous demander s'il vous convient de vous retirer.

— Comment donc! ma femme sait que je suis toujours à ses ordres, bien qu'elle m'impose en ce moment un devoir pénible, celui de prendre déjà congé de monsieur, qui avait la bonté de me faire compagnie de la façon la plus aimable. Voulez-vous bien, monsieur d'Escorailles, que nous échangions nos cartes? Ce sera un engagement pris entre nous de nous revoir bientôt, et je vous jure ma parole d'honneur d'y être fidèle pour ma part.

L'échange opéré, on se serra cordialement la main, puis on se sépara. La carte remise à Arthur portait pour suscription: *Le marquis Henri de Saint-Fare, chef d'escadron, faubourg Saint-Honoré.*

Arthur demeura quelque temps encore dans l'endroit où venait de se passer cette entrevue, qui avait apporté une utile diversion à ses préoccupations amoureuses; puis, se sentant tout à fait hors d'état de figurer comme acteur, à quelque titre que ce fût, dans la fête que donnait monsieur le duc d'Orléans, il se disposa lui-même à se retirer. Comme il traversait à cet effet un des salons, deux dames passèrent près de lui en se donnant le bras. L'une d'elles surtout était digne à plus d'un titre de fixer l'attention. C'était une jeune femme d'environ vingt-deux ans, grande, brune, élancée, belle de cette beauté toute plastique et toute sensuelle que la statuaire antique a prêtée à Diane Chasseresse. Cette jeune femme avait les cheveux coiffés en bandeaux, avec une couronne de marguerites entremêlée de diamans; sa robe de satin blanc était recouverte d'une robe de tulle en forme de tunique, attachée sur les épaules par des agrafes de diamans et relevée par des bouquets de marguerites; enfin elle tenait à la main un bouquet exactement semblable à celui que notre héros avait reçu le soir même.

A cet aspect Arthur tressaillit, car l'ensemble de cette toilette l'avait frappé, et il lui semblait d'ailleurs que ce n'était pas sans intention que la jeune femme y avait mêlé d'une façon si exclusive ces fleurs, qui lui rappelaient à lui un souvenir déjà peut-être à moitié effacé de sa mémoire par les fiévreuses impressions de la soirée. Mais, comme si la personne dont il s'agit eût voulu elle-même dissiper complétement tous les doutes qui pouvaient subsister encore dans l'esprit du jeune écrivain avant de sortir du salon, elle se retourna avec beaucoup de vivacité, et en même temps elle attacha sur l'heureux Arthur un tendre et long regard, un de ces regards dont l'un des maîtres de la lyre, Ronsard, disait si poétiquement au seizième siècle:

J'ai vu ses yeux; j'en ai bu le poison,

puis elle disparut.

Ému, tremblant, se soutenant à peine, Arthur voulut s'élancer pour la suivre; mais en ce moment quelqu'un l'arrêta par le bras. C'était monsieur le duc d'Orléans.

— Ah! je vous tiens, — s'écria gaiement le prince, — et vous ne m'échapperez pas. Fi! c'est honteux! Non content d'arriver le dernier, vous vous rangez ce soir parmi les inutiles, et je ne vous ai vu ni danser ni valser une seule fois, tandis que nous avons ici tant de jolies femmes qui ne demanderaient pas mieux que de vous avoir pour partenaire. Oh! il faut que je vous gronde, monsieur le bel esprit, car vous l'avez mérité.

En toute autre circonstance Arthur eût été profondément touché de l'affectueuse bonté avec laquelle le prince lui adressait cette réprimande, qui prenait d'ailleurs sa source dans la façon toute gracieuse et toute charmante avec laquelle monsieur le duc d'Orléans comprenait et exerçait les devoirs de l'hospitalité. On sait en effet qu'il s'occupait avec un soin égal du premier comme du dernier de ses hôtes, et qu'il s'attachait surtout à ce que les femmes conviées à ses fêtes ne manquassent jamais de danseurs, de peur, disait-il naïvement, qu'elles ne voulussent plus retourner chez lui. Cependant, il faut bien le dire, en ce moment Arthur aurait donné beaucoup pour que monsieur le duc d'Orléans daignât ne point faire la moindre attention à lui; et, craignant de ne pouvoir ainsi rejoindre la belle dame aux marguerites et aux si doux regards, il était littéralement sur des charbons ardens. Aussi ne put-il que balbutier d'une façon assez gauche :

— Monseigneur, en vérité, je suis confus, et je me sens indigne ce soir de toutes vos bontés. C'est que, voyez-vous, il y a des jours...

— Où l'on n'est point aussi disposé à s'amuser que d'autres, n'est-ce pas? Je sais cela, je sais cela. J'ai mes jours de tristesse aussi, moi; mais ce n'est pas ceux où je me trouve avec mes anciens camarades d'enfance. Vous le savez, ces jours-là sont toujours pour moi des jours de bonheur.

— Croyez, monseigneur, qu'en pareille occasion votre bonheur a bien de l'écho.

Ici l'un des officiers supérieurs de l'armée que le prince affectionnait le plus, le colonel d'état-major D..., étant venu à passer, monsieur le duc d'Orléans lui adressa la parole. Arthur se hâta de profiter de sa liberté, et avec plus de soin encore, s'il est possible, qu'un général chargé d'inspecter un régiment, il se mit en devoir de passer la revue de toutes les beautés échelonnées en files gracieuses dans toutes les parties des appartemens; mais, hélas! ce fut en vain que son œil scrutateur chercha parmi elles la jeune femme aux marguerites, la jeune femme aux doux regards. Elle n'était plus là.

Où et comment la trouver? Dans cette pensée Arthur erra longtemps encore dans le bal comme une âme en peine, s'enquérant avec avidité auprès de chacun de ce que pouvait être une belle jeune dame, grande, brune, les cheveux en bandeaux, coiffée avec une couronne de marguerites et tenant à la main un bouquet de ces mêmes fleurs. Malheureusement les personnes auxquelles notre auteur s'adressa, n'ayant point les mêmes raisons que lui pour distinguer entre tant de jolies femmes celle qui avait adopté de préférence dans sa toilette telles ou telles fleurs, ne purent lui venir en aide, ou tout au plus lui apportèrent le tribut de conjectures si diverses à cet égard, qu'une page de dictionnaire n'aurait pas suffi pour enregistrer tous les noms et toutes les indications qu'on lui donna. Enfin un jeune diplomate allemand, qui avait beaucoup de goût pour le rôle de *cicerone* et qui se trouvait par hasard dans un groupe au milieu duquel Arthur venait de formuler de nouveau son éternelle question, s'écria :

— Oh! foui, che me rabbelle barvaidement la berzonne dont fous barlez; c'était la blus cholie femme que ch'ai fue dans la soirée, et z'est la bremière fois qu'elle fient au pafillon Marzan; che la gonnais, mais che ne zais pas son nom.

— Que le diable l'emporte! — murmura tout bas Arthur, que le début du diplomate avait affriandé au suprême degré.

En renonçant pour le moment à poursuivre le cours de ses informations, il sortit et se fit reconduire à son domicile, accompagné par son fidèle Abd-el-Kader, dont l'impassible gravité avait beaucoup diverti toute la valetaille réunie sous le vestibule du pavillon Marsan; mais, une fois arrivé, le premier soin d'Arthur fut de congédier cet importun témoin, puis il plaça devant lui sur une table le bouquet de marguerites qu'il avait reçu quelques heures auparavant, et en même temps il se mit à lire et relire le charmant petit billet dont cet envoi était accompagné.

Nous n'essayerons pas de détailler toutes les conjectures plus ou moins folles, plus ou moins raisonnables, auxquelles Arthur se laissa aller pendant cette contemplation. Qu'il nous suffise d'ajouter qu'il se coucha fort avant dans la nuit, sans doute afin de mettre le plus tard possible entre ses yeux et le poétique symbole dans lequel une belle jeune femme avait jugé convenable de se personnifier le voile importun du sommeil. Pourtant, comme la nature ne perd jamais complétement ses droits, même chez les amoureux, Arthur finit par tomber peu à peu dans ce vague indéfinissable, dans cet anéantissement de nos facultés qui n'est plus l'état de veille et qui n'est pas encore le sommeil.

Il pouvait être alors cinq heures et demie du matin, et il faisait clair de lune. Un jeune ouvrier, qui se rendait déjà à son travail, passa en ce moment dans la rue de la Ferme-des-Mathurins en chantant, d'une voix à laquelle le calme de la nuit ajoutait une remarquable sonorité, ces paroles si connues :

Au clair de la lune,
Quand on n'y voit pas,
La blonde et la brune
N'ont pas moins d'appas.

Bercé par cette chanson, Arthur s'endormit tout à fait, et il y a tout sujet de penser qu'il eut d'heureux songes, auxquels vinrent se mêler plus d'une fois deux adorables fantômes, la blonde Laure et la brune Marguerite.

VIII

UNE LOGE AU THÉATRE DU PALAIS-ROYAL.

Trois jours après la soirée donnée par monsieur Rieublanc dans son *hôtel* de la rue des Cinq-Diamans, monsieur Polydore Durandin, à qui ces trois jours avaient semblé bien longs, jugea pouvoir se présenter chez l'amphitryon afin de lui faire sa visite. L'ex-droguiste se trouvait alors dans sa salle à manger, en conférence intime avec un ouvrier passementier relativement à un pompon de nouveau modèle, destiné à immortaliser la compagnie Rieublanc lors de la prochaine revue de la garde nationale.

Il secoua militairement la main du maître clerc et l'invita à passer dans le salon, où mademoiselle Laure était alors occupée à étudier sur le piano un quadrille nouveau dédié à la garde nationale.

— Vous m'excuserez, n'est-ce pas? — ajouta-t-il; — on ne se gêne pas entre vieux militaires. Je ne tarderai pas à vous rejoindre.

Monsieur Rieublanc en était venu non-seulement à se considérer lui-même comme faisant partie intégrante de l'armée, mais encore à ne plus voir dans tous ses semblables qu'une grande famille de troupiers en activité de service ou en retraite. Aussi affectionnait-il singulièrement cette locution de *vieux militaire* qu'il appliquait indistinctement et d'une façon presque machinale à tout le monde et en toute occasion, en l'accompagnant alternativement d'une poignée de main ou d'une tape amicale sur l'abdomen de son interlocuteur.

Durandin ne se fit pas dire deux fois d'entrer dans le salon, où il devait se trouver en tête à tête avec mademoiselle Laure, ne fût-ce que pour quelques minutes; et s'introduisant timidement,

— Comment se porte aujourd'hui mademoiselle Laure? s'écria-t-il de sa voix la plus douce et la plus flûtée.

A la vue du maître clerc la jeune fille rougit, et en même temps il sembla qu'une sensation intime de plaisir se peignit sur son charmant visage.

— J'ai été un peu souffrante ces jours-ci, — répondit-elle, — mais je vais mieux maintenant. Savez-vous qu'il y a déjà longtemps que nous ne vous avons vu, monsieur Durandin? C'est mal, vous nous négligez.

— Longtemps! — balbutia Durandin plein de joie et de surprise; — mais, mademoiselle, il y a trois jours. Oh! c'est beaucoup sans doute...

Mademoiselle Laure ferma son piano et reprit un ouvrage de broderie qu'elle avait commencé. Bien qu'il y eût en elle une certaine animation fébrile qui lui faisait apporter à la conversation plus d'action et d'intérêt que de coutume, cette conversation roula d'abord exclusivement sur des banalités assez insignifiantes. Seulement on eût pu remarquer que la jeune fille détournait furtivement de temps à autre les yeux de sa broderie, et qu'elle les fixait alors sur la porte du salon avec une expression singulière, comme si elle eût appréhendé de voir rentrer son père.

A la fin, Durandin ayant prononcé par hasard le nom de son ami Arthur d'Escorailles, mademoiselle Laure ne put réprimer un léger tressaillement; et elle s'écria d'une voix émue et les yeux pudiquement baissés :

— Je lui ai trouvé l'air un peu mélancolique l'autre soir. Monsieur Durandin, ne l'avez-vous pas remarqué comme moi?

Le maître clerc sourit d'un air narquois et répondit avec mystère et en baissant la voix :

— Oh! ce n'est pas étonnant. Je vous dirai en confidence, mademoiselle, que mon ami Arthur d'Escorailles est amoureux.

— Ah!... monsieur d'Escorailles est amoureux... sérieusement?

— Mon Dieu! oui.

— Et connaissez-vous la personne qu'il aime?

— Oh! c'est une histoire, une histoire sur laquelle j'ai bien promis de garder le secret.

— Eh quoi! il vous a raconté... oh! que c'est mal!

Aux derniers mots de Durandin, Laure était devenue fort rouge, et sa broderie, sur laquelle elle s'était penchée outre mesure, lui avait été d'un merveilleux secours pour dissimuler sa confusion. Cependant, comme elle était femme, et qu'à ce titre elle n'avait pu se méprendre sur la nature des sentiments qu'elle avait inspirés au maître clerc, elle réfléchit bientôt que, du moment où ce dernier se montrait si tranquille, la confidence qu'il avait reçue était nécessairement fort incomplète.

— Peut-être même vous a-t-il dit son nom, — reprit-elle d'un ton négligent en apparence, mais qui au fond n'était pas exempt de malice.

— Pas son nom, — répondit Durandin, — mais son prénom; il paraît qu'elle se nomme Marguerite...

— Marguerite? — balbutia Laure avec une douloureuse surprise. Et elle baissa la tête en pâlissant.

— Est-ce que vous n'aimez pas ce nom-là? — reprit ingénument le maître clerc.

— Moi! si fait! si fait! c'est un nom très distingué. J'avais une amie de pension qui portait ce nom-là. Elle était plus âgée que moi et elle était bien belle. Aussi nous ne l'appelions entre nous que la belle Marguerite. Qui sait? c'est peut-être elle qu'aime monsieur Arthur d'Escorailles?

— A-t-elle un père un peu gros, qui porte des moustaches, et qui prend du tabac comme le capitaine?

— Non, elle était orpheline.

— Alors ce n'est plus cela, parce que, voyez-vous, la personne dont nous parlons a un père, un vrai père, qui porte des moustaches, comme j'ai eu l'honneur de vous le faire remarquer, et qui devrait mieux surveiller sa fille quand il voyage avec elle, et qui devrait l'empêcher surtout d'envoyer des bouquets aux jeunes gens, ce qui est fort peu convenable. Mais je m'aperçois que j'en dis beaucoup trop long; si Arthur savait cela, il m'en voudrait beaucoup, j'en suis sûr. Vous ne lui en parlerez pas au moins?

— Je vous le promets. Avez-vous revu monsieur Arthur d'Escorailles depuis le jour où vous nous l'avez présenté?

— Mon Dieu! non, mademoiselle. Il est fort occupé. Je le suis moi-même passablement à l'étude; car il faut que vous sachiez que nous avons beaucoup de contrats de mariage en ce moment.

— Qu'importe! vous avez tort de négliger monsieur Arthur d'Escorailles. On ne peut que gagner dans sa société. Il faut nous l'amener, monsieur Durandin, entendez-vous?

— Qui donc? — s'écria monsieur Rieublanc, qui venait d'entrer dans le salon.

— Nous parlons de monsieur Arthur d'Escorailles. N'est-ce pas, mon bon père, que vous seriez bien aise de le voir?

— Moi! certainement. Est-ce qu'il veut entrer dans ma compagnie? Le cadre est au grand complet. D'ailleurs il est un peu grand pour faire un voltigeur. Et puis moi je préfère les vieilles moustaches. N'est-ce pas, monsieur Durandin? entre vieux militaires, sacrebleu!

— Mais, mon père, il n'est point question de garde nationale.

— Eh! de quoi donc alors?... Ah! ah! j'y suis. Eh bien! mon enfant, je ne demande pas mieux que de recevoir chez moi cet auteur, si cela te convient, bien que, à vrai dire, je n'aie pas beaucoup de goût pour ces messieurs-là. Ce sont des pékins qui n'ont pas le moindre goût pour l'exercice et la parade. Nous en avons deux ou trois comme celui-là dans la légion; sous prétexte qu'ils manient passablement la plume, on ne peut pas parvenir à leur faire manier convenablement le fusil. C'est décourageant, ma parole d'honneur! n'est-ce pas, monsieur Durandin? entre vieux militaires...

— Certainement, capitaine, certainement; mais mon ami Arthur d'Escorailles...

— Monte fort régulièrement sa garde, je n'en doute pas, et en cela il ne fait que son devoir, mais il a pour moi un grand défaut, c'est de ressembler à certain particulier... Laure sait ce que je veux dire. Bref, il ne me revient qu'à moitié, votre auteur. Cependant, puisqu'il est l'ami de monsieur Durandin, je ne demande pas mieux que de lui ouvrir ma maison. Et maintenant parlons d'autre chose. Savez-vous que ma compagnie est de garde au château samedi prochain?

Effrayé sans doute des conséquences que ne pouvait manquer d'avoir une pareille interpellation, Durandin annonça immédiatement l'intention de se retirer parce qu'il était attendu à l'étude par son patron, maître Baudineau.

L'ex-droguiste resta seul, livré selon toute apparence à des réflexions fort sérieuses sur les divers modèles de pompons en usage dans la milice citoyenne, car mademoiselle Laure, aussitôt après la sortie de Durandin, jugea convenable d'aller se renfermer dans sa chambre, où elle se mit à pleurer.

Quelle était la cause de ses larmes? D'abord une jeune et jolie personne, fille, femme ou veuve, est toujours fort désolée quand elle voit échouer le pouvoir de ses charmes, et cette désolation s'accroît en proportions des espérances contraires qu'elle avait pu concevoir; en second lieu, il est permis de penser que mademoiselle Laure avait conservé un tendre souvenir du jeune voyageur avec lequel elle avait fait route des environs de Clermont à Paris; et il n'est pas étonnant que ce souvenir se fût ravivé avec d'autant plus de force que les circonstances au milieu desquelles ce jeune voyageur avait reparu étaient plus romanesques. Enfin qui ne sait combien cette capricieuse et fantasque passion qu'on appelle amour s'accroît et s'irrite par les obstacles, alors qu'elle s'éteindrait peut-être tout naturellement s'il lui était donné de suivre tranquillement et régulièrement son cours?

Il y a chez les jeunes filles, en pareille matière, des symptômes infaillibles; ce sont la rêverie, la mélancolie, et, qu'il nous soit permis d'ajouter, la maussaderie. Or mademoiselle Laure était devenue, surtout depuis la visite du maître clerc, fort rêveuse, fort mélancolique et assez maussade. Le capitaine Rieublanc, quelque absorbé qu'il fût d'ordinaire par les détails multipliés du service de sa compagnie, n'avait pas laissé que de s'apercevoir du changement qui s'était opéré dans l'humeur de sa fille; mais, aveugle comme le sont malheureusement presque toujours deux classes fort respectables de la société, les pères et les maris, il s'était bien donné de garde d'attribuer ce changement à son véritable motif. En sa qualité d'ancien droguiste, dans une maladie de l'âme il voulait, lui, découvrir à toute force une maladie du corps, et il avait déjà consulté à ce sujet trois chirurgiens de la légion.

Quelques jours après la fête que nous avons racontée plus haut, à l'issue du déjeuner, les échos de la rue des Cinq-Diamans répétèrent le double coup de sifflet du père Subtil, et peu après Polydore Durandin entra d'un air triomphant dans la salle à manger. Monsieur Rieublanc, affublé d'une vieille capote et la tête coiffée d'un bonnet de police, achevait à la fois son café et son journal. Après avoir échangé avec le père un bonjour des plus affectueux et lancé à la fille un regard affectueux et tendre, le maître clerc tira de sa poche un portefeuille, et de ce portefeuille un coupon de loge. C'était une première loge de face de quatre places pour le théâtre du Palais-Royal, où l'on donnait la pièce en vogue, la pièce d'Arthur, et sur ce coupon était écrit fort lisiblement, suivant l'usage, le nom du destinataire, monsieur d'Escorailles; la loge venait de *lui*. Un vif incarnat colora soudain les joues un peu pâles de mademoiselle Laure, et ses yeux brillèrent d'un feu charmant sous la frange de leurs longs cils.

Un des traits distinctifs de la bourgeoisie parisienne, c'est son goût tout particulier pour les jouissances gratuites. C'est pour elle surtout que semble avoir été fait ce refrain d'une chanson assez célèbre :

Quel plaisir d'aller à la noce,
Surtout quand il n'en coûte rien!

Pas besoin d'ajouter que la proposition de monsieur Durandin fut acceptée avec empressement.

— Ah çà! — dit monsieur Rieublanc en tendant la main au maître clerc, — vous êtes des nôtres ce soir, c'est convenu. Venez donc sans cérémonie manger la soupe avec nous. Entre vieux militaires...

Durandin faillit se jeter dans les bras du capitaine. Il était au douzième ciel.

— La loge est de quatre places, mon bon père, — murmura timidement mademoiselle Laure.

— C'est vrai, quatre hommes sans caporal, — repartit le papa Rieublanc, tout fier de cette mauvaise plaisanterie. — Quel sera notre quatrième, mon enfant? — Mademoiselle Laure baissa les yeux et ne répondit rien, probablement parce qu'elle pensait beaucoup. — Si j'offrais cette place au commandant... hein! qu'en dis-tu?

— Il est marié, — s'écria-t-on avec beaucoup de vivacité.

— Mais, au fait, j'y songe, il serait peut-être poli de réserver une place à ce monsieur Arthur d'Escorailles, qui a donné la loge?

Ici on releva légèrement les yeux, et un sourire vint effleurer la bouche la plus mignonne qu'il soit possible d'imaginer.

— Oh! — reprit Durandin, — Arthur va fort rarement au spectacle. D'ailleurs il a ses entrées. Vous comprenez, un auteur.

Cette malencontreuse observation suscita un froncement de sourcils féminin des plus marqués et une adorable petite moue.

— C'est égal, — dit monsieur Rieublanc, qui était à cheval sur les principes de la civilité puérile et honnête, — je ne veux pas être en reste avec ce monsieur; une politesse en vaut une autre; et j'ai envie de l'engager à dîner avec nous pour aujourd'hui. Laure va lui écrire un mot en mon nom.

— Moi! mon père, — balbutia la jeune fille toute tremblante.

— C'est cela, — ajouta Durandin; — voilà une partie arrangée à merveille. Écrivez bien vite ce billet, mademoiselle, et je vais l'envoyer à son adresse par le petit clerc. — Puis il murmura tout bas : — Heureux d'Escorailles! Ah! pourquoi cet autographe ne m'est-il pas destiné? Mais je le lui demanderai, et je suis bien sûr qu'il ne me le refusera pas, lui qui a un autre amour dans le cœur.

Dieu sait avec quelle émotion mademoiselle Laure écrivit les quelques lignes qui lui étaient demandées et quelles pensées tumultueuses bouleversaient son âme pendant que sa main traçait sur le papier une formule plus ou moins froide d'invitation.

Lorsque Durandin fut sorti, il fallut commander le dîner, et ce fut une véritable affaire d'État. Un auteur à la mode, tel qu'Arthur d'Escorailles, ne pouvait être traité comme le premier venu; et les deux servantes normandes n'eurent jamais tant d'occupation que ce jour-là, obligées d'ailleurs qu'elles furent de cumuler les soins culinaires avec ceux que réclamait la toilette de leur jeune maîtresse. En effet celle-ci, piquée au jeu par la demi-confidence du maître clerc, s'était bien promis de ne rien négliger pour faire repentir Arthur de son infidélité.

Il avait été convenu qu'on dînerait aussitôt que possible, vu la circonstance; cinq heures précises, heure militaire, avait dit monsieur Rieublanc, et cependant l'horloge de l'église Saint-Merry avait fait retentir dans tout le quartier ses cinq ronflemens solennels, sans que ni petit clerc, ni maître clerc, ni écrivain eussent paru à l'étroit horizon de la rue des Cinq-Diamans. Le capitaine allait et venait dans l'appartement comme une âme en peine en murmurant machinalement des mots sans suite, accompagnés de quelques jurons plus ou moins militaires, comme : « Une faction hors de tour... sacrebleu!... la consigne! service commandé, etc. » Quant à mademoiselle Laure, elle promenait des doigts découragés sur les touches de son piano. Bref, cinq heures un quart sonnèrent au temple Pompadour qui ornait la cheminée du salon Rieublanc, sans qu'aucun des deux convives fût venu.

Le capitaine, impatienté, manda devant lui monsieur Subtil, et lui donna ordre de suspendre les travaux de sa profession pour aller voir chez maître Baudineau quel obstacle pouvait retenir monsieur Durandin. Au bout de cinq minutes, cet estimable cerbère revint, tout essoufflé, annoncer que monsieur Durandin avait quitté l'étude depuis plus d'une heure, et qu'il n'était pas à sa chambre. Monsieur Rieublanc parut exaspéré, et cela avec d'autant plus de raison que des craintes se manifestaient dans la cuisine relativement à l'excessive cuisson des mets.

Enfin, au coup de cinq heures et demie, le trot rapide d'un cheval et le bruit des roues d'un cabriolet ébranlèèrent les maisons voisines; le véhicule s'arrêta à la porte du logis, on frappa, on sonna avec vivacité, et le second coup de sifflet du père Subtil retentissait encore dans la maison, que déjà l'un des délinquans se trouvait en présence de monsieur et mademoiselle Rieublanc; mais ce n'était point Arthur.

— Eh quoi! seul? — balbutia le capitaine,

— Seul! — répéta la jeune fille d'une voix brisée.

— Vous me voyez au désespoir, — s'écria le maître clerc en s'essuyant le front. — Aussi c'est la faute du petit clerc, et je lui ai donné un fier savon. Figurez-vous que j'envoie ce petit imbécile, comme c'était convenu, chez monsieur Arthur d'Escorailles, rue de la Ferme-des-Mathurins, avec le message en question, et l'ordre de le remettre en mains propres. Voilà mon drôle parti.

— Et il ne trouve personne?

— Au contraire. Mon ami d'Escorailles était chez lui, parfaitement chez lui, mais il avait défendu de laisser entrer âme qui vive dans son cabinet, parce qu'il avait à travailler (c'est l'usage des auteurs à ce qu'il paraît)...

— Eh bien! votre ami n'a-t-il pas quelqu'un pour le servir?

— Certainement: il a Abd-el-Kader, un domestique nègre, bédouin, maure, que sais-je? Mais le moyen de se faire comprendre d'un Maure? Pardon du calembour: je sais que mademoiselle Laure n'aime pas ce genre de littérature. Donc le petit clerc a eu beau dire à cet affreux Abd-el-Kader (car il n'est pas si bête, après tout, le petit clerc) qu'il s'agissait d'un dîner pour aujourd'hui, et qu'il fallait qu'il remît à l'instant même la lettre à son maître, le Bédouin n'a pas voulu entendre raison; si bien que mon drôle est venu me trouver avec ma lettre. Je l'aurais battu, je crois; mais comme cela ne m'eût avancé à rien, j'ai mieux aimé l'envoyer me chercher un cabriolet, afin de retourner moi-même chez Arthur. J'étais bien résolu à forcer la consigne, dussé-je pour cela jeter Abd-el-Kader par la fenêtre; mais, voyez le guignon! mon ami d'Escorailles avait décampé sur ces entrefaites, en annonçant qu'il sortait pour toute la soirée.

— Eh bien! nous nous passerons de lui, — s'écria philosophiquement monsieur Rieublanc. — Faute d'un moine l'abbaye ne chôme pas. A table! à table! et dînons vite. Pas accéléré, en avant... marche!

Deux heures après, monsieur Rieublanc, sa fille et Durandin avaient pris place dans leur loge au théâtre du Palais-Royal, le plus joyeux comme aussi sans contredit le plus heureux des établissemens de ce genre, qui font l'ornement de notre capitale, et cela depuis tantôt quinze ans; et l'on ose dire que le peuple français est un peuple inconstant et léger!

La salle était comble comme toujours, et plus encore que toujours; car la pièce empruntée au dernier roman d'Arthur d'Escorailles faisait fureur. Aujourd'hui que, à bien peu d'exceptions près, une pièce de théâtre doit son succès et les conditions mêmes de son existence au talent de l'artiste aimé du public qu'elle est destinée à mettre en relief; aujourd'hui que, trop pénétrés de cette vérité, nos auteurs dramatiques veulent bien se contenter d'établir des vêtemens à la taille de tel acteur ou de telle actrice en vogue, il est vrai de dire que l'*arrangeur* dont Arthur invoqua l'assistance était parvenu à fabriquer un habit des mieux appropriés aux allures vives et piquantes en même temps qu'un peu cavalières d'une actrice depuis longtemps en possession de la faveur publique, mademoiselle Déjazet, et que cette dernière en faisait valoir à merveille la coupe élégante et harmonieuse. Aussi c'était la pièce de résistance, celle dont le titre figure en grosses lettres sur l'affiche et détermine la recette, la pièce d'Arthur enfin, et elle allait commencer. Déjà la sonnette d'avertissement du foyer avait invité les promeneurs à regagner leurs places, déjà toutes les portes des loges étaient refermées, le chef d'orchestre se disposait à donner le signal pour l'ouverture, et l'on entendait dans la salle cet indéfinissable frémissement qui s'élève du sein d'une foule au moment où un spectacle propre à stimuler vivement sa curiosité est sur le point de commencer. A cet instant, la voix perçante d'une ouvreuse fit entendre les paroles suivantes dans le corridor des premières loges:

— Je vous dis, monsieur, que, quand vous m'offririez un napoléon, je ne pourrais pas vous placer. Tout est loué.

— Eh quoi! vous ne pourriez pas même me donner un tabouret? — reprit une voix masculine dont le son fit tressaillir deux personnes dans la loge de monsieur Rieublanc.

— Je n'en ai plus un seul, — repartit l'ouvreuse avec un juste orgueil.

Elle avait encore la bouche ouverte que déjà Durandin s'était élancé hors de la loge en s'écriant de toute la force de ses poumons:

— Eh! c'est d'Escorailles! Quel bonheur! arrive donc bien vite, mon cher, nous avons une place pour toi. Un auteur qui ne peut pas parvenir à voir représenter sa pièce, voilà une chose extraordinaire. Place à l'auteur!

— Tais-toi donc, — murmura l'écrivain en se laissant entraîner par son ancien camarade de collége, — tu vas me faire montrer au doigt.

Presque au même instant un colloque des plus animés s'établissait sur le palier de l'escalier entre un employé du contrôle et un autre personnage qui n'est pas non plus tout à fait inconnu pour nos lecteurs, monsieur Eugène Bidault.

— C'est une infamie! — s'écriait le bureaucrate avec le ton de la plus profonde indignation, — j'ai un billet avec droit, j'ai acquitté ce droit et l'on refuse maintenant de me placer. Il faut absolument qu'on me place, entendez-vous, car je ne sortirai point d'ici.

— Mais, monsieur, — répliquait l'employé du contrôle, — on va vous rendre votre argent.

— Je n'en veux pas, de mon argent; gardez mes vingt sous, et placez-moi. D'ailleurs sachez que je suis l'ami intime de monsieur Arthur d'Escorailles.

Arthur, pour esquiver une nouvelle reconnaissance, se débarrassa bien vite de son pardessus entre les mains de l'ouvreuse, qui se tenait devant lui ébahie d'admiration et pétrifiée de respect depuis qu'elle avait appris son nom; puis il entra dans la loge. On put remarquer alors qu'il avait une fleur à sa boutonnière: c'était une marguerite.

IX

A PROPOS DE MARGUERITES.

— Sais-tu, mon cher, — s'écria Durandin après les premières salutations échangées entre Arthur et la famille Rieublanc, — sais-tu que nous comptions sur toi pour dîner?

— Oui, monsieur, — ajouta le capitaine, — votre ami nous avait fait espérer que vous voudriez bien vous associer à nous pour manger la soupe, sans cérémonie, comme il convient entre vieux militaires, et ma fille vous avait écrit pour vous inviter, mais on n'a pu vous joindre.

— Ah! — balbutia Arthur, en attachant un regard plein de surprise sur mademoiselle Laure, qui n'avait pu se dispenser de se retourner pour le saluer lorsqu'il était entré dans la loge, — ah! mademoiselle avait daigné... Combien je regrette... Je vous prie de croire que je n'en ai rien su...

Ici la conversation se trouva forcément interrompue;

car on venait de lever le rideau, et nos quatre personnages, s'étant assis, se trouvèrent occuper la loge dans l'ordre suivant

Au premier rang, à droite sur le devant, mademoiselle Laure; à gauche, son père.

Au second rang, Arthur et Durandin, le premier avec le capitaine pour éventail, et le second masqué par la jeune fille, qui lui tournait le dos.

En revanche, comme cette dernière était assise de trois quarts par rapport à d'Escorailles, il en résultait qu'aucun des mouvemens de sa physionomie ne pouvait échapper à notre auteur, qui, placé sur un siége un peu élevé, planait en quelque sorte sur elle. Ce n'est pas, au surplus, sans une émotion assez vive qu'il s'était trouvé face à face avec elle, et peut-être même avait-il mal dissimulé cette émotion. C'est que jamais Laure ne lui avait paru aussi jolie que ce soir-là.

Sa toilette était pourtant fort simple. Elle était vêtue d'une robe de gros de naples gris-perle, à corsage montant, surmontée d'un col de mousseline brodée, d'un travail assez délicat, et sorti sans doute des petites mains de fée de la jeune fille. C'était là tout ce qu'elle devait à l'art, mais si, en général, la grande majorité des femmes, même les plus belles, empruntent aux splendeurs d'une toilette de bal de puissans secours, il est vrai de dire qu'il y a un certain âge dans la vie où tout ornement est plus nuisible qu'utile, et Laure était à cet âge-là.

Que sont en effet toutes les ressources de l'art uni au luxe le plus raffiné, en présence de cette grâce ingénue et pudique qui couronne si bien un front de dix-huit ans, et qui s'évanouit, hélas ! si vite; de cette fraîcheur et de cet éclat de la première jeunesse, qui, associant dans notre souvenir deux sensations diverses, rappellent involontairement à l'esprit le duvet d'une pêche et l'éclat d'une rose qui commence à s'épanouir? Quels diamans ne pâlissent pas devant une physionomie candide et virginale harmonieusement encadrée entre les deux grappes soyeuses d'une blonde chevelure, une physionomie digne d'inspirer à un poëte quelque chant céleste comme les amours des anges? Tel était le genre d'attraits qui caractérisait particulièrement mademoiselle Laure Rieublanc, et il n'était pas jusqu'au demi-cercle bleuâtre tracé au-dessous de ses yeux d'un bleu si pur, qui n'en doublât le pouvoir en ajoutant à l'ensemble des traits de la jeune fille cette expression toute particulière que notre langue est impuissante à rendre, et que les Italiens ont si bien définie dans la leur en l'appelant *morbidezza*.

Soit qu'elle eût en ce moment l'intime conscience du pouvoir de ses charmes (à cet égard, les femmes se méprennent bien rarement), soit que, en apercevant à la boutonnière d'Arthur une fleur dont la présence ne confirmait que trop bien ce qu'elle avait appris de la bouche de Durandin, le dépit eût fait place en son âme à tout autre sentiment, elle avait accueilli le jeune écrivain avec une extrême froideur, se contentant de s'incliner devant lui, mais sans lui adresser une parole.

Cependant la représentation continuait. La pièce, moitié comique, moitié sentimentale, était écoutée avec un vif intérêt. Durandin s'écriait de temps à autre, en frappant sur l'épaule de son ami :

— C'est charmant ! c'est délicieux ! Qu'on est heureux d'être auteur !

Quant à monsieur Rieublanc, il eût à lui seul donné la comédie à toute l'assistance, si l'assistance n'avait pas été trop occupée du spectacle de la scène pour s'inquiéter du spectacle de la salle.

Toutes les fois qu'un acteur ou une actrice paraissait sur le théâtre, l'ex-droguiste ne manquait jamais de se retourner vers Arthur pour lui demander son nom, bien que le maître clerc eût fait l'acquisition d'un programme, et que, sur le refus de mademoiselle Laure d'en faire usage, il se fût empressé de le mettre à la disposition de son père. Puis c'étaient des questions à n'en plus finir sur l'âge, les antécédens, le salaire, les qualités morales de chaque artiste, le tout entremêlé de gros éclats de rire, de battemens de mains, de trépignemens de pieds et d'exclamations bouffonnes. Bref, et c'est beaucoup dire, pendant toute la durée du premier acte (la pièce en avait deux), le capitaine Rieublanc, dans son ivresse, ne pensa pas une seule fois à la garde nationale, et ce ne fut que vers le milieu du second qu'il émit l'idée triomphante que mademoiselle Déjazet ne serait pas trop mal en uniforme de voltigeur de la compagnie Rieublanc, avec le sac sur le dos et le bonnet à poils sur la tête.

Deux personnages seulement contrastaient sensiblement par la froideur de leur maintien avec l'animation et l'on peut même ajouter l'hilarité générales. Bien que, à l'exemple de presque toutes les jeunes filles, Laure eût d'autant plus de goût pour les plaisirs du théâtre qu'elle en était ordinairement sevrée, elle subissait peut-être, en dépit d'elle-même, l'influence d'une préoccupation beaucoup trop puissante pour ne pas effacer toutes les autres. En voyant Arthur, pensif et rêveur, répondre à peine et avec distraction aux incessantes interpellations de monsieur Rieublanc, elle se disait : « Sans doute il s'ennuie loin d'elle et maudit son ami de l'avoir amené ici. »

De son côté, Arthur se livrait à des réflexions non moins pleines d'amertume : « Voilà, » pensait-il, « une jeune personne charmante, qui n'eût pas mieux demandé peut-être que de m'aimer un peu, et qui maintenant ne peut pas me souffrir, c'est clair. Soyez donc généreux ! sacrifiez-vous pour vos amis ! Quelle duperie ! Je gage qu'elle n'en a pas pour cela moins de répugnance pour ce pauvre Durandin. Seulement elle a de l'aversion pour moi, voilà tout ce que j'y ai gagné; d'autant plus d'aversion même qu'elle était disposée à avoir plus d'amour. Oh ! les femmes ! les femmes ! c'est toujours ainsi : elles ne nous traitent jamais si mal que lorsqu'elles voient que nous n'avons pas profité de la disposition qu'elles avaient à nous bien traiter. Foin de la générosité, foin de la vertu en amour ! Je veux être désormais vicieux et méchant. »

Arthur, comme on le voit, faisait de la théorie à défaut de pratique. Il n'y a rien de tel que les écrivains pour porter l'observation jusque sur leurs propres blessures, afin d'en tirer des inductions plus ou moins hasardeuses qu'ils érigent ensuite en axiomes. Ils sont un peu à cet égard comme ces médecins qui, dangereusement malades, se livrent à des expériences pathologiques sur leur propre personne, et s'écrieraient volontiers comme Archimède, *eureka*, au moment où ils vont rendre l'âme.

Lorsqu'on baissa le rideau, à la fin du premier acte, au milieu d'une triple salve d'applaudissemens, monsieur Rieublanc et Durandin se tournèrent tout rayonnans l'un et l'autre vers notre auteur, et, dans l'effusion de leur joie et de leur gratitude, l'un lui donna une cordiale poignée de main, tandis que l'autre lui tendait sa tabatière. C'était un indice incontestable de la haute estime du capitaine, et il fallait être au moins sous-lieutenant dans la garde nationale pour obtenir semblable faveur. Bien plus, jugeant sans doute un tel témoignage de satisfaction insuffisant, monsieur Rieublanc proposa à sa société de se rendre immédiatement au café pour y prendre des rafraîchissemens à ses frais.

En entendant une semblable motion, mademoiselle Laure ne put s'empêcher d'adresser à son père un coup d'œil qui pouvait se traduire par ces mots : « Il me semble, mon bon père, que vous allez trop loin. » Et en même temps elle témoigna le désir de rester dans la loge pendant leur absence.

— A la bonne heure, — repartit le capitaine, — venez donc, messieurs, nous serons entre nous, entre vieux militaires... cela vaux mieux.

— Je vous rends grâces, monsieur, en ce qui me concerne, — reprit aussitôt Arthur; — je ne prends jamais rien le soir.

— Allons donc ! un petit verre d'eau-de-vie ou de curacao, cela ne se refuse jamais! Venez, venez, monsieur l'auteur! Sacrebleu! dans cette saison-ci, le fantassin a besoin de se remonter un peu le physique, n'est-ce pas, monsieur Durandin?

Nouveau coup d'œil de mademoiselle Laure, aussitôt suivi de cette réponse d'Arthur.

— Excusez-moi, monsieur, de vous refuser. Si vous y tenez absolument, je vais vous accompagner, mais je vous préviens...

— Que vous n'avez pas soif, n'est-ce pas? Connu! connu! Allons! les volontés sont libres. Seulement, puisque vous refusez, vous allez, s'il vous plaît, monter la garde ici en nous attendant. Je vous laisse au poste avec ma fille, entendez-vous?

Troisième coup d'œil de mademoiselle Laure, mais cette fois beaucoup plus significatif que les deux autres. La jeune fille se lève de son siége et se dispose à sortir de la loge avec son père, mais celui-ci, se penchant à son oreille :

— Ah çà! mon enfant, qu'as-tu donc ce soir? Que diable! tu n'es pas aimable. Est-ce que tu es souffrante? Tâche de te dérider un peu. Sais-tu que tu n'as pas dit encore un mot à ce monsieur d'Escorailles? Ce n'est pas gentil, cela, et je ne te reconnais pas. Il faut le remercier de la loge qu'il nous a envoyée, entends-tu, lui faire un bout de conversation, car il n'a pas l'air très-causeur non plus, ce jeune homme-là. Ces auteurs en disent tant et tant avec leur plume qu'il ne leur reste plus rien au bout de leur langue. Mais si tu demeures là devant lui, immobile et muette comme un factionnaire au port d'armes, il va te prendre pour une petite niaise, et je ne veux pas de cela, morbleu! Quand on a été élevée comme toi, dans un des meilleurs pensionnats de Paris, il faut le prouver. Allons! allons! du courage! Il ne te mangera pas, que diable! ce monsieur.

Après ce sermon, prononcé comme on le pense bien à voix basse, et qui fut conclu par un baiser sur le front, absolument comme si l'on eût été au logis, et cela au risque d'ameuter toute la salle, le capitaine Rieublanc sortit de la loge avec Durandin. Ce dernier n'avait pas manqué non plus de dire tout bas à son ami d'Escorailles.

— Ah çà! voilà une bonne occasion, et j'espère que tu vas me soigner auprès de mademoiselle Laure.

Là-dessus la porte de la loge se referma, et Arthur demeura seul avec la jeune fille.

Il y eut un silence. L'un et l'autre étaient visiblement embarrassés. Ce fut mademoiselle Laure qui crut devoir prendre la parole la première, ce qu'elle fit d'un ton contraint.

— Mon père m'a fait observer, — dit-elle, — que je ne vous avais pas remercié, monsieur, de la loge que vous avez bien voulu nous envoyer. C'est une impolitesse dont je vous demande bien pardon, et je vous prie en même temps de recevoir tous mes remercîmens de nous avoir procuré l'occasion de passer une aussi agréable soirée.

Ayant ainsi parlé, Laure affecta de promener ses regards dans toute la salle, comme si elle eût voulu prouver ainsi à son interlocuteur qu'elle avait à cœur de ne pas prolonger davantage la conversation. Celui-ci parut surpris.

— Mademoiselle, — s'écria-t-il, — je ne saurais en conscience accepter vos remercîmens, et c'est bien plutôt moi qui en dois à monsieur votre père pour m'avoir admis dans votre loge. Car, s'il faut vous parler avec franchise, en envoyant cette loge à mon ami Durandin, j'ignorais complétement l'usage qu'il était disposé à en faire. Il ne pouvait à coup sûr en faire un qui me fût plus agréable, je vous prie de le croire, surtout du moment où le hasard a voulu que j'eusse le plaisir de vous rencontrer ici, mademoiselle, ainsi que monsieur votre père.

— Le hasard! — se dit Laure en elle-même, — et moi qui avais cru un moment que c'était pour me voir qu'il était venu ici! Oh! comme je me trompais! Il est clair qu'il reste avec nous pour faire acte de politesse, et il ne veut pas même me laisser à cet égard le moindre doute.

— Exclusivement préoccupée de cette pensée, la jeune fille reprit : — Mon Dieu! monsieur, il ne faut pas que ce soit moi qui vous retienne ici. Vous avez peut-être quelqu'un à voir dans la salle, et je serais désolée... Je resterai fort bien seule dans cette loge; je vous en supplie, ne vous gênez nullement pour moi.

Tout en s'exprimant ainsi, Laure regardait attentivement la fleur attachée à la boutonnière d'Arthur, mais lui, sans se rendre compte de l'objet de cette contemplation :

— Moi, mademoiselle! Qui peut vous faire supposer?... Mais quand j'ai le bonheur de me trouver auprès de vous, puis-je songer à autre chose?

— Comme il ment! — pensa la jeune fille, sans pouvoir toutefois s'empêcher de lancer un regard furtif, non plus sur la fleur triomphalement épanouie à la boutonnière d'Arthur, mais sur la physionomie même du jeune homme. Ici leurs yeux se rencontrèrent, ce qui devait infailliblement arriver, et Laure s'empressa de baisser les siens; puis, pour changer le cours de la conversation : — En vérité, monsieur, — s'écria-t-elle, — je suis sûre que vous allez emporter une bien mauvaise opinion de moi. Je m'aperçois que j'ai commis encore une impolitesse à votre égard. Je ne vous ai seulement pas parlé de votre pièce; mais aussi que vous en dirai-je que ne vous aient déjà dit cent fois sans doute des personnes dont le suffrage doit vous être bien plus précieux que le mien?

— Ah! mademoiselle...

Arthur n'en dit pas davantage, mais cette exclamation fut accompagnée d'un regard de tendre reproche qui fit tressaillir la jeune fille. Elle continua avec beaucoup de vivacité, comme si elle eût craint de laisser apercevoir l'impression qu'elle avait éprouvée :

— Cela finira par un mariage entre les deux amans, n'est-ce pas, absolument comme dans votre feuilleton?

— Oui, mademoiselle. Aimeriez-vous mieux qu'il en fût différemment?

— Oh! non; car j'aime les dénoûmens heureux.

— Et vous avez raison. Ils sont si rares dans le monde réel que c'est bien le moins qu'on en soit dédommagé dans le monde de l'imagination.

— C'est peut-être bien un peu la faute des amans, monsieur, dans le monde réel. — Ces derniers mots furent prononcés avec une expression de moquerie qui n'échappa pas à Arthur; puis Laure continua : — Ainsi donc votre héros parvient, malgré tous les obstacles, à épouser celle qu'il aime; n'est-ce point Marguerite?

Il y avait un grand fond de perfidie dans cette question à brûle-pourpoint, faite avec toutes les apparences d'une naïve bonne foi, et notre auteur ne put s'empêcher de rougir, tout en balbutiant :

— Non, mademoiselle, ce n'est pas là... le nom...

— C'est vrai, c'est vrai, — reprit aussitôt l'impitoyable jeune fille, — et je me le rappelle parfaitement à présent. A ce propos, monsieur, voulez-vous me permettre de vous soumettre une question? Est-il vrai que les auteurs se plaisent assez généralement à donner à leurs héroïnes le prénom de la personne qu'ils aiment?

— Mademoiselle, il y a bien des choses à dire là-dessus. Pour quelques-uns, c'est une douceur infinie de pouvoir parler à tout le monde, même au public, des perfections de la femme aimée et de faire redire son nom à tous les échos. Les anciens preux faisaient graver sur leur bouclier le nom et quelquefois jusqu'à l'effigie de leur dame; dans les tournois, dans les carrousels, ils se paraient de ses couleurs. Aujourd'hui qu'il n'y a plus ni tournois ni carrousels, et que la plume semble avoir décidément remplacé l'épée...

— Vous faites comme les anciens preux, — interrompit Laure, en attachant de nouveau sur la fleur symbolique qui brillait à la boutonnière d'Arthur un regard singulièrement triste.

Le jeune homme s'arrêta un moment et parut embarrassé; puis, se remettant soudain, il reprit avec force :

— Ce n'est pas pour moi, mademoiselle, que je viens de parler, car, si j'avais à me prononcer à cet égard, je dirais que le nom de la femme aimée, réellement et sincèrement aimée, entendez-vous, mademoiselle? doit rester caché au fond du cœur comme Dieu dans le ciel. Je dirais que c'est une fleur précieuse qu'il faut craindre de laisser flétrir par le moindre souffle et qu'on doit soustraire bien soigneusement à tous les regards.

Arthur était fort animé en parlant ainsi, et ses yeux, habituellement plus tendres que vifs, lançaient des éclairs. Il était vraiment beau en ce moment, non point de cette froide beauté qui résulte de la pureté des traits et de l'harmonie des lignes, mais de celle que donne l'inspiration.

— Eh bien! — s'écria la jeune fille avec une gaieté un peu forcée, — je vous avoue que j'aurais cru tout le contraire, justement, monsieur, en ce qui vous concerne.

— Pourquoi donc, mademoiselle? — balbutia Arthur d'une voix pleine d'émotion. Laure releva timidement sa paupière, qu'elle tenait abaissée depuis quelques instans, sans doute afin de ne plus voir la marguerite, et elle regarda Arthur. Puis un faible cri s'échappa de sa bouche. La marguerite avait cessé de briller à la boutonnière du jeune homme : elle était là gisante à ses pieds et effeuillée, la pauvre fleur, et Arthur osait dire à mi-voix : — Mademoiselle, j'aurais pu donner à l'une de mes héroïnes le nom de cette fleur, mais croyez que jamais maintenant l'une d'elle ne portera le nom de Laure.

Une larme roula dans les yeux de la jeune fille, une larme d'amour et de bonheur, larme délicieuse et dont aucune parole humaine ne saurait rendre l'éloquence, et qu'un baiser seul eût dû essuyer.

Tout à coup la loge s'ouvrit avec fracas, et une voix s'écria :

— Laissez-moi donc! je vous dis que c'est bien lui que j'ai aperçu, mon ami Arthur d'Escorailles, l'auteur de la pièce nouvelle, et qu'il me fera placer, lui! Qu'est-ce que je disais? Pardon, mademoiselle, j'ai l'honneur de vous présenter mes hommages. Comment se porte monsieur votre père? C'est qu'il faut que vous sachiez que j'ai un billet avec droit, billet de balcon, et qu'on a eu l'infamie de me placer aux troisièmes de côté, dans un endroit d'où l'on ne voit absolument que la salle. Heureusement que je vous ai aperçus tous les deux, et je me suis dit : Mon ami d'Escorailles va mettre ordre à cela. — En même temps le nouveau venu, dans lequel on a reconnu sans doute monsieur Eugène Bidault, le jeune employé des bureaux de la guerre, se mit à fredonner machinalement ce refrain de l'opéra-comique du *Maçon* :

Du courage
A l'ouvrage,
Les amis sont toujours là.

— N'est-ce pas d'Escorailles? — Puis, comme Arthur ne trouvait pas une parole pour lui répondre : — Eh bien! — ajouta-t-il à voix basse et en lançant un regard assez significatif sur mademoiselle Laure, — il paraît que ça ne va pas trop mal. Heureux coquin, va! Et ce pauvre Durandin ne se doute toujours de rien! Excellent Durandin, il faudra en semer de la graine!

A ce moment le capitaine et le maître clerc apparurent à leur tour bras dessus, bras dessous.

— Tiens! tiens! voilà le fourrier! — s'écria monsieur Ricublanc. — Eh! bonsoir donc, fourrier!

— Bonsoir, capitaine; bonsoir, mon cher maître (ces derniers mots s'adressaient à Durandin). Mais j'entends la sonnette du foyer. Diable! il n'y a pas un moment à perdre : d'Escorailles, mon cher, il faut absolument que tu me fasses placer, entends-tu? Je compte sur toi d'abord, et je ne quitte pas.

— Mais tu as déjà vu la pièce? — dit d'Escorailles.

— C'est justement pour cela que je veux la revoir.

— Messieurs, — dit l'ouvreuse en s'avançant, — voilà le second acte qui va commencer; la loge est pour quatre personnes seulement, et il faut que l'un de vous se retire.

— Ce sera donc moi, — dit une voix.

Et au même instant Arthur, ayant salué mademoiselle Laure et son père, sortit précipitamment de la loge, laissant les quatre personnages qui s'y trouvaient alors réunis dans une stupéfaction profonde. On remarqua qu'il était fort pâle.

X

DOUBLE VISITE.

Voyons maintenant ce qu'Arthur était devenu depuis cette soirée mémorable où deux charmantes jeunes femmes, toutes les deux à des titres divers bien dignes d'inspirer l'amour, avaient, à tour de rôle et à si peu d'intervalle, essayé sur lui le pouvoir de leurs charmes.

Placé d'une façon si inopinée, au bal de la rue des Cinq-Diamans, entre l'amour et l'amitié, il avait pensé que le meilleur moyen de combattre le premier et de rester fidèle à la seconde était de recourir à l'homœopathie alors, on s'en souvient peut-être, fort à la mode. Aussi bien, lorsqu'il était en Auvergne, il avait trouvé dans les quelques bouquins poudreux qui composaient la bibliothèque de sa mère un livre fort peu connu (1) et qui mériterait de l'être beaucoup, et dans ce livre, qu'il avait lu et relu, entre autres passages, il avait soigneusement enregistré dans sa mémoire le suivant :

« Au lieu de raisonner, au lieu de moraliser, donnez à » aimer à quelqu'un qui aime : si aimer fait son danger, » aimer sera sa sauve-garde; si aimer fait son malheur, » aimer sera sa consolation. »

A l'inconnue de la diligence, dont l'amitié lui défendait de s'occuper, Arthur avait cherché en conséquence à substituer dans son cœur l'inconnue du pavillon Marsan, et peut-être ce système de médication, que nous ne saurions trop recommander à nos lecteurs, eût-il obtenu un plein succès, mais il n'y a qu'heur et malheur en ce bas monde.

Cet homme, que la fortune était venu trouver un beau jour tout endormi sous la double forme d'une jolie brune et d'une adorable blonde, cet homme, dès-lors qu'il s'était mis en quête de l'une d'elles, avait vu tous ses pas et toutes ses démarches frappées de stérilité; c'est en vain qu'il avait parcouru les promenades publiques, les concerts, les spectacles que hante d'ordinaire le monde élégant : toutes ses recherches n'avaient abouti à aucun résultat. Paris est une ville désespérante en pareil cas.

Toutes les passions qui viennent agiter notre âme ont besoin d'aliment, l'amour peut-être plus que tout autre, et lui en était réduit à nourrir le sien de marguerites. C'était un régime peu substantiel, mais qu'y faire? Il attendait avec une impatience fiévreuse une nouvelle fête au pavillon Marsan, parce que c'était la seule chance qui lui restât de se retrouver avec son inconnue. Mais comment une femme qui s'était compromise vis-à-vis de lui de tant de manières, et dont il était inconnu, lui qui ne

(1) Ce livre a pour titre : *Lettres écrites de Lausanne*, Genève, 1788, et est attribué à une femme, madame de Charière, morte à Neufchâtel en 1805.

connaissait pas, était-elle restée depuis lors invisible et muette? C'était un mystère inexplicable et propre à dérouter le romancier le plus exercé.

Quinze jours environ s'étaient écoulés depuis la rencontre, mais que de choses avaient pu se passer durant ces quinze jours! Quinze jours, bon Dieu! mais en amour c'est un laps de temps incalculable. N'est-ce point assez en effet pour qu'une femme donne à un amant imaginaire un successeur réel? Et en admettant même que celle dont il s'agit fût demeurée fidèle à un souvenir, à un rêve, à je ne sais quel vague projet comme il arrive si souvent d'en former, qu'on laisse ensuite inaccomplis, cette femme n'avait-elle pu se trouver arrêtée par quelque catastrophe non moins fatale qu'imprévue, un départ, une maladie, la mort, la mort même, qui plane incessamment sous le porche des hôtels, au sortir des fêtes, et qui choisit ses victimes parmi les plus charmantes, pour les glacer de son souffle? Oh! cette pensée était affreuse, et, quand elle venait troubler Arthur, il ne pouvait s'empêcher de murmurer avec un profond soupir, en contemplant de nouveau un billet tout froissé, des fleurs toutes desséchées : « Pauvres marguerites! »

Et cependant, il faut bien le dire, au milieu de toutes ses préoccupations et en dépit de tous ses efforts, il sentait toujours germer au fond de son âme le souvenir de la jeune fille de la rue des Cinq-Diamans, et il se disait parfois, en évoquant devant lui ce gracieux fantôme, qu'il était bien sûr d'avoir retrouvé Laure pour la perdre aussitôt, et que c'était grand dommage que tant d'attraits devinssent le partage d'un garçon tel que son ami Polydore Durandin. Puis il se prenait à fredonner tout bas le motif de cette cavatine de Bellini qu'il avait entendue chanter par elle avec tant de charme et de pureté : *son vezzosa!...*

Laure, Marguerite, ces deux femmes s'identifiaient tellement dans son imagination, qu'il en venait parfois à ne plus les distinguer l'une de l'autre.

Ici plus d'une lectrice peut-être va nous demander un compte sévère de ce double amour. Et pourtant, en pareille circonstance, quoi de plus simple et de plus naturel? Mais, nous dira-t-on, l'amour est une passion profondément exclusive, qui a pour effet d'annuler temporairement aux yeux de l'amant les mérites de tout une moitié du genre humain, hormis une individualité, une seule, l'objet aimé. D'accord; mais aussi veuillez bien remarquer, mesdames, qu'Arthur n'en est encore qu'à la première période de la passion, et que dans cette première période le bandeau mythologique ne couvre point encore assez nos yeux pour nous rendre entièrement aveugles en présence de toutes les beautés qui ne sont point l'objet aimé. Veuillez considérer en outre que c'est par pur héroïsme d'amitié que notre héros abandonne la blonde Laure pour courir après la brune Marguerite, et, loin de l'accuser, priez pour lui.

Quant aux hommes qui se permettraient de blâmer Arthur, nous leur dirons comme dans l'Evangile : « Que celui qui est sans péché lui jette la première pierre. »

Tel était l'état des choses lorsque le hasard réunit dans la même loge, au théâtre du Palais-Royal, Arthur d'Escorailles et mademoiselle Laure Rieublanc. C'étaient, qu'on nous passe cette comparaison, deux nuages chargés d'électricité qui viennent à se rencontrer, et l'éclair ne pouvait manquer d'en jaillir.

C'est en vain qu'Arthur, sentant tout le danger de sa situation, avait fui, sans même vouloir entendre le second acte de sa pièce. Il emportait dans son cœur le trait qui l'avait frappé, et maintenant tous ses efforts pour l'en retirer devaient être inutiles. Que ne s'était-il, ce jour-là, trouvé face à face avec Marguerite au lieu de Laure; il était sauvé. Le diable, auquel les romanciers rendent cependant tant de services, ne le voulut pas sans doute : le diable peut-il ne pas être ingrat!

Le lendemain matin, Arthur était dans son cabinet, la tête penchée dans une de ses mains et une plume dans l'autre, mais il n'écrivait rien, ou du moins rien qui vaille; car il n'y a si fâcheuse disposition d'esprit pour se livrer à un travail d'imagination que d'être amoureux. Il avait beau se torturer le cerveau, il n'y trouvait qu'une seule idée qui y trônait en souveraine; il avait beau crisper ses doigts sur le papier, un nom, un seul qu'il eût voulu bannir de sa mémoire, revenait incessamment se placer sous sa plume, et il déchirait avec colère la page commencée, et il la jetait au feu en s'écriant :

— Quel affreux métier que celui d'auteur! Mais il n'y a pas à dire, on attend mon feuilleton pour ce soir, et ils sont là tous, abonnés, rédacteurs, protes, que sais-je? à me crier comme au Juif Errant : « Marche! marche! » et il faut bien que je leur obéisse. Oh! que ne suis-je avoué ou notaire! Ces gens-là ont des formules au moins qui leur tiennent lieu de tout; ils ne sont point tenus d'avoir de l'esprit ou de l'imagination à heure fixe.

Tout à coup on frappa à la porte du cabinet qu'Arthur avait fermée au verrou pour n'être pas dérangé dans son travail, et ce fut presque avec joie qu'il alla ouvrir, espérant au moins trouver ainsi une diversion à l'état de son âme.

— Pardon, mon illustre ami, — s'écria aussitôt Polydore Durandin, qui entra dans le cabinet entraînant avec lui le nègre Abd-el-Kader, littéralement attaché à l'un des pans de sa redingote; — pardon, je te gâte peut-être un chapitre de roman, mais, ma foi! j'avais un inventaire dans ton quartier et j'en ai profité pour monter à ta chartreuse, car j'étais inquiet de toi : tu nous a quittés si brusquement hier soir! Aussi j'ai forcé la consigne, et ton Bédouin a eu beau faire... Cet être-là m'en veut décidément; il a failli déchirer ma redingote; fais-le donc rentrer dans sa niche. Allons, Abd-el-Kader, obéissez à petit maître! — Sur un signe d'Arthur, le nègre se retira, et Durandin reprit en se laissant tomber sur un divan : — Ouf! Tu me croiras si tu veux, mais j'aimerais mieux être condamné à cirer mes bottes en personne à perpétuité que d'avoir un pareil domestique. Ah çà! ta santé?

— N'est pas plus mauvaise aujourd'hui qu'hier.

— Je comprends : c'est-à-dire qu'elle n'est pas meilleure. Tu souffres de la tête, n'est-ce pas? Oh! les auteurs doivent être souvent pris par là.

— Moi! en aucune façon.

— Alors, c'est donc de la poitrine ou de l'estomac, les deux maladies à la mode?

— Pas davantage.

— Oh! pour le coup, voilà qui est étonnant! M'expliqueras-tu alors pourquoi tu t'es sauvé hier soir comme si tu avais eu le diable à tes trousses? Tu nous as très vivement inquiétés. Sais-tu que monsieur Rieublanc et mademoiselle sa fille ont été sur le point d'envoyer savoir de tes nouvelles dès hier au soir?

— Ah! sa fille aussi a témoigné...

— Mon Dieu! oui, cela lui a fait une telle impression qu'elle n'a pas voulu attendre, pour se retirer, la fin du spectacle. Bien plus, elle a exigé de moi la promesse que je viendrais lui porter moi-même aujourd'hui de tes nouvelles. Tu comprends avec quel empressement j'ai accepté une pareille mission.

— Mon cher Durandin, combien je suis confus! Excuse-moi auprès d'elle, auprès de son père. Un travail fort pressé...

— Ah! c'est donc cela! au fait, j'aurais dû m'en douter : un auteur!... Mon cher Arthur, je ne veux pas troubler plus longtemps ton entretien avec la muse, et je me sauve bien vite. Je retourne à l'étude, où je suis attendu par des cliens. Bon courage, mon cher, bon courage! Tu seras un jour de l'Académie, cela te pend à l'oreille, c'est moi qui te le dis. A propos, j'allais faire une fière bévue, moi! J'oubliais de te dire que je suis chargé d'une invitation pour toi. Es-tu libre la veille de Noël?

— Oui... pourquoi?

— C'est que monsieur Rieublanc, ce brave capitaine

Rieublanc est désolé de ce que tu nous as manqué hier à dîner, et comme il donne un réveillon aux officiers de sa compagnie la nuit de Noël, il m'a chargé de te prier de le dédommager à cette occasion. Mademoiselle Laure tremblait que tu ne fusses malade et hors d'état de venir prendre ta part du festin. Aussi, je suis sûr qu'elle sera bien contente d'apprendre que nous pouvons compter sur toi. C'est convenu, n'est-ce pas?

Pendant que le maître clerc s'exprimait ainsi, un violent combat se livrait dans l'âme de l'écrivain entre l'amour et l'amitié. A la fin il s'écria :

— Non! mon vieux camarade, non, je ne puis accepter cette invitation.

— En voici bien d'une autre! Arthur, mon cher Arthur, mais j'ai absolument besoin de toi ce jour-là. Il faut que je sache définitivement si mademoiselle Laure veut de moi, oui ou non, pour son mari. Je n'ose lui demander cela moi-même, tu comprends, et j'ai compté sur toi pour cette tâche délicate. Tu ne me refuseras pas ce bon office. Aussi bien, s'il faut tout te dire, mes affaires marchent à merveille de ce côté, et j'ai bon espoir, pour peu que tu veuilles bien me donner un dernier coup de main. Un auteur, un auteur tel que toi surtout, c'est si éloquent! tu la détermineras.

— Non, Durandin, je te le répète, et crois que c'est avec un vif regret, je ne puis aller chez monsieur Rieublanc; il est même probable que je n'y retournerai jamais.

— Ah! bon Dieu! pourquoi cela?

— Parce que tout me commande de fuir cette maison, parce que...

— Achève.

— Parce que, moi aussi, j'aime mademoiselle Laure.

Ici, le pauvre Durandin, qui était debout à l'entrée de la chambre, se laissa tomber comme foudroyé sur une chaise qu'il rencontra fort heureusement dans sa chute. Cependant, après une pause qui dura près d'une minute, il attacha sur son rival un regard à la fois ébahi et consterné, puis il murmura d'une voix faible :

— Mais comment cela se fait-il? Tu ne l'as vue que deux fois et pendant quelques instans à peine?

— Hélas! mon vieux camarade, je dois te détromper et t'avouer toute la vérité : c'est la jeune fille de la diligence.

— Ah! ciel! mais tu m'avais dit qu'elle se nommait Marguerite.

— C'était toi qui l'avais cru, et moi-même un instant j'avais pu le penser; mais c'était bien le nom de Laure que j'avais entendu, quoique alors je n'en eusse point la certitude complète.

— Mais son père s'appelait Martin, disais-tu?

— Je le croyais aussi, j'ai reconnu mon erreur.

— Ah! mon Dieu! mon Dieu! Et quand je songe que c'est moi qui..... Ces choses-là ne sont faites que pour moi!

En parlant ainsi, l'infortuné maître clerc poussait de gros soupirs et s'arrachait les cheveux. Il était vraiment dans un état à faire pitié. Arthur s'approcha de lui, et, lui tendant la main :

— Mon pauvre Durandin, — s'écria-t-il, — je te plains de toute mon âme, mais tout n'est point perdu, grâce au ciel! Mes torts envers toi sont bien involontaires. Je suis prêt d'ailleurs à te donner ma parole de fuir à tout jamais la présence de mademoiselle Laure.

Arthur allait sans doute en dire davantage lorsque Abd-el-Kader entra dans la chambre, riant, sautant, gesticulant et mariant, dans son transport d'allégresse, des mots arabes et des mots français, fort étonnés sans doute de se trouver accouplés. Arthur lui-même eût sans doute cherché longtemps le mot de cette énigme si le nègre, après trois ou quatre gambades, n'eût pris le parti de s'élancer vers la porte du cabinet et de soulever la portière en tapisserie qui la recouvrait.

Alors on put apercevoir, debout sur le seuil, un homme d'environ trente-cinq ans, de haute taille, mais fort mince, et dont le costume présentait une sorte de compromis entre les habitudes élégantes de la fashion et l'austérité de la tenue militaire. Ce personnage, remarquable par une superbe barbe noire retombant en pointe jusque sur sa poitrine, à la manière arabe, n'était autre que monsieur le marquis Henri de Sainte-Fare, ce chef d'escadron des chasseurs d'Afrique avec lequel nos lecteurs ont déjà fait un commencement de connaissance au pavillon Marsan.

— Pardieu! — s'écria-t-il en tendant affectueusement la main à Arthur, — vous allez peut-être trouver ma visite importune, et je vous en fais mes excuses très sincères; mais il y a eu, s'il vous en souvient, un pacte passé entre nous, et il me tardait qu'il fût mis à exécution. A cet effet, j'ai cru devoir prendre les devans : vous ne m'en voudrez pas trop, n'est-ce pas? Oh! moi, d'abord, je ne sais pas attendre un plaisir.

— En vérité, — balbutia Arthur, — c'est bien plutôt moi, monsieur, qui dois m'excuser auprès de vous de m'être laissé prévenir.

— Brisons là, et, si vous voulez me prouver que ma visite ne vous est réellement point désagréable, supprimez le chapitre des politesses. C'est bon tout au plus pour les gens qui n'ont rien à se dire, et moi je veux vous apprendre tout d'abord que je me trouve ici en pays de connaissance. Ce brave garçon que voilà...

— Abd-el-Kader?

— Oui, Abd-el-Kader a été attaché quelque temps en Algérie à mon service. C'est lui qui m'a reconnu le premier, et, ma foi! j'ai eu toutes les peines du monde à modérer l'élan de sa joie, tant il était aise de revoir le *sid* commandant comme il m'appelle. Il est est vrai qu'il me doit un peu de n'avoir pas été rendu à son ancien maître, son homonyme, l'émir Abd-el-Kader, qui le regrettait infiniment et l'avait réclamé avec instance.

— Ah! son maître l'avait réclamé.

— Mon Dieu! oui,.. pour lui faire couper la tête.

Ici, Abd-el-Kader fit une fort laide grimace, baisa la main du commandant, puis sortit, pendant que Durandin, qui jusqu'alors était demeuré impassible, muet et la tête baissée dans un coin de la chambre, s'écriait en tressaillant :

— Oh! diable!

— Pardon, — reprit aussitôt monsieur de Sainte-Fare, — je vous croyais seul, et je reconnais maintenant combien je suis indiscret. Je vous ai dérangé.

— Non pas : monsieur est un de mes amis.

— Un auteur, sans doute?

— Monsieur, je n'ai pas cet honneur, — répondit Durandin en poussant un grand soupir; — je suis maître clerc de notaire.

— Comment donc! un état que j'estime beaucoup. Pardieu! cela se rencontre à merveille. Justement mon notaire vient de mourir; la capacité de son successeur m'inspire peu de confiance, et je serais tout disposé à devenir le client d'une étude dirigée par un ami de monsieur Arthur d'Escorailles, car les amis de nos amis sont toujours nos amis, n'est-ce pas, monsieur?

— Monsieur... — balbutia Durandin, — certainement... monsieur Baudineau, mon patron... Au surplus, je dois vous apprendre qu'il va se démettre en ma faveur.

— Raison de plus, monsieur. Touchez là, c'est chose convenue, et vous pouvez considérer dès à présent le marquis Henri de Sainte-Fare comme le client de monsieur...?

— Durandin, monsieur, pour vous servir.

— A la bonne heure! Ah çà! monsieur d'Escorailles, vous saurez, en ce qui vous concerne personnellement, que je ne viens pas vous voir cette fois en mon nom seulement, mais bien en celui de madame de Sainte-Fare, qui a le plus grand désir de faire la connaissance d'un écrivain dont elle apprécie hautement les ouvrages. Oui, monsieur, c'est elle qui m'a chargé de vous inviter à venir faire réveillon avec nous la nuit de Noël. Oh ! nous ne serons pas trop nombreux, et vous ne trouverez dans cette réunion que des personnes comme nous bien heureuses de pouvoir vous remercier de vive voix de toutes les douces heures que vos écrits leur ont procurées. Hein ! cela vous va-t-il ? Vous paraissez embarrassé ; auriez-vous quelque projet pour ce jour-là ?

Arthur regardait en effet Durandin d'un air assez perplexe, lorsque celui-ci prit soudain la parole.

— Mon Dieu ! monsieur le marquis, — dit-il, — c'est que je venais justement de faire la même invitation à mon ami.

— Ah ! diable ! cela se complique... et il avait accepté ?

— Certainement, certainement.

A ce moment, Arthur ne put s'empêcher d'échanger avec le maître clerc un regard empreint de la plus profonde surprise.

— Il faut espérer que je serai plus heureux une autre fois, — reprit le commandant.

— Tout le bonheur sera pour moi, monsieur, et je compte bien d'ici à très peu de jours, en allant vous rendre visite, vous prier de me présenter à madame de Sainte-Fare. J'ai hâte d'aller lui offrir l'expression de mes regrets de ne pouvoir me rendre à son aimable invitation.

— Vous serez le très bien venu. Quant à moi, je vous l'ai dit, je me sens une vive sympathie pour vous, et il ne tiendra pas à moi que notre connaissance en reste là, entendez-vous, monsieur d'Escorailles ? Êtes-vous cavalier ?

— Un peu.

— Eh bien ! j'ai des chevaux à votre service, et nous monterons ensemble, avec monsieur Durandin, si cela lui convient.

— Oh ! — reprit vivement Polydore, — monsieur le marquis, excusez-moi sur ce point : je n'ai jamais monté qu'à âne.

La conversation ne roula plus dès lors que sur des généralités, et, au bout d'un quart d'heure, le marquis se leva et sortit, non sans avoir tendu de nouveau la main à Durandin, qu'il appela à plusieurs reprises son cher notaire, et auquel il promit la clientèle d'une bonne partie du faubourg Saint-Honoré.

Lorsqu'il fut parti, les deux jeunes gens restèrent quelques instans les yeux baissés, sans échanger une parole. A la fin, Durandin tendit la main à d'Escorailles.

— Arthur, mon cher Arthur, — lui dit-il, — écoute, je sais que je ne puis entrer en lutte avec toi sous quelque rapport que ce puisse être. Figure, tournure, esprit, tu as tout cela pour toi, et moi je n'ai rien ou pas grand' chose. J'aime mademoiselle Laure, mais enfin il m'est bien démontré maintenant qu'elle ne m'aime pas et qu'elle ne m'aimera jamais, tandis que toi... certains souvenirs qui me reviennent... enfin, suffit. Mademoiselle Laure sera fort riche un jour, je te l'ai dit ; c'est un très beau parti : l'aimes-tu sérieusement... là... au point de vouloir en faire ta femme ?

— Peux-tu me le demander ? Ah ! ce jour-là serait le plus beau de ma vie !

— Bien vrai ? Allons ! à la bonne heure ! tout peut s'arranger. Tu plais déjà beaucoup à la fille : je n'en doute pas, malheureusement pour moi. Il s'agit maintenant de gagner le père. Cela n'est pas si difficile qu'on pourrait le croire au premier abord. Donne dans ses idées, fais-toi incorporer dans la garde nationale, et je réponds de tout.

— Ah ! Durandin ! Durandin ! tiens, embrassons-nous ! Tu es le meilleur garçon, le plus loyal, le plus généreux que j'aie connu de ma vie.

— Laisse donc, ne parlons plus de cela. Je me rends justice, voilà tout. Ah çà ! c'est bien convenu, tu es du réveillon de la nuit de Noël, rue des Cinq-Diamans, et je vais porter ton acceptation. C'est égal, ce sera une bien jolie femme que mademoiselle Laure, et j'aimerais mieux avoir à signer son contrat de mariage comme futur que comme notaire.

XI

UNE SONATE DE BEETHOVEN.

— Eh bien ! monsieur Durandin, vos conventions sont arrêtées avec monsieur Baudineau, et vous n'attendez plus que l'ordonnance royale qui doit vous agréer pour son successeur.

— Oui, capitaine Rieublanc.

— A la bonne heure, j'en suis fort aise ; car maintenant rien ne s'oppose plus à ce que vous fassiez enfin votre demande à ma fille. Vous m'avez toujours empêché de lui en parler jusqu'à ce jour ; mais il faut que tout ait un terme, entendez-vous ? Après la revue, le défilé, c'est dans l'ordre. Vous êtes reçu chez moi depuis longtemps déjà en véritable futur. On en jase dans la légion ; mes voltigeurs ne me l'ont pas laissé ignorer ; et puis, faut-il tout vous dire ? Cet auteur que vous avez amené ici, ce monsieur Arthur d'Escorailles me semble faire un peu les yeux doux à ma fille. Je vous en avertis en ami. Ainsi donc, à quand la noce ?

— Capitaine, mon cher capitaine, j'ai bien des choses à vous dire à cet égard.

— Laissez-moi prendre une prise de tabac, et je vous écoute. Je vous vois venir, monsieur de l'écritoire, vous voulez m'accrocher quelques billets de mille francs ; mais, nenni : je suis un vieux militaire, vous le savez ; j'ai dit deux cent mille francs et le trousseau, il n'y aura pas un centime de plus.

— Aussi n'est-ce pas de cela qu'il s'agit, mon cher capitaine ; c'est d'un scrupule qui m'est venu, d'un scrupule que vous comprendrez...

— Parlez donc.

— Je crains de n'être point du tout le fait de mademoiselle Laure.

— Allons donc !

— Je suis même certain, s'il faut tout vous dire, qu'elle ne m'aime pas.

— Eh bien ! qu'est-ce que cela fait ? Madame Rieublanc ne pouvait pas me sentir, et cela ne l'a pas empêchée de devenir ma femme. Au contraire.

— Et moi, je veux que ma femme m'aime.

— Monsieur Durandin...

— Capitaine.

— Savez-vous que tout cela me semble furieusement louche.

— Ce n'est pas ma faute si...

— Savez-vous à qui vous parlez ? savez-vous que j'ai neuf ans de grade de capitaine, et que j'ai servi dans la vieille garde, monsieur Durandin ?

— Allons, capitaine, ne vous fâchez pas ; aussi vous ne me donnez pas le temps de m'expliquer. Je vous ai annoncé que j'avais bien des choses à vous dire à l'égard de ce mariage. Écoutez-moi, au moins ; car j'ai une proposition à vous faire, une proposition très importante et qui peut tout concilier.

— Oui-dà ! et cette proposition, quelle est-elle ? Accouchez donc vite, que diable ! monsieur Durandin. Est-ce que vous n'avez jamais marché au pas de charge de votre vie ?

— C'est que vous êtes d'une vivacité ! Je vous dirai donc...

Le fait est que Durandin était fort embarrassé pour mettre en avant le substitut que sa mauvaise étoile le condamnait à se donner lui-même, lorsque heureusement ou malheureusement, comme on voudra, une porte s'ouvrit, et mademoiselle Laure parut.

— On m'a dit que monsieur Durandin était ici, — dit-elle en entrant, — et je viens porter les dominos, afin que vous puissiez faire une partie avant qu'il ne soit forcé de retourner à l'étude. — Le maître clerc avait en effet l'habitude de venir de temps à autre, après le dîner de son patron, passer une heure chez monsieur Rieublanc, sous le fallacieux prétexte de faire la partie de l'ancien droguiste, mais en réalité pour avoir occasion de voir mademoiselle Laure. Les deux interlocuteurs, dont elle venait ainsi de troubler l'entretien, semblèrent se demander s'ils renonceraient pour ce soir-là au passe-temps qui leur était offert, et ils demeurèrent la bouche béante, et, selon toute apparence, avec une expression de physionomie des plus singulières, car la jeune fille partit soudain d'un franc éclat de rire. — Eh bien! — dit-elle, — qu'avez-vous donc à me regarder ainsi? Est-ce que quelque mauvaise fée vous a ôté l'usage de la parole? Mais je vous gêne peut-être. Oh! je ne demande pas mieux que de me retirer. J'étais justement occupée dans ma chambre à lire le dernier roman de monsieur Arthur d'Escorailles, celui qu'il nous a envoyé ce matin, et j'en suis à un passage fort intéressant.

— Hum! — grommela l'ancien droguiste d'un ton de mauvaise humeur, — des romans! des feuilletons! des pièces de théâtre! on ne parle plus que de cela ici depuis que vous avez amené cet auteur, monsieur Durandin! il faudra qu'un de ces jours je fasse jeter tout cela au feu.

— Mais, mon bon père, — répondit en riant la jeune fille, — convenez que c'est plus amusant pour moi que votre garde nationale. Aussi je retourne bien vite à mon roman.

— Halte là! mademoiselle, — s'écria le capitaine en se levant avec vivacité du coin de la cheminée où il était assis, je vous ordonne de rester ici, entendez-vous? Étudiez votre piano, cela vaudra beaucoup mieux pour vous que de lire des fariboles; et, quant à nous, monsieur Durandin, faisons notre partie. J'irai vous trouver à votre étude demain matin, et nous causerons.., comme on doit causer entre vieux militaires.

Laure ne put s'empêcher d'attacher sur son père un regard plein de surprise et d'ingénuité, et elle alla s'asseoir en silence devant son piano, où elle se mit à déchiffrer d'un air distrait une sonate de Beethoven, pendant que l'ancien droguiste et le maître clerc se livraient aux fiévreuses combinaisons du jeu de dominos.

Tout à coup le bruit des roues d'un cabriolet retentit dans la rue des Cinq-Diamans, comme ces grondemens sourds de tonnerre qui annoncent un prochain orage. Le sifflet du père Subtil annonça l'arrivée du visiteur. Laure sentit son cœur battre violemment, car je ne sais quel fluide magnétique venait de se répandre autour d'elle, et, douée instantanément du don de seconde vue, elle voyait à travers l'épaisseur des murailles un charmant jeune homme monter lestement l'escalier: il n'avait pas encore sonné à la porte de l'appartement que déjà elle entendait à son oreille le bruit de sa respiration et qu'elle voyait ses yeux briller dans le vide.

Elle ne s'était point trompée. C'était bien Arthur. Après quelques vagues propos échangés avec monsieur Rieublanc, qui ne crut pas devoir interrompre sa partie de dominos, le jeune homme s'approcha du piano que mademoiselle Laure n'avait point osé quitter non plus. Voici la conversation qui s'engagea entre *lui* et *elle:*

— Vous étiez occupée à étudier, mademoiselle; que ce ne soit pas moi qui vous dérange. Quel est ce morceau?

— Une sonate de Beethoven.

— Mon auteur favori: quel bonheur! continuez, je vous prie, car j'aime beaucoup la musique, et si je n'étais écrivain, j'aurais voulu être compositeur.

Laure se mit en devoir de déférer au vœu qui venait de lui être exprimé, et elle recommença la sonate; mais en faisant vibrer sous ses doigts les touches de son piano, elle écoutait avec une attention marquée les quelques paroles qui échappaient à Arthur, et y répondait même parfois à mi-voix.

D'abord la conversation fut assez insignifiante. Arthur s'énamourait de tel ou tel passage de la sonate, et priait l'exécutante d'avoir la bonté de le recommencer. Quelquefois celle-ci consentait, d'autres fois elle passait outre; puis il retournait les pages: c'est une occupation qui, dans certaines circonstances, a bien son charme. Mais bientôt le dialogue cessa d'être purement musical, et des détails étrangers commencèrent à s'y mêler. Ce fut la jeune fille qui commit la première faute.

— J'ai bien des remercîmens à vous faire, monsieur, — dit-elle tout en exécutant un trait plein de difficultés de l'*allegro*, — pour l'envoi que vous avez bien voulu nous adresser ce matin. J'ai déjà lu la moitié du premier volume.

— Oh! mademoiselle, c'est moi qui dois vous remercier de m'avoir permis de vous offrir ce livre... Ce passage est délicieux, la reprise surtout est d'un effet ravissant.

— Vous trouvez? Je vais le recommencer. Je croyais que, quand un auteur offrait un de ses ouvrages, il était d'usage qu'il écrivît de sa main sur la première page quelques mots de dédicace.

— Il est vrai, mademoiselle, mais je n'ai pas osé le faire.

— Pourquoi donc?

— Je crois que vous ferez bien de mettre la pédale. Ce passage demande à être exécuté avec beaucoup d'éclat; vous voyez, *con brio.*

Ici, comme dans un morceau d'ensemble, les voix des deux joueurs de dominos, voix l'une et l'autre glapissantes, commencèrent à prendre le dessus sur celles des deux jeunes gens, qui semblaient vouloir décidément parler en sourdine. Voici un échantillon figuré de ces deux conversations:

(D'un côté, la table de jeu.)

DURANDIN.

Capitaine, c'est à moi la pose.

MONSIEUR RIEUBLANC.

Qui vous dit le contraire?

DURANDIN.

Double six.

MONSIEUR RIEUBLANC.

Je boude.

DURANDIN.

Six et blanc.

MONSIEUR RIEUBLANC.

Je boude encore. Sapristie!

DURANDIN.

Vous avez du malheur depuis quelques instans.

MONSIEUR RIEUBLANC.

Vous trouvez?

DURANDIN.

Ah çà! qu'est-ce que cela signifie? Voilà que vous jouez du blanc maintenant, et tout à l'heure vous disiez que vous n'en aviez pas.

MONSIEUR RIEUBLANC.

Je disais... je disais... C'est qu'aussi ma fille n'a jamais aussi mal exécuté sa sonate que ce soir. On dirait qu'elle le fait exprès. Cela me trouble; au diable les dominos! (Il se lève et regarde attentivement dans la direction du piano.)

DURANDIN (cédant à un subit et violent accès de toux).

Hum ! hum ! hum !

MONSIEUR RIEUBLANC.

Ah ! diable ! monsieur Durandin, je ne vous savais pas enrhumé. Voulez-vous que je vous fasse donner un verre d'eau sucrée ?

DURANDIN.

Je vous remercie, mon cher capitaine, c'est inutile. Hum ! hum ! hum !

MONSIEUR RIEUBLANC.

A la bonne heure ! (Il se dirige à pas furtifs vers le piano.)

DURANDIN (*rinforsando*).

Hum ! hum ! hum !

(De l'autre côté, le piano.)

LAURE.

Vous m'aviez pourtant promis, ce me semble, l'autre jour, de mettre une dédicace au livre que vous m'enverriez.

ARTHUR.

Qui vous dit que je n'ai pas tenu ma promesse ?

LAURE.

Eh mais ! la page est blanche.

ARTHUR.

Voulez-vous que je vous dise ce que j'aurais écrit sur cette page, si elle n'avait dû être vue que par vous seule.

LAURE.

Mais c'est qu'en vérité je ne sais si je dois...

ARTHUR.

Ce sont des vers.

LAURE.

Des vers ! Oh ! dites-les-moi bien vite. Mon Dieu ! personne encore ne m'en a adressé.

ARTHUR.

Il est heureux celui qui vient, le cœur charmé,
Offrir son livre à la femme qu'il aime.
O Laure ! celui-là ne s'est-il pas nommé ?
Mais ne voudrez-vous pas, grâce pour ce blasphème !
Qu'un jour il puisse dire : A la femme que j'aime...
En ajoutant tout bas : Et dont je suis aimé !

(Un silence. Laure est devenue fort rouge ; son cœur bat avec violence, son sein se gonfle, ses mains tremblantes continuent de parcourir le clavier, mais il en résulte plus d'une fausse note.)

ARTHUR.

Vous ne répondez pas ! Un mot, de grâce ! un seul, je vous en supplie !... Dites-moi que je ne vous ai point offensée.

LAURE (de plus en plus émue).

Monsieur...

ARTHUR (portant la main à la poche de son gilet).

Faites plus encore, prouvez-le-moi en daignant accepter... ce papier... où j'ai écrit ces vers...

(Arthur se penche, laisse tomber sa main et est sur le point de glisser dans la poche du tablier de la jeune fille un papier très mince et presque imperceptible qu'il tient plié entre ses doigts ; mais monsieur Rieublanc est parvenu près du piano, il a saisi le bras du coupable et s'écrie d'une voix de tonnerre :)

— Halte-là ! camarade ; un bon chef de poste ne doit jamais dormir, et vous voyez que je ne dors pas. Ah ! c'est ainsi que vous entendez l'exercice, vous ! je vous en fais mon compliment. Vous voulez encore filer le billet doux à la fille en présence du père ! Sacrebleu ! monsieur l'auteur, comme vous y allez ! Mais heureusement que la garde nationale est là ! Maintenant, il y a une chose qu'on ne m'ôtera pas de la tête : c'est que c'est bien vous qui êtes le particulier de la diligence. Oh ! je vous reconnais maintenant. Je me suis laissé mettre dedans comme un conscrit, mais on ne m'y reprendra plus. Eh bien ! monsieur Durandin, que vous disais-je ?

Arthur avait d'abord baissé la tête avec un peu de confusion ; mais le sentiment de sa fierté blessée reprenant bientôt le dessus, il répondit avec assez de calme et de dignité :

— Monsieur, je suis coupable sans doute à vos yeux, mais quelques mots suffiront, sinon pour me justifier complétement, du moins pour me servir d'excuse. Vous ne sauriez d'ailleurs avoir aucun soupçon sur la pureté de mes intentions, et mon ami, que j'ai cru devoir en instruire, pourra vous dire lui-même...

— Oui, capitaine, — ajouta vivement le maître clerc, — dans l'intérêt de la vérité, je m'empresse de vous le déclarer, et j'aurais peut-être dû le faire plus tôt, mais aussi, c'est un peu votre faute : vous êtes si vif, on ne sait comment vous prendre. Je vous déclare donc que mon ami Arthur d'Escorailles est éperdument amoureux de mademoiselle votre fille, et que, afin de ne pas faire le malheur de sa vie, j'ai consenti à me désister en sa faveur de certaines prétentions que vous avez bien voulu, seul, encourager. Bien plus, je lui ai promis...

— Ta, ta, ta, ta ! Monsieur Durandin, vous tirez votre poudre aux moineaux en ce moment. Jamais ma fille ne sera la femme du monsieur que voilà. Voyez-vous, il faut de la franchise entre vieux militaires. Présentez armes ! rompez vos rangs ! J'ai bien l'honneur de vous saluer.

— Ah ! monsieur Rieublanc, capitaine Rieublanc, vous rétracterez cette cruelle parole. Allons, laissez-vous fléchir, que diable ! j'étais tout au moins aussi intéressé que vous dans cette affaire, et je me suis bien rendu, moi. Voyons, d'Escorailles, aide-moi à attendrir, à persuader le capitaine, toi qui es si éloquent dans tes drames, toi un auteur ! Je vous jure, monsieur Rieublanc, que vous ne perdez pas au change. D'abord, votre fille aura un titre ; car, tel que vous le voyez, mon ami d'Escorailles est... Quel titre as-tu, d'Escorailles ? c'est déjà quelque chose, et puis il a un château, un superbe château, n'est-ce pas, d'Escorailles ? Et puis c'est une célébrité enfin, une grande célébrité. Cela vous fera honneur dans le quartier, dans la légion, veux-je dire, un gendre dont le portrait est chez tous les marchands d'estampes, la statuette dans tous les passages, et dont l'original sera pour vous seul, c'est-à-dire pour mademoiselle votre fille. D'ailleurs, je vous promets de faire le contrat de mariage moi-même, je veux que ce soit mon premier acte, et je refuse toute espèce d'honoraires. Voyons, il faut être raisonnable. Que voulez-vous de plus ? Ah ! mademoiselle Laure, parlez donc aussi un peu, vous ; dites à monsieur votre père que cela vous convient : car comment voulez-vous le déterminer, si personne ne vient à mon secours.

Malheureusement mademoiselle Laure n'était guère en état d'exprimer un avis ; elle avait le visage caché entre ses mains et pleurait à chaudes larmes. Chacun des quatre personnages était, au reste, absorbé en ce moment par des préoccupations si poignantes, que nul d'entre eux n'entendit un coup de sifflet, bientôt suivi d'un coup de sonnette et de l'entrée d'un nouveau personnage. C'était monsieur Eugène Bidault, le bureaucrate.

Celui-ci, ne voyant devant lui que visages renversés, ne put s'empêcher de fredonner tout bas entre ses dents ce motif si connu d'un opéra-comique de monsieur Scribe :

Quel est donc ce mystère ?

Puis, s'approchant d'Arthur :

— Je vois ce que c'est, — lui dit-il tout bas à l'oreille

— Durandin a tout découvert, n'est-ce pas, et il t'a provoqué? Si tu as besoin d'un témoin, ne te gêne pas...

— Va-t'en au diable! — grommela l'écrivain.

Repoussé avec perte de ce côté, il se tourna vers le maître clerc, et, l'entraînant un peu à l'écart:

— Voyons, — s'écria-t-il, — Durandin, mon pauvre Durandin, il faut se faire une raison dans ce monde. Écoute, mon cher, ce n'est rien quand on ne le sait pas, et quand on le sait c'est si peu de chose! Sois clément, comme feu Titus.

— Va-t'en au diable! — repartit le maître clerc.

En désespoir de cause, le jeune Bidault ne crut pouvoir mieux faire que de s'adresser à monsieur Rieublanc en personne.

— Ah çà! capitaine, — balbutia-t-il, — qu'est-ce que tout cela signifie? Vous seriez bien aimable de me mettre un peu au courant; car enfin, vous comprenez...

— Morbleu! sacrebleu! — jura l'ex-droguiste, — vous prenez bien votre moment, vous, fourrier, pour venir faire votre visite. Allez-vous-en à tous les diables!

— Oh! oh! — reprit le bureaucrate, — je crois que décidément je suis de trop ici ce soir. Mademoiselle, messieurs, je vous demande un million de pardons. Je venais vous faire ma visite de nouvelle année, mais je m'aperçois que je suis indiscret et je me retire. J'avais pourtant une bonne nouvelle à vous annoncer: j'ai fait la paix avec mon chef de bureau à l'occasion du nouvel an, et il m'a fait donner trois cents francs d'augmentation et un détail. C'est à sa femme que je dois cela. Sa femme!... Mais je vous raconterai cela une autre fois. Ne vous dérangez pas.

Et il sortit, comme il était entré, en chantonnant cette fois ce quatrain d'un vaudeville de monsieur Scribe:

> Sexe charmant, sexe enchanteur,
> Vous à qui mes vœux se recommandent,
> Soyez mon Dieu, mon protecteur,
> Et que vos maris vous le rendent.

XII

UNE CAMARADE DE PENSION.

Par une assez belle matinée du mois de février, une de ces matinées où le soleil darde si joyeusement ses rayons sur les dalles du boulevard qu'on croirait déjà le printemps revenu, trois jeunes gens étaient assis devant le café de Paris, se renvoyant l'un à l'autre la fumée de leurs cigares avec autant de gravité que s'ils eussent été Turcs ou Hollandais. Tous les trois gardaient le silence; mais il est vraisemblable qu'ils ne pensaient à quoi que ce soit, ce qui constitue au suprême degré la haute fashion.

Il était alors environ midi, un quatrième jeune homme passa en ce moment sur le boulevard devant le café de Paris. Ce dernier était de petite taille et vêtu sans aucun luxe, mais fort proprement, et, n'eût été l'éclat malicieux du soleil, il eût très facilement dissimulé l'âge, malheureusement trop respectable, d'une redingote quelque peu râpée. Il portait le nez au vent comme un chien de chasse, marquait militairement le pas en marchant, et fredonnait je ne sais quel refrain d'opéra-comique, tout en mâchonnant un cure-dents, ce qui ne voulait pas dire précisément qu'il eût déjeuné.

— Tiens, c'est Bidault! — s'écria un des trois jeunes gens dont nous venons de parler, en jetant sur les dalles le reste de son cigare. — Il y a un siècle qu'on ne t'a vu. Où vas-tu donc ainsi?

— Eh! mais, à mon bureau probablement. Bonjour, capitaine; bonjour, docteur; bonjour, agent de change. Messieurs, je vous porte tous les trois dans mon cœur, mais je n'ai pas le temps de bavarder. Je suis en retard. Mon chef de bureau m'attend, et vous saurez que cet être-là se permet de trancher du Louis XIV et qu'il n'aime pas à attendre.

— Ah bah! — repartit monsieur de Provenchère, le capitaine d'artillerie, — une fois n'est pas coutume, et, s'il fait le méchant, ton chef de bureau, tu lui diras que je me charge de lui couper les oreilles.

— Et moi de le soigner ensuite, — s'écria à son tour le jeune docteur.

— Voyons, — dit le cinquième d'agent de change, — assieds-toi là quelques minutes auprès de nous; tu nous feras rire et cela m'aidera à passer le temps en attendant l'heure de la Bourse. Çà, quoi de nouveau?

Le bureaucrate ne se fit pas trop prier pour s'asseoir, et, après avoir attaché sur le financier un regard de comique dédain, il se mit à chanter ce couplet si connu:

> Oui, c'en est fait, je me marie;
> Je veux vivre comme un Caton.
> S'il est un temps pour la folie,
> Il en est un pour la raison.

— Tu te maries! — s'écrièrent tout d'une voix ses trois camarades de collége.

— Non pas moi, mes très chers; non, pas si bête. Mais c'est quelqu'un de notre connaissance intime à tous les quatre.

— Qui donc?

— Connu! connu! — dit l'agent de change, — c'est Durandin; il y a deux mois qu'il nous l'a annoncé lui-même, et si tu n'as que des nouvelles de ce genre-là à nous apprendre, tu peux bien t'en aller à ton bureau.

— Oui dà! eh bien! non, je ne veux pas encore aller à mon bureau, attendu que tu es dans une erreur complète, mons Bigorne. Celui qui se marie n'est point Durandin. Il sort d'en prendre, le pauvre diable! ou plutôt il n'a rien pris du tout. C'est le beau, le brillant, l'illustre Arthur d'Escorailles.

— Pas possible!

— Eh quoi! il ne vous en était pas venu le moindre petit mot à l'oreille? Voilà qui est étrange, car on ne parle que de cela, à cette heure, dans tout le quartier des Lombards, et quand on va chercher des dragées ou des pralines au Fidèle-Berger, les démoiselles du comptoir vous racontent aussitôt cette prodigieuse aventure. Oui, messieurs, Arthur d'Escorailles a soufflé la future de ce pauvre Durandin; il épouse la fille d'un riche droguiste de la rue des Cinq-Diamans, aujourd'hui capitaine de voltigeurs dans la garde nationale. Le mariage est arrêté et doit avoir lieu aussitôt après Pâques. Au sortir de la cérémonie, les nouveaux conjoints partiront immédiatement pour l'Auvergne. Ils iront passer la lune de miel dans le château de notre ami d'Escorailles; c'est tout à fait grand genre, qu'en dites-vous? Monsieur Rieublanc (c'est le nom du papa beau-père) les accompagne. Il veut aider son gendre à organiser une compagnie modèle de la garde nationale dans les montagnes d'Auvergne. C'est son idée fixe à ce brave homme, et vous comprenez que quand un papa beau-père a des écus, beaucoup d'écus, il peut avoir des idées absurdes sans qu'on s'avise de le contrarier. Je me suis laissé dire d'ailleurs qu'il avait fait bien des difficultés, et qu'il aurait beaucoup mieux aimé notre ami Durandin que notre ami d'Escorailles. Ces droguistes, c'est positif en diable; mais mademoiselle sa fille n'était pas tout à fait de son avis. Au surplus, je ne saurais vous donner aucun détail à ce sujet. Mais... je ne me trompe pas... Anne, ma sœur Anne, ne vois-tu rien venir?

— C'est d'Escorailles en personne.

— Heureusement que les rassemblemens ne sont plus défendus. Ohé! d'Escorailles, avance à l'ordre. Les oreilles doivent te tinter furieusement, car nous parlions de toi, de ton auguste hyménée.

En même temps Arthur se vit pressé de questions de toutes sortes et fort embarrassé pour satisfaire la curiosité d'un chacun. Ce fut cependant avec beaucoup de gaieté et de bonne grâce, qu'il confirma à ses amis la nouvelle que venait de leur donner Eugène Bidault, ajoutant qu'il était en course pour sa corbeille de mariage.

La question suffisamment vidée, monsieur Bigorne s'écria :

— A propos, messieurs, savez-vous que c'est aujourd'hui le dernier bal de l'Opéra? c'est une excellente occasion de nous réunir tous de nouveau. Nous souperons ensemble au café de Paris, c'est moi qui vous convie, et la petite J... fera les honneurs du repas. J'espère que nul ne manquera à l'appel.

— Appuyé! appuyé! — répondirent tous les jeunes gens, à l'exception d'Arthur.

— Quant à moi, — ajouta le docteur, — je demande la permission de présenter à mademoiselle J... une de mes clientes, une connaissance du Ranelagh.

— A merveille! plus on est de fous plus on rit, et chacun sera libre d'amener sa chacune. C'est chose convenue. C'est moi qui régale, et c'est le pape qui payera; j'ai fait hier une affaire magnifique sur l'emprunt romain. Tu entends, d'Escorailles? Il faut faire cette nuit tes adieux à la vie de garçon, et nous t'y aiderons.

— C'est que, — balbutia l'écrivain, — j'ai disposé de ma soirée, et je ne sais...

Il y eut une clameur de réprobation si vive contre Arthur qu'il n'osa pas décliner l'engagement qu'on réclamait de lui, et après s'être serré la main comme dans le serment du Grütli, les cinq amis se séparèrent pour se rendre chacun à ses occupations. Eugène Bidault seul, ayant tiré sa montre et remarqué que l'aiguille indiquait déjà une heure de l'après-midi, s'écria :

— Ah! bah! tant pis, il est trop tard. Décidément, je n'irai pas aujourd'hui à mon bureau. J'aime bien mieux aller voir si je puis me procurer un billet gratis pour le bal. Ce sera autant de gagné pour moi, et le gouvernement n'en mourra pas.

Laissons passer quelques heures, laissons aussi coucher le soleil et venir la nuit, puis transportons-nous rue des Cinq-Diamans. Après avoir esquivé, si faire se peut, l'active surveillance de monsieur Subtil, nous entrerons bien doucement dans le salon, toujours noir et enfumé, mais qu'embaume le parfum frais et pénétrant d'un gros bouquet de violettes entremêlées de camellias, offrande journalière permise à Arthur depuis que le titre de prétendu lui a été accordé.

Dans ce salon se trouvent trois personnes de notre connaissance, à savoir, près de la cheminée, monsieur Rieublanc et Polydore Durandin jouant aux dominos, et, de l'autre côté, mademoiselle Laure assise devant son piano, sur lequel elle laisse errer ses doigts, pendant qu'elle fredonne à mi-voix cette suave cantilène de Bellini à laquelle s'attache maintenant pour elle un de ces souvenirs qui ne s'effacent jamais de la mémoire : *Son vezzosa*. De temps à autre le maître clerc ne peut s'empêcher, tout en posant ses dominos, de fixer sur la jeune fille un regard plein de mélancolie, et plus d'un soupir s'exhale de sa poitrine avant qu'il s'écrie :

— Double six, — trois et blanc, — je boude, — quatre partout, — domino!

De son côté, Laure, depuis quelques instans, commence à fixer ses regards avec quelque inquiétude sur la pendule, qui marque sept heures trois quarts, et un léger pli vient s'imprimer sur le pur ivoire de son front.

— Sept heures trois quarts, — balbutie timidement Durandin ; — il faut que je retourne à l'étude.

— Ah! diable! — reprend monsieur Rieublanc, — déjà sept heures trois quarts! comme le temps passe vite aux dominos! Il me semble que notre futur est en retard ce soir. Oh! l'on voit bien que ce n'est encore qu'un conscrit et qu'il n'a pas l'habitude de monter la garde, car il manque son heure de faction.

— Il faut qu'il ait été retenu, — répond Durandin.

— Retenu! — repart aussitôt le bouillant capitaine; — sacrebleu! on voit bien que vous n'êtes pas amoureux, vous. — Ici le maître clerc soupire encore plus fort et prend tristement son chapeau. Monsieur Rieublanc lui serre amicalement la main, et, lui offrant une prise de tabac par forme de consolation : — Il ne faut pas vous choquer de ce que je vous dis là, — ajoute-t-il aussitôt; — car je ne vous sais que plus de gré de venir faire ma partie comme par le passé... là... entre vieux militaires. Quant à monsieur mon gendre futur, c'est un propre à rien, et voilà tout. Il ne sait seulement pas jouer aux dominos ni au piquet, et il se fait attendre par-dessus le marché. Mais enfin cela convient à Laure, je n'ai rien à dire.

Quelques instans après, Durandin et Arthur se rencontraient sur le palier de l'escalier, le premier sortant, pendant que l'autre entrait.

— Eh quoi! tu t'en vas, — dit Arthur, — au moment où j'arrive?

— Mon cher, — répondit le maître clerc avec une douloureuse bonhomie, — je fais comme la lune, je cède la place au soleil.

— Pauvre Durandin! — murmura Arthur, — il l'aime toujours!

Arthur entra dans le salon, et baisa tendrement la main de sa fiancée, qui avait bien voulu lui accorder ce privilége; puis la jeune fille, ayant quitté son piano, vint s'asseoir près de lui au coin de la cheminée. Monsieur Rieublanc s'installa dans une bergère, et la conversation commença.

Notre héros s'excusa de son mieux de son retard : il avait été forcé de prolonger son séjour chez lui pour avancer un travail, comme toujours impatiemment attendu, et qu'il livrait à l'imprimerie en quelque sorte feuille à feuille. Laure voulut en connaître le sujet et les principaux détails. C'était bien le moins que la prétendue d'un auteur fût initiée aux mystères de ses élucubrations, et Arthur s'empressa de déférer au vœu qui lui était exprimé.

Pendant ce temps, monsieur Rieublanc était toujours plongé dans sa bergère, mais son corps seul, et non plus son esprit, assistait à l'entrevue des deux jeunes gens. Il était rare qu'après son dîner le capitaine fût en état de s'associer à une conversation qui n'avait point pour objet principal ou accessoire le service de la garde nationale, et cette fois le digne homme n'avait pu résister à l'influence combinée du travail de la digestion et d'un programme de roman.

Dès qu'il fut bien avéré que monsieur Rieublanc était décidément endormi, le dialogue engagé entre Laure et Arthur prit un tour tout différent, et les mots de monsieur et de mademoiselle disparurent instantanément de leur vocabulaire.

— Avez-vous bien pensé à moi aujourd'hui? — s'écria Laure. Pour toute réponse Arthur prit une main qu'on lui abandonna sans trop de difficultés. — Savez-vous, — reprit la jeune fille, — que j'ai cru un moment que nous ne vous verrions pas ce soir? J'en étais bien triste.

— Oh! qui a pu vous inspirer cette mauvaise idée?

— Mais vous pouviez avoir quelque spectacle, quelque soirée...

— Vous savez bien que tous les plaisirs pour moi ne sont rien auprès de celui d'être avec vous.

— Merci de cette bonne parole! elle m'enlève tous mes doutes. Car enfin je ne suis pas toujours avec vous, et je ne sais, mais il me semble que, si vous preniez quelque plaisir sans moi, ce serait un vol que vous me feriez. — A cet instant Arthur ne put s'empêcher de songer à la promesse qu'il avait faite de se rendre au bal de l'Opéra, et, comme il était trop amoureux pour être diplomate, il rougit légèrement. Il n'y a personne au monde d'aussi clairvoyant que les femmes qui aiment. Aussi le trouble d'Arthur n'échappa point à Laure, qui s'écria en attachant sur lui son regard le plus pénétrant : — Vous voulez me cacher quelque chose, ne cherchez pas à le nier; je lis dans vos yeux et dans votre âme.

— Et que lisez-vous, ma jolie devineresse ? — répondit Arthur avec un sourire quelque peu forcé. — Est-ce un vol passé ? est-ce un vol à venir ?

— S'il ne s'agissait que du passé, j'en éprouverais de la peine sans doute, mais je ne vous en parlerais pas : car le passé est sans remède.

— Alors c'est donc de l'avenir qu'il s'agit. Eh bien ! je veux être franc avec vous aujourd'hui comme toujours.

— Merci ! merci !

— J'ai promis à quelques amis d'aller les rejoindre ce soir en sortant d'ici.

— Où donc ?

— Eh mais ! à l'Opéra, c'est le dernier bal de la saison.

— Et vous comptez tenir votre promesse ?

— Mais je ne comprends pas, je vous l'avoue, pourquoi je m'en abstiendrais, puisque les instans que je passerai à ce bal, il ne m'est pas permis de les passer auprès de vous.

— Il est vrai. Allez donc à ce bal, monsieur, et que ce ne soit pas moi qui vous retienne. Déjà peut-être vous êtes en retard.

— Laure, vous me boudez, et vous avez tort.

— Moi ! non certes je ne boude pas.

— Oh ! vous avez beau dire, vous n'êtes pas pour moi comme à l'ordinaire. Votre front est soucieux, vous baissez la tête.

— Vous vous trompez, monsieur, je n'ai jamais été si joyeuse.

Et en parlant ainsi la jeune fille se prit à fondre en larmes.

— Laure ! — s'écria Arthur, — je vous en supplie, essuyez vos beaux yeux, ne pleurez pas ainsi. Oh ! si vous saviez quelle peine j'en ressens ! Voyons, soyez raisonnable; si c'est mon projet d'aller à ce bal de l'Opéra qui vous afflige, bien que, à vrai dire, je n'y attachasse pas grande importance, eh bien ! j'y renonce de grand cœur. Mon Dieu ! pour vous épargner une peine, un chagrin, que ne ferais-je pas !

— Vrai ! vous n'irez pas à ce bal ? Votre parole d'honneur !

— Cela n'en vaut vraiment pas la peine.

— Vous avez raison, c'est moi qui suis trop ingrate maintenant. Oh ! pardon, je vous crois, je vous crois. Et, tenez, je vous dois une compensation pour ce plaisir que vous me sacrifiez ; eh bien !... mon père dort toujours, n'est-ce pas ?

— Plus que jamais.

— Embrassez-moi.

Arthur imprima respectueusement et amoureusement ses lèvres sur la joue fraîche et rosée de sa jolie future. Une voix tonnante s'écria :

— Garde à vous ! — Les deux amans tressaillirent d'effroi. Mais la même voix reprit aussitôt sur un ton beaucoup moins menaçant et en faiblissant graduellement jusqu'à ce qu'elle se fondît en un murmure à peine distinct : — Garde à vous ! voltigeurs ! ga...ar...de... à... vous...

Laure et Arthur, pleinement rassurés, ne purent s'empêcher de rire en reportant leurs regards sur monsieur Rieublanc, qui, jusque dans son sommeil, trouvait moyen d'évoquer ses souvenirs de parades et de garde nationale.

Il y eut un silence, puis Arthur reprit :

— A mon tour de vous interroger, chère Laure. Qu'avez-vous fait aujourd'hui ?

— D'abord j'ai pensé à vous.

— Et puis ?

— Ensuite j'ai passé ma journée à feuilleter et classer mes cahiers, mes dessins, ma musique, ma correspondance, tous mes souvenirs de pensionnaire enfin. Aujourd'hui que me voilà sur le point de devenir femme, il faut bien que je fasse mes adieux à toute cette existence de jeune fille, déjà bien loin de moi. Je me suis donc mise à remonter le cours des ans.

— Et vous n'avez pas fait un long voyage, n'est-ce pas ?

— Eh bien ! monsieur, vous vous trompez, j'ai énormément voyagé aujourd'hui.

— Vraiment ? Je suis curieux de connaître les incidens de ce voyage : des distributions de prix, des punitions, des parties de campagne, quoi encore !

— Oui, raillez-moi, c'est cela ! Vous autres hommes, il vous faut beaucoup d'air et beaucoup d'espace, beaucoup de bruit et de mouvement surtout. C'est alors seulement que vous croyez réellement vivre, tandis que nous c'est par le cœur surtout que nous vivons.

— Savez-vous, Laure, — dit galement Arthur, — que vous allez m'effrayer sur votre passé, qu'on dirait, à vous entendre, rempli d'orages ?

— Pourquoi pas, monsieur ! Telle que vous me voyez, j'ai déjà beaucoup aimé. Oh ! ne vous effrayez pas ; c'était une de mes camarades de pension, plus âgée que moi d'environ trois ans, autant qu'il m'en souvient, qui était l'objet de cette passion, une grande brune, belle comme le jour; je crois la voir encore. Nous nous adorions, et, comme nous n'étions pas dans la même classe, nous nous écrivions tous les jours; oh! des lettres magnifiques. J'ai retrouvé quelques-unes des siennes, et je n'ai pu m'empêcher d'en rire. Il faudra que je vous les montre. Maintenant, monsieur, croyez-vous avoir le droit d'être jaloux ?

— Oh ! pardon ; mais qu'est devenue cette jeune personne ? est-ce que vous ne la voyez plus ?

— Non, je ne sais comment cela s'est fait ; mais, je vous l'ai dit, d'abord elle était plus âgée que moi, et par conséquent elle a quitté la pension la première. Il est vrai qu'elle m'avait juré une amitié éternelle, mais il était bien difficile que cette belle passion durât, car mon amie était d'une famille noble très haut placée dans la société. Elle était orpheline d'ailleurs, et le peu de parens qui lui restaient habitaient en province ou même à l'étranger, un ou deux membres de sa famille, je crois, ayant accompagné les Bourbons dans leur exil après la révolution de juillet. Bref, je n'ai plus entendu parler d'elle depuis sa sortie de la pension, et je présume qu'elle aura fait quelque grand mariage hors de France. Avec une imagination aussi ardente que la sienne, on n'est ni heureux ni malheureux à demi, et je prie Dieu qu'il lui donne le bonheur. Pauvre Marguerite !

— Marguerite, dites-vous ?

— Oui, Marguerite de Cantoinet ; c'était ainsi qu'on nommait mon amie. Mais cette conversation ne saurait vous plaire; parlons d'autre chose.

— Non pas, non pas; rien de ce qui a pu ou peut avoir de l'intérêt pour vous ne saurait m'être indifférent. Je revis avec vous dans votre passé. Vous m'avez dit tout à l'heure que vous aviez conservé des lettres de cette jeune... Marguerite, voulez-vous me les montrer ?

— Oh ! bien volontiers. Tenez, les voici. — En parlant ainsi, Laure ouvrit le tiroir de la table à ouvrage qui la séparait d'Arthur, et lui tendit un paquet de lettres liées ensemble par un simple ruban. — Encore un souvenir de Marguerite, — ajouta-t-elle, — une de ses ceintures. — Ce ne fut pas sans une certaine émotion qu'Arthur dénoua le ruban. Mais, lorsqu'il eut jeté les yeux sur la première lettre de Marguerite, ce fut bien pis encore ; il pâlit, il chancela sur sa chaise, et une sueur froide monta jusqu'à son front ; il venait de reconnaître l'écriture du billet qu'il avait reçu deux mois environ auparavant. — Qu'avez-vous ? — s'écria Laure avec un vif sentiment d'inquiétude.

— Moi ! rien, rien.

— Oh! si fait, vous me cachez quelque chose. Ah! je me souviens maintenant. Cette fleur que vous aviez à votre boutonnière... vous n'avez jamais voulu me donner aucun détail à ce sujet... Rendez-moi ces lettres.

— Eh quoi! ne me permettez-vous pas d'en prendre connaissance? vous-même m'aviez offert tout à l'heure...

— Et maintenant c'est impossible. — Au même instant, Laure saisit avec vivacité le paquet entre les mains d'Arthur, et le jeta au feu en balbutiant tout bas: — Mon Dieu! mon Dieu! j'étais trop heureuse!

Le foyer était assez ardent, les papiers et le ruban prirent feu instantanément. Il en résulta une vive clarté accompagnée d'une sorte d'explosion qui réveilla en sursaut le capitaine Ricublanc. Celui-ci se dressa aussitôt dans sa bergère en s'écriant:

— Aux armes! — Puis, s'étant frotté les yeux, il s'aperçut qu'il était dans son salon de la rue des Cinq-Diamans et non point au corps de garde, et que de plus la pendule marquait onze heures. — Ah! bon Dieu! — murmura-t-il, — voilà au moins une heure que je devrais être couché et *endormi!* Monsieur d'Escorailles, vous pouvez aller faire patrouille si bon vous semble, mais je ne saurais vous garder au poste, entendez-vous? Un père a sa consigne aussi, et cette consigne ne permet pas qu'un jeune homme, même un futur, demeure auprès de sa fille passé une certaine heure.

Le brave capitaine avait oublié que cette consigne-là défend aussi à un père, en pareil cas, de s'endormir. Quoi qu'il en soit, les deux amans se séparèrent, mais il y eut dans les adieux qu'ils se firent ce soir-là une contrainte et une froideur dont il est aisé de se rendre compte.

Parvenu au bas de l'escalier, il fallut qu'Arthur parlementât avec monsieur Subtil pour se faire ouvrir la grille et la porte de la maison; ce vénérable Cerbère avait jugé à propos de se coucher à dix heures, afin de ne point déroger à ses habitudes, et se refusait opiniâtrément, une fois qu'il était dans son lit, à tirer le cordon, soit qu'on voulût entrer, soit qu'on voulût sortir. Enfin notre héros, ayant obtenu sa liberté moyennant rançon, monta dans le premier cabriolet qu'il rencontra, et donna ordre au cocher de le conduire rue de la Ferme-des-Mathurins.

L'automédon, qui se méfiait probablement un peu de ses lumières, attendu qu'il avait bu ce soir-là plus que de coutume, jugea devoir éviter les rues où la circulation et l'encombrement des voitures présentent le plus de difficultés à vaincre et exigent le plus de sûreté dans la main qui tient les rênes et dans le coup d'œil qui sert à les diriger. C'est pourquoi il suivit la rue Montmartre tout du long, et s'en alla gagner les boulevarts, si bien qu'Arthur se trouva, devers minuit, devant les ifs enflammés de la rue Le Peletier, à cette heure toute resplendissante de clarté, toute encombrée d'une foule d'individus masqués et non masqués, toute retentissante de mille bruits joyeux.

A cet endroit il fallut faire halte, car les voitures allaient, venaient, se croisaient avec rapidité sur le boulevard, et les gardes municipaux, à cheval et le sabre à la main, s'efforçaient, avec l'aide des sergens de ville, d'organiser la queue des véhicules ayant pour destination spéciale le bal de l'Opéra.

L'un de ces utiles préposés à l'ordre public s'approcha du cabriolet dans lequel notre héros avait pris place, et, voyant que le cocher, dont les idées semblaient plus que jamais obscurcies en dépit des torrens de lumière au milieu desquels il se trouvait, était fort incertain de la route qu'il devait prendre, il lui ordonna, avec un énergique juron, d'aller se ranger à la queue devant le passage de l'Opéra.

Comme l'automédon se disposait machinalement à déférer à cette injonction, un cabriolet fort élégant, avec un groom en coquette livrée à l'arrière, vint à passer, et le maître de ce cabriolet se penchant en avant s'écria:

— A la bonne heure! voilà de l'exactitude! Mon cher d'Escorailles, si tu m'en crois, nous mettrons pied à terre ici et nous prendrons le passage. Ce sera plus tôt fait.

Arthur, plongé dans des réflexions dont il n'est pas même besoin d'indiquer la nature, avait jusque alors entièrement oublié le monde extérieur, et c'est à peine s'il se souvenait qu'il existât un bal de l'Opéra; mais la voix de son camarade Bigorne vint le rappeler au sentiment de la réalité.

Que faire? que résoudre? Il avait promis à ses amis de se rendre avec eux au bal de l'Opéra, mais il avait fait à une autre personne une promesse toute contraire, scellée du plus charmant, du plus doux sceau qu'il soit possible d'imaginer. Le doute, en pareil cas, eût été un crime, n'est-ce pas, mesdames? Aussi Arthur était bien résolu à ne point aller au bal de l'Opéra.

C'est alors qu'un équipage emporté par deux chevaux fringans s'arrêta sur le boulevard, en face du passage de l'Opéra. Deux femmes en descendirent, accompagnées d'un valet de pied qui entra à leur suite dans le passage. Ces deux femmes étaient en domino noir avec des masques et des capuchons qui les eussent rendues méconnaissables aux yeux même d'un amant. L'une d'elles, la plus grande, dont l'accoutrement que nous venons d'indiquer ne dissimulait uas entièrement la taille svelte et élancée, avait un bouquet de marguerites au côté.

Quelques minutes après Arthur entrait au bal de l'Opéra.

XIII

LE BAL DE L'OPÉRA.

Il y a dans Paris, tous les hivers, un spectacle vraiment étourdissant de pompe, de bruit, de foule et d'éclat; un spectacle qu'il faut avoir vu pour en apprécier nettement le caractère à la fois grandiose et fantastique; un spectacle à faire pâlir les plus gigantesques, les plus fougueuses créations du peintre anglais Martin: c'est celui que présente la vaste salle de l'Opéra un jour de bal Musard. Rien au monde ne saurait donner une idée de ce pandémonium où toutes les classes de la société parisienne se trouvent confondues, où l'épée s'entre-choque avec l'aune; où la législature, les arts, les lettres, le barreau, la finance, l'industrie, que sais-je! se coudoient à chaque pas; où les femmes le plus haut placées dans le monde par leur naissance et leur fortune ne rougissent pas de venir se mêler à des femmes sans nom et sans aveu. C'est un assemblage bizarre, incroyable, de costumes chatoyans et divers, qui laisse bien loin derrière lui de carnaval de Venise. Cela émeut, étonne, éblouit. A voir cette multitude qui tourbillonne dans une ronde immense; à entendre cet orchestre formidable dont les cent voix reproduisent sans doute un écho légèrement affaibli de la trompette de l'archange au jour du jugement dernier, on se sent pris comme d'un vertige, et la raison humaine chancelante est sur le point de s'égarer.

On a vu des fils de famille, perdus de dettes et de débauches, venir passer leur dernière nuit au bal de l'Opéra, et épuiser la coupe des voluptés avant de mettre fin à leurs jours par le suicide. On a vu des jeunes filles entrer à ce bal pures et sans tache, et en sortir déshonorées, emportant en outre au fond de leur cœur le germe de toutes les mauvaises passions. Nous ne parlerons pas des tribulations plus ou moins banales, plus ou moins secondaires qu'ont rencontrées dans ce lieu de délices ceux-là même qui le fréquentent aujourd'hui encore le plus assidûment. Qu'importe tout cela, dès qu'il est de bon genre de se montrer au bal de l'Opéra? Aussi bien ce bal n'est-il pas la représentation exacte d'une époque d'individualisme et de promiscuité à la fois telle que la nôtre, d'une époque qui semble avoir pris ces mots pour devise : Chacun pour soi, Dieu pour personne ?

Quoi qu'il en puisse être, c'est au bal de l'Opéra, dans une dernière saturnale de l'un des derniers hivers, que nous demandons au lecteur la permission de lui faire passer quelques instans.

Il est environ une heure du matin. C'est l'instant où cette multitude bariolée, qui vient de faire irruption dans la salle, commence à s'exalter sous l'archet magique de Musard ; où les intrigues se forment et se croisent dans le foyer ; où la joie, la joie bruyante, la joie folle et déréglée, éclate et gagne de proche en proche chacun des innombrables hôtes de ce séjour.

Prêtez l'oreille, et vous n'entendrez que de gais propos ; regardez, tous ces masques noirs ne couvrent pas si bien le visage que vous ne surpreniez sous leurs barbes de dentelles la trace d'un éclat de rire. Il ne faut pas parler des hommes, qui marchent à visage découvert. Ceux-là semblent s'étudier, pour la plupart, à ne laisser entrevoir qu'une faible partie de la douce ivresse dans laquelle ils sont plongés. C'est un bonheur contenu, sobre, mystérieux, mais qui ne demande qu'à se trahir. Au bal de l'Opéra tout homme, en effet, quel que soit son âge, quels que puissent être ses agrémens ou désagrémens physiques, n'arrive-t-il pas avec une ample provision d'espérances qu'il a hâte d'échanger contre des souvenirs ? Et, à une heure du matin, toutes ces espérances sont en fleur.

A voir se détacher sur tous ces vêtemens noirs, sur tous ces dominos, sur tous ces masques noirs, tant de visages masculins plus ou moins vulgaires, plus ou moins maltraités par la nature, mais tous l'œil brillant, mais tous uniformément épanouis par une pensée intime d'allégresse et d'orgueil, on dirait un conciliabule de croque-morts en bonne fortune.

Cependant, seul entre tous peut-être, un jeune homme de vingt-huit à vingt-neuf ans parcourt d'un air soucieux tous les coins et recoins de la salle, inspecte toutes les loges, interroge toutes les ouvreuses, et semble entièrement étranger au sentiment général. C'est un de ces rares blondins qui rappellent encore aujourd'hui le type de la beauté virile telle qu'on la comprenait à la cour de Louis XIV, alors qu'il était de mode d'avoir la chevelure blonde comme l'Apollon de l'antiquité, la peau blanche et transparente et le visage presque imberbe, à l'exemple du grand roi, beauté tant soit peu efféminée, et dont les portraits de Lauzun, de Guiche, ces rois du bel air et de la galanterie, et si l'on veut encore celui du tendre Racine, peuvent seuls aujourd'hui donner une idée à notre jeunesse barbue.

C'est en vain que les plus séduisans dominos viennent insinuer leurs bras avec une grâce toute câline sous le bras de ce jeune homme, en l'appelant par son petit nom ; il les repousse inhumainement. C'est en vain que tous les fronts sont radieux ; le sien est sombre, si sombre même que ses amis, en passant, ne peuvent s'empêcher de lui en demander la cause. Alors il répond machinalement et sans s'arrêter :

— Je cherche un domino noir avec une marguerite au côté. N'auriez-vous pas vu ce domino et cette marguerite ?

— Mais nul n'a vu de domino décoré de la sorte. Aussi bien chacun est trop occupé de ses propres intérêts pour se livrer au rôle d'observateur. Le cinquième d'agent de change promène triomphalement dans le foyer mademoiselle J..., la charmante nymphe des chœurs ; le jeune docteur prodigue ses consultations gratuites à une demi-douzaine de ses clientes des bals du Ranelagh ; et il n'est pas jusqu'à l'heureux Bidault qui ne se montre en compagnie d'une petite blonde, à l'oreille de laquelle il fredonne mille amoureux refrains. Tous ces gens-là passent et repassent devant Arthur, le bonheur au front, le sourire sur les lèvres, comme s'ils voulaient insulter à ses ennuis, et leur joie lui fait mal, il serait presque tenté d'aller leur chercher querelle, lorsque retentit à ses côtés un énergique bâillement. — Ah ! enfin, — ne put s'empêcher de murmurer notre héros, — en voilà un qui ne s'amuse pas mieux que moi ici !

Et par un instinct profondément sympathique il ouvrait déjà la bouche et se disposait à faire écho lorsqu'il se sentit arrêté par le bras, et en même temps on lui jeta au visage les paroles suivantes :

— Ah ! pour le coup, nous voilà manche à manche ! Nous verrons qui aura la belle. Souvenez-vous seulement que c'est vous qui avez bâillé le premier au pavillon Marsan. — Celui qui parlait ainsi, tout en s'éventant avec un mouchoir de fine batiste, n'était autre que le sybarite et blasé marquis de Sainte-Fare, qui, s'emparant immédiatement du bras de notre héros, ajouta gaîment : — Allons ! voilà de la sympathie ou je ne m'y connais pas. Aussi je vous tiens cette nuit et je ne vous lâche pas, je vous en avertis. Savez-vous, mon cher auteur, que nous jouons aux barres tous les deux ! On m'a dit que vous vous étiez présenté chez moi il y a quelques jours, et j'ai été désolé de ne m'y être point trouvé. Mais il fallait demander à voir ma femme, c'était convenu entre nous, vous le savez, et vous ne l'avez pas fait. Elle vous en veut beaucoup.

— Je tâcherai de réparer ma faute ; mais souffrez que je prenne congé de vous.

— En aucune façon. Vous êtes seul, je suis seul aussi.

— C'est que je voudrais rejoindre... quelqu'un.

— Ah ! ah ! quelque charmant domino qui vous a donné rendez-vous ici. Je gage que je sais qui vous cherchez en ce moment.

— J'en doute très fort.

— Laissez donc ! Voici le signalement exact : un domino de satin noir, une taille assez élevée et fort élégante, et pour signe distinctif une marguerite au côté.

— C'est cela ! c'est cela ! Grand Dieu est-il possible ? Comment avez-vous pu découvrir ?...

— Est-ce que je ne connais pas tout le monde ici, moi ? Je fais partie intégrante du bal de l'Opéra.

— Ainsi vous allez me dire quelle est la personne à qui j'ai affaire et où je la trouverai.

— Diable ! diable ! vous m'en demandez beaucoup. Et si par hasard j'avais jeté, moi aussi, mon dévolu sur cette personne ?

— Ah ! bon Dieu !

— Rassurez-vous : tenez, je veux bien vous céder la place, mais c'est à une condition : vous m'admettrez en tiers dans le souper que vous ne pouvez décemment vous dispenser d'offrir à la belle.

— Je ne demanderais pas mieux, mais vous saurez d'abord que j'ai promis à quelques amis de souper avec eux au café de Paris.

— C'est une promesse dont ils vous relèveront de grand cœur, j'en suis sûr, quand ils sauront le motif qui vous détermine à leur faire faux bond.

— C'est possible ; mais pensez-vous donc que cette dame accepte ainsi de prime-abord un souper de quelqu'un qu'elle ne connaît pas ?

— Ah ! bah ! pourquoi pas ? Au surplus, si elle refuse, ce qui est fort improbable, eh bien ! nous souperons ensemble.

— Mais vous savez donc où je trouverai ce domino ?

— Tout comme je sais que vous êtes à sa recherche.

— Qui vous l'a dit ?

— Je pourrais vous répondre que je l'ai deviné, quitte à passer auprès de vous pour un sorcier ; mais, comme vous n'en croiriez rien, j'aime mieux vous dire tout simplement que il n'y a pas plus d'un quart d'heure, en montant l'escalier qui conduit aux secondes loges, j'ai aperçu un domino de satin noir, décoré d'une marguerite ; et un autre domino, qui ne portait aucune décoration, s'est écrié, sans prendre garde à moi : « Ma chère, tu as décidément tourné la tête à monsieur Arthur d'Escorailles,

» qui te cherche en ce moment comme une âme en » peine. »

— Et qu'a répondu le domino à la marguerite?

— Ma foi! je n'en ai pas entendu davantage, car les deux dominos se sont immédiatement élancés dans une seconde loge de face qui était entr'ouverte, et dont ils ont refermé vivement la porte. Maintenant refuserez-vous encore de m'admettre à l'honneur de souper avec vous?

— Oh! venez, venez, guidez-moi, je ferai tout ce que vous voudrez.

— A la bonne heure! — En parlant ainsi, Arthur et son compagnon escaladèrent vivement l'étage qui les séparait des secondes loges, et se firent ouvrir la loge de l'intendant général de la liste civile, dans laquelle monsieur de Sainte-Fare avait remarqué que les deux dominos avaient pris place. Mais, à leur grande surprise, ils se trouvèrent face à face avec un respectable citoyen à cheveux gris, qui était lui-même en tête à tête avec un gentil débardeur. Le grison, médiocrement ravi de cette visite impromptue, fit une fort laide grimace. Toutefois, remarquant la tournure martiale de ses deux interrupteurs, qui d'ailleurs s'empressèrent de lui adresser leurs excuses, il jugea devoir les accepter. L'ouvreuse, interrogée, déclara qu'en effet deux dominos, dont l'un décoré d'une marguerite, avaient fait irruption dans la loge, retenue d'avance par le monsieur aux cheveux gris, mais que ce dernier les avait éconduits aussitôt. — Pardieu! — dit le marquis, — je me fais fort de les retrouver. Il nous faut absolument ces deux dominos pour souper; n'est-ce pas, monsieur d'Escorailles? et je vous les promets.

— Comme il vous plaira, — reparti Arthur avec un profond découragement. — Quant à moi, je n'en puis plus, depuis une heure et demie au moins que je suis sur mes jambes, et je vais me reposer.

— Allez donc, et moi je rentre en chasse. Ah çà! c'est bien convenu, nous soupons ensemble. Où vous retrouverais-je?

— Aux premières découvertes, côté gauche.

Là-dessus Arthur et son nouvel ami se séparèrent, et quelques instans après le premier, triste, fatigué, rêveur, était installé solitairement dans la loge retenue par les soins de son ami Bigorne, le cinquième d'agent de change.

C'est alors que le remords commença à germer dans son âme, et qu'il se repentit d'autant plus amèrement d'être venu au bal de l'Opéra contre le gré de sa jolie fiancée qu'il n'en était résulté pour lui aucun profit. Nous avons beau faire, il y a toujours un peu d'égoïsme jusque dans les meilleurs mouvemens de notre nature, et le joueur de Regnard, qui n'aime jamais plus sa maîtresse que quand il a vidé sa bourse sur le tapis vert, restera éternellement un type plein de vérité.

A la bonne heure! dira-t-on; mais au moins le joueur de Regnard a deux passions bien distinctes, l'amour et le jeu, tandis que d'Escorailles, sur le point d'être uni à une charmante jeune fille, modèle de pureté, de candeur, d'innocence, s'en va courir après je ne sais quelle vision insaisissable et qui lui échappe sans cesse. D'Escorailles ne réussit pas, et en cela il n'a que ce qu'il mérite.

Eh? mon Dieu! nous n'avons jamais prétendu le contraire. Seulement existe-t-il beaucoup d'hommes qui, sérieusement épris d'une femme, ne se soient pas surpris parfois à penser à une autre? Voilà toute la question.

Sans doute il serait beaucoup plus moral, beaucoup plus digne d'éloges, de résister, en pareil cas, à la tentation; mais le chapitre des circonstances atténuantes, dont on a tant abusé en matière criminelle, n'est-il pas susceptible de quelque application en matière amoureuse? Ne doit-on pas faire la part des séductions de toute sorte auxquelles notre héros était en butte, dans une occurrence où sa curiosité, entre autres instincts auxquels notre faible nature obéit assez volontiers, était si violemment surexcitée?

Nous soumettons humblement ces observations, ces doutes, si l'on veut, à l'appréciation de nos lectrices, les suppliant de ne pas juger trop sévèrement encore le personnage qui nous les a suggérées.

Il y avait environ une demi-heure qu'Arthur était plongé dans ses réflexions, sans donner la moindre attention à ce qui se passait autour de lui, et qu'il demandait mentalement des milliers de pardons à sa fraîche madone de la rue des Cinq-Diamans de s'être laissé entraîner à l'oublier un moment, lorsqu'une circonstance particulière vint l'arracher tout à coup à sa profonde rêverie.

La porte de la loge voisine de la sienne fut ouverte avec violence, et un couple déguisé, appartenant évidemment par ses allures et son langage aux dernières classes de la société, se précipita en riant aux éclats et avec des cris presque sauvages dans l'intérieur de cette loge. Deux femmes en domino s'y trouvaient déjà. Toutes deux témoignèrent le plus vif effroi. Cependant l'une d'elles, reprenant un peu courage, se tourna assez résolument vers les deux intrus, et leur fit observer que, ayant retenu la loge, elle pensait en avoir la libre disposition, et elle ajouta qu'elle les priait de sortir.

A cette allocution le couple travesti crut devoir répondre par de nouveaux éclats de rire, et l'homme (car il y avait un homme et une femme) s'écria en même temps du ton le plus insolemment familier:

— De quoi! de quoi! ma petite poulette! la loge est de quatre places, entends-tu bien? ainsi part à deux et viens que je t'embrasse. Après ce sera le tour de ta payse, car elle ne me paraît pas piquée des vers, la payse. Ohé! la payse, ohé! venez embrasser papa.

Et en parlant ainsi le rustre osait passer son bras autour de la taille d'une de ces deux femmes, de celle qui jusque alors n'avait point ouvert la bouche. A cette vue, Arthur tressaillit, et, lui saisissant le bras par-dessus la balustrade de la loge:

— Qui que vous soyez, — s'écria-t-il, — qui venez insulter une femme, vous êtes un lâche! Retirez-vous à l'instant, car vous n'avez pas le droit d'être ici.

L'homme, qui était un grand diable de cinq pieds six pouces (vieux style) et d'une encolure vraiment herculéenne, en se voyant ainsi apostrophé, retroussa ses deux manches et prit une attitude de défi pendant que sa compagne, pour l'exciter encore, lui disait d'un ton approprié à la circonstance:

— Fais-y donc taire sa langue, à ce beau fils!

Il est assez probable que l'individu dont il s'agit n'avait pas besoin de cet encouragement, car il répondit à sa bergère, en employant le même phébus:

— Attends! attends! je vais lui casser la mâchoire s'il ne se tait pas tout de suite.

Malheureusement la patience n'était pas le caractère distinctif de notre héros, et, sans calculer si le grossier personnage auquel il avait affaire était ou non de taille à l'écraser d'un coup de poing, il escalada d'un bond la balustrade de la loge voisine, et, s'élançant sur son adversaire, qu'il prit ainsi à l'improviste, il le heurta si violemment que celui-ci s'en alla tomber à la renverse en dehors de la loge.

A cet acte de vigueur, tous ceux des assistans qui n'étaient pas trop absorbés par le spectacle de la salle entière éclatèrent en applaudissemens. L'homme voulut se relever, et, vomissant un torrent d'injures, il se disposait à prendre sa revanche; mais on le contint jusqu'à l'arrivée des sergens de ville et des gardes municipaux, et ceux-ci, étant accourus, le firent déposer, ainsi que sa compagne, en lieu de sûreté.

— Mon Dieu! — s'écrièrent à la fois les deux femmes toutes tremblantes, — combien nous vous devons l'une et l'autre de remercîmens! Sans vous qu'allions-nous devenir?

En même temps, celui des deux dominos qui avait plus particulièrement fixé l'attention du grand vaurien dont nous venons de raconter la déconvenue ajouta à mi-voix :

— Oh ! quelle imprudence j'ai faite de venir ici !

Arthur, dans le principe, en prenant fait et cause pour deux femmes outragées, n'avait point considéré quelle pouvait être leur position sociale ; il n'avait fait qu'obéir, en cette circonstance, à une impulsion généreuse que tout galant homme eût éprouvée à sa place ; mais maintenant qu'il se trouvait en tiers avec ces deux femmes, et qu'il les examinait de sang-froid, leur tournure, leur ton, leurs manières, tout lui prouvait qu'elles appartenaient l'une et l'autre à une société élégante et distinguée. Il y a plus, il lui semblait que l'une de ces deux femmes, celle qui venait de faire son *meâ culpâ*, ne lui était pas inconnue, et involontairement sans doute il établit aussitôt dans sa pensée un rapprochement entre elle et le domino à la marguerite. C'était bien le même port de tête, la même grâce dans le buste, et jusqu'aux mêmes yeux noirs, autant qu'on pouvait en juger à travers les étroites ouvertures d'un masque. De plus, bien qu'elle fût assise, elle devait être évidemment d'une taille assez élevée. Enfin elle portait aussi un domino de satin noir avec un capuchon ; mais combien d'autres avaient un semblable costume ! et puis ce signe distinctif, cette fleur de ralliement qu'il avait aperçue avant d'entrer au bal, et que monsieur de Sainte-Fare avait retrouvée après lui, ne brillait pas au côté de la personne auprès de laquelle le hasard venait de le placer.

Le résultat de l'examen rapide auquel Arthur s'était livré fut de le convaincre qu'il avait devant les yeux une toute autre personne que celle dont la recherche lui avait occasionné déjà plus d'une tribulation, et il s'en estima presque heureux. Aussi reprit-il avec beaucoup d'aisance, et sans accorder cette fois plus d'attention à un domino qu'à l'autre :

— Rassurez-vous, mesdames, vous n'avez plus rien à craindre, et, si vous voulez le permettre, je suis prêt d'ailleurs à rester près de vous et à vous protéger de mon mieux, tant que vous jugerez convenable de prolonger votre séjour au bal, heureux si je pouvais vous être de quelque utilité.

— Je vous en remercie, monsieur, — dit cette fois le domino de satin noir, que nous nommerons ainsi pour le distinguer de sa compagne ; — mais je désire me retirer.

— Eh quoi ! déjà ? — reprit l'autre, — mais tu n'y penses pas, et puisque monsieur veut bien...

— Il est vrai, — repartit Arthur un peu piqué, — que je n'ai pas l'honneur d'être connu de madame.

— Oh ! si fait, monsieur, si fait ! — s'écria vivement le domino de satin noir. — A aucun titre monsieur Arthur d'Escorailles ne saurait être un inconnu pour moi. Seulement jusqu'à ce jour je n'avais apprécié en lui que les qualités de l'esprit, et maintenant je sais qu'il y joint celles du cœur.

Ces paroles, prononcées avec une légère altération dans la voix, remplirent Arthur de surprise et d'émotion.

— Madame, — balbutia-t-il à son tour, — si jamais j'ai prisé les petits bénéfices de ma position littéraire, croyez bien que c'est en ce moment. Mais, puisque j'ai le bonheur de n'être point un inconnu pour vous, veuillez me dire si vous-même...

— Monsieur, je ne saurais m'expliquer à cet égard. Plus tard, peut-être... Je vous l'ai déjà dit, je désire me retirer.

En parlant ainsi elle se leva, et sa compagne en fit autant.

— Ne me permettrez-vous pas de vous accompagner ainsi que madame ?

— Oh ! maintenant je n'ai plus peur. Nous sommes venues seules, nous nous en irons de même.

— Acceptez au moins mon bras jusqu'à la sortie du bal ; en conscience, vous ne sauriez refuser cette légère faveur à... votre défenseur.

Si l'on avait enlevé le masque qui recouvrait un visage des plus charmans, nous pouvons le dire dès à présent, on y aurait lu à coup sûr une vive irrésolution ; mais voici que, au plus fort de cette irrésolution même, la porte de la loge s'ouvrit de nouveau, et monsieur le marquis de Sainte-Fare parut.

— Eh bien ! — s'écria-t-il en frappant sur l'épaule d'Arthur, — vous ne vous gênez pas ? Pendant que vous me faites battre la campagne pour vous, vous chassez un autre gibier ! Au surplus, vous avez bien raison, allez, car il faut faire votre deuil de la fleur en question pour ce soir : elle aura certainement quitté le bal. Toujours est-il que je n'ai pu la retrouver et que je suis harassé. Allons souper, si vous m'en croyez, cela nous reposera tous les deux, et voici deux adorables dominos qui voudront bien nous tenir tête, n'est-ce pas ? Nous allons être en partie carrée, ce sera charmant. Voyons, laquelle de ces deux dames veut accepter mon bras ? — Pendant que le marquis s'exprimait ainsi, les deux protégées d'Arthur échangeaient quelques paroles à voix basse et avec beaucoup de vivacité, puis, lorsque monsieur de Sainte-Fare eut cessé de parler, elles sortirent rapidement de la loge et parurent disposées à s'esquiver ; mais lui : — Oh ! vous ne nous échapperez pas ainsi : j'offre mon bras à la petite ; à vous la grande, monsieur d'Escorailles, et le rendez-vous au café Anglais ! Le premier venu attendra l'autre.

Ici, par une opposition assez bizarre, le plus petit des deux dominos abandonna soudain l'autre, et, se glissant à travers vingt groupes épars dans le corridor, il se mit à fuir dans la direction du foyer, tandis que le domino de satin noir, se rapprochant d'Arthur, passait son bras sous le sien, et lui disait en même temps à voix basse et avec un accent singulièrement altéré :

— Monsieur d'Escorailles, je me confie à vous. Venez ! venez ! Sortons d'ici !

— Je vous promets, madame, que votre confiance ne sera point trompée, — balbutiait Arthur tout en se laissant entraîner par la jeune femme, dont il sentait le bras trembler sous l'étreinte du sien ; — mais vous, à votre tour, me refuserez-vous donc absolument tout ce que je vous demande ? Persisterez-vous encore à rester une inconnue pour moi ?

— Écoutez, jurez-moi sur l'honneur de ne point chercher à me suivre dès que nous serons hors d'ici, et je vous promets de vous dire mon nom.

— Qu'à cela ne tienne, madame. Vous avez ma parole.

— Il suffit, je vous crois, mais vous ne le saurez qu'au moment où nous devrons nous séparer.

— Alors plût à Dieu que je ne le susse jamais !

A cet instant tous deux étaient parvenus sous le péristyle de l'Opéra, que la compagne d'Arthur se mit à parcourir avec une vive agitation, en promenant ses regards de côté et d'autre. Tout à coup un signal se fit entendre dans la rue, deux coups furent frappés dans la main, et la jeune femme, se dégageant vivement du bras de notre héros, légère comme une biche, descendit les degrés et s'élança dans un fiacre dont le marchepied était abaissé pour la recevoir. Arthur, éperdu, ne trouva pas une parole. Cependant au moment où l'on allait refermer la portière il sentit une main délicate presser la sienne, et, comme il se penchait pour baiser cette main, il aperçut, à la lueur des ifs, une marguerite à moitié effeuillée qu'on laissa glisser entre ses doigts.

XIV

LE MERCURE GALANT.

Entre toutes les nymphes charmantes qui, depuis dix années environ, ont fait successivement la gloire et les délices de notre Opéra, nulle peut-être n'a exercé plus de prestige, nulle au moins n'a recueilli plus d'applaudissemens et d'hommages mérités que Marie Taglioni. C'était l'incarnation vivante de la danse, en ce que cet art a de plus suave, de plus aérien et de plus rempli de grâce et de volupté. Parmi toutes les créations que cette célèbre danseuse a popularisées, non pas seulement à Paris, mais dans toutes les capitales de l'Europe, il en est une à laquelle son nom se trouve attaché désormais d'une manière spéciale et presque impérissable; c'est le délicieux ballet de *la Sylphide*. Jamais idée plus poétique n'était éclose dans la pensée d'un chorégraphe, et il n'est pas de ballade qui présente à nos yeux un charme et un intérêt plus saisissans.

Quel spectateur, en effet, ne s'est ému de pitié pour ce jeune paysan écossais qui, véritablement épris de sa fiancée, cède involontairement aux séductions magiques d'un être surnaturel, et poursuit en tous lieux un idéal insaisissable, une vision entrevue comme dans un rêve, et qui lui échappe sans cesse au moment même où il croyait s'en emparer?

Tel était, au surnaturel près bien entendu, la situation d'Arthur, situation que le bal de l'Opéra n'avait fait qu'aggraver. Il avait beau voir devant ses yeux cette Laure si fraîche et si jolie, qui semblait prendre à tâche de lui faire oublier, à force d'amour, de doux soins, d'attentions délicates, qu'un léger nuage avait pu durant quelques minutes obscurcir le bonheur dont ils jouissaient; toujours son imagination poursuivait dans le vide cette Marguerite qu'il n'avait vue que deux fois en sa vie, dont une sous le masque, et qui, bien qu'inconnue pour lui, se trouvait liée à sa destinée d'une façon si bizarre.

La première fois, il n'avait eu d'elle qu'un regard; la seconde fois, sa main avait touché la sienne, et ces deux faveurs avaient laissé dans son âme une impression si profonde qu'il ne pouvait y songer sans éprouver un frémissement fiévreux mêlé de plaisir et d'une sorte de terreur vague et indéfinissable. Il n'eût pas voulu d'autre femme que Laure, quand bien même il lui eût été donné d'épouser la fille d'un roi; mais aussi, faut-il le dire, dans ses rêves les plus ambitieux il n'eût pas désiré une autre maîtresse que Marguerite.

Par une sorte d'accord tacite, il n'avait plus été question du bal de l'Opéra entre Laure et Arthur, depuis la nuit fatale où ce dernier s'était laissé entraîner à un manquement de promesse envers sa fiancée. Selon toute apparence, l'un et l'autre éprouvaient une égale confusion : elle, des appréhensions qu'elle avait laissé voir à ce sujet à son futur; et lui, de la nécessité où il se trouvait de recourir à un mensonge s'il venait à être interrogé sur ce chapitre. En conséquence, ils avaient pris le meilleur parti, qui était d'éviter toute espèce d'occasion, même indirecte, d'évoquer un pareil souvenir. Mais qu'importe que la cause soit cachée quand l'effet se traduit par des signes patens et malheureusement irrécusables?

Depuis cette nuit mémorable du bal de l'Opéra, Arthur n'était plus le même, et c'est en vain qu'il cherchait à dissimuler l'état de son âme à la personne naturellement la plus intéressée à en connaître toutes les impressions, même les plus secrètes. Un poëte latin a dit, il y a tantôt dix-huit cents ans :

. . . . Fallere amantem
Quis possit!

Un beau jour qu'Arthur, hors d'état de se livrer à aucun travail intellectuel, se disposait à monter à cheval pour aller promener ses rêveries au soleil de mars, on sonna à sa porte avec violence; Durandin entra. Le maître clerc avait l'air sombre, pressé et mystérieux. De plus, chose étrange! il n'adressa point la parole à Abd-el-Kader, bien qu'il eût l'habitude, toutes les fois qu'il venait, de décocher au nègre quelques phrases plus ou moins maisonnantes et d'une construction assez hétéroclite, par forme d'entrée en matière, comme par exemple : « Bonjour, mauricaud! toi aller dire à maître que moi être là pour voir lui, entends-tu, scélérat de Bédouin? »

Ce jour-là donc Durandin ne desserra pas les dents en entrant, et, dès qu'il se trouva seul avec son ami, il ferma la porte au verrou avec précaution; puis il poussa un profond soupir.

— Qu'as-tu donc? — s'écria Arthur en le contemplant avec surprise.

— Moi? — répondit le maître clerc, — je n'ai rien.

— Pourtant cette porte fermée, cette physionomie chagrine... Que se passe-t-il?

— J'ai une lettre particulière à te remettre.

— Ah! c'est donc un message secret?

— Oui.

— De quoi s'agit-il?

— Je ne sais.

— Et l'on t'a prié de remplir les fonctions de Mercure?

— Mercure! oui, c'est toi qui l'as dit. Je fais là un joli métier, hein! pour un notaire royal vérificateur et certificateur comme je vais l'être. Ouf!

— Mon pauvre Durandin, voyons cette lettre, et dis-moi bien vite qui t'envoie vers moi.

— Qui! Peux-tu me le demander? C'est elle... mademoiselle Laure Ricublanc. Ah! si ce n'était pas elle, est-ce que j'aurais accepté une pareille tâche? Mais elle m'a demandé cela avec un air si suppliant que, ma foi! je crois que, quand bien même en ce moment-là elle aurait réclamé de moi quelque chose de contraire aux devoirs du notariat, je n'eusse pas eu la force de le lui refuser. Heureux d'Escorailles! il n'y a que des auteurs pour inspirer de ces passions-là!

— Donne-moi cette lettre. J'ai peine à concevoir...

Arthur brisa le cachet avec précipitation, et ce ne fut pas sans trouble qu'il lut le message dont la teneur suit :

« Vous serez sans doute bien surpris, Arthur, de recevoir une lettre de moi lorsque tous les jours vous voulez bien me consacrer quelques heures; mais ce qu'on ne peut, ce qu'on n'ose pas dire, il faut bien se déterminer à l'écrire. Arthur, je vous aime, vous n'en sauriez douter, et je veux vous en donner aujourd'hui la preuve. Quoique je sois bien jeune encore, j'ai beaucoup réfléchi sur les conséquences d'une union mal assortie; et pardonnez-moi des appréhensions qui prennent leur source dans les sentimens que vous m'avez inspirés, je crains que la nôtre ne vienne en grossir le nombre. Oui, Arthur, lorsque j'ai accepté l'offre de votre nom, je n'ai pas assez calculé, je le sens maintenant, toute la distance que mettait entre nous la différence des habitudes, des relations de société, des idées, de la naissance même. Tôt ou tard, croyez-le bien, vous aurez à souffrir pour tout cela dans votre amour-propre, et vous mesurerez vous-même cette distance avec dépit d'abord, avec chagrin ensuite, et, qui sait? peut-être bientôt avec désespoir. Alors vous vous repentirez de vous être allié à une famille obscure, vulgaire, dont toute l'existence est en tous points si antipathique à la vôtre.

» Ce n'est pas tout, Arthur, et ce que je vais vous dire

de bien d'autres, à l'un des angles de cette place on peut voir encore apparaître derrière les vitres de son entresol la figure pâle et railleuse de cet aventureux gentilhomme, dernier héritier peut-être de l'esprit et des manières d'une certaine portion de la noblesse au dix-huitième siècle, dernier ami sans doute qui soit resté vraiment fidèle au prince de Talleyrand, et qu'on retrouve mêlé lui-même, agent plus ou moins occulte, à tous les grands événemens qui ont agité l'Europe depuis un demi-siècle. Enfin c'est sur cette place que l'aigle russe, cette aigle qui couvre aujourd'hui de ses ailes déployées le vieux monde d'Asie et une si notable partie du jeune monde d'Europe, est venue établir son aire diplomatique en face des aigles impériales qui gardent la colonne. Il y a d'étranges rapprochemens !

Il était environ cinq heures et demie du soir, lorsque une calèche, traînée par deux chevaux pleins de fougue et dont le mors était couvert d'écume, s'arrêta devant un hôtel situé à gauche de la place Vendôme, en allant vers le jardin des Tuileries, et presque en face de celui qu'occupe l'ambassade russe. Le valet de pied ouvrit la portière, et une jeune femme, vêtue d'une robe de velours noir, surmontée d'une riche mante d'hermine, descendit de la voiture et entra rapidement dans l'hôtel, puis la calèche repartit.

Presque au même moment un cavalier, monté sur un cheval gris pommelé, arrivait au grand trot sur la place, et s'arrêtait devant l'hôtel où il venait de voir entrer la jeune femme. Ce cavalier, qui était pâle et haletant, se posta devant la porte cochère et se mit à contempler cette masse imposante de pierres, en ce moment encore faiblement éclairée par les rayons du soleil couchant. A voir l'expression de son regard, on eût dit que, grâce au secours de quelque nouvel Asmodée, ces pierres allaient s'entr'ouvrir et lui laisser voir ce qui se passait dans l'intérieur du bâtiment.

Il fut distrait de sa contemplation par cette apostrophe que répétèrent à plusieurs reprises deux voix bien distinctes : « Gare ! gare donc ! » Et, comme il se mettait en devoir de faire reculer son cheval pour faire place à un élégant briska auquel il venait de s'apercevoir qu'il barrait le passage, celui qui occupait ce léger véhicule s'écria :

— Eh ! mais je ne me trompe pas, c'est monsieur Arthur d'Escorailles ! Ah çà ! qu'est-ce que vous faites donc là, mon cher ? Est-ce que vous étudiez l'architecture, ou bien avez-vous reçu mission de m'empêcher d'entrer ?

— Pas précisément, monsieur de Sainte-Fare, — répondit notre héros, quelque peu confus de se trouver ainsi pris en flagrant délit.

— Ma foi ! — reprit le marquis, — je vous trouve à propos, car j'ai des reproches à vous faire pour m'avoir planté là comme vous l'avez fait au bal de l'Opéra. Je vous ai attendu une bonne partie de la nuit, et j'ai fini par souper tout seul, pendant que monsieur... Oh ! est-ce ainsi qu'on agit avec des amis !

— Comment, tout seul ! Mais qu'avez-vous fait de votre domino ?

— Ma foi ! il m'a bel et bien lâché pied.

— Tout comme le mien.

— Ah ! bravo ! bravo ! alors je n'ai plus rien à dire. Touchez là, mon cher, nous sommes à deux de jeu.

— Non pas, car vous n'avez pu retrouver le vôtre, tandis que moi...

— Eh bien ! que vous est-il arrivé, à vous ?

— Figurez-vous, mon cher monsieur de Sainte-Fare, que j'ai retrouvé mon domino tout à l'heure au bois de Boulogne, que j'ai été assez heureux pour lui rendre un signalé service, que... mais qu'il vous suffise de savoir que ce domino vient d'entrer dans cet hôtel devant lequel vous me voyez arrêté.

— Pas possible ! oh ! c'est ravissant, ma parole d'honneur ! Mais savez-vous à qui appartient cet hôtel ?

— Non, ma foi !

— C'est à ma tante, mon cher, à ma respectable tante, la chanoinesse de Sainte-Fare. Ah ! je suis, parbleu ! curieux de savoir quelle est la personne de sa société qui a une si jolie jambe et qui s'en va courir les bals de l'Opéra ? J'ai déjà des soupçons, et je me tromperais fort si... Mais il y a un moyen de les éclaircir sur-le-champ. Vous dites que la personne en question est entrée dans l'hôtel il n'y a pas longtemps ; je vais faire appeler le concierge, et nous saurons positivement à qui vous avez affaire.

— Oh ! de grâce, monsieur, n'en faites rien, je vous en supplie !

— Allons donc ! vous méfiez-vous de ma discrétion, ou bien dois-je croire que vous voulez ménager une personne qui, entre nous soit dit, ne se ménage guère elle-même ? Vous êtes un enfant, mon cher d'Escorailles ; laissez-moi faire, et rapportez-vous-en à moi. Holà ! holà ! Fleury ! venez, j'ai à vous parler.

A la voix du marquis, on vit apparaître un gros et grand gaillard d'une cinquantaine d'années, à la face rubiconde, pourvu d'une panse et d'un triple menton, l'un et l'autre remplis de majesté, et auquel il ne manquait absolument qu'un baudrier et une hallebarde pour constituer le suisse le mieux conditionné. Cet homme ôta vivement et respectueusement sa casquette, et, s'inclinant avec une humilité presque servile, indice certain de l'arrogance qu'il était habitué à déployer envers ses inférieurs :

— Que désire monsieur le marquis ? — s'écria-t-il.

— Monsieur ! — balbutia de nouveau d'Escorailles, — monsieur, de grâce !...

— Mons Fleury, — reprit le marquis avec un imperturbable sang-froid, — est-il déjà arrivé beaucoup de monde chez ma tante ?

— Pas encore, monsieur le marquis.

— Quelle est la dernière personne arrivée ?

— C'est monsieur le commandeur d'Argy, monsieur le marquis.

— Mons Fleury, vous ne savez pas ce que vous dites ; je ne vous parle pas des hommes, je vous parle des femmes.

— Pardon, monsieur le marquis, pardon. Alors je sais qui c'est.

— Eh bien ! accouchez donc vite.

— C'est madame la vicomtesse douairière de Saint-Florent, monsieur le marquis.

— Laissez donc ! vous divaguez. La douairière a soixante-dix ans.

— Je ne dis pas le contraire, monsieur le marquis.

— Mais monsieur que voilà dit le contraire, lui.

— Ah ! c'est différent, monsieur le marquis.

— Allons, retirez-vous, mons Fleury ; je vois que vous faites assez mal votre service, et je gage que, au lieu de garder votre porte, vous étiez encore à bavarder et à boire avec les gens à la cuisine. Prenez garde que je ne vous fasse congédier.

Il faut croire que mons Fleury se sentait un peu véreux dans cette circonstance, car il s'empressa de tirer sa révérence et de rentrer dans sa loge. Aussi bien plusieurs voitures arrivaient en ce moment devant l'hôtel, amenant selon toute apparence des convives ; car le jour baissait sensiblement, et l'heure du dîner approchait. Le marquis de Sainte-Fare, qui était demeuré dans son briska pendant toute la durée du dialogue qui précède, en descendit, et, ayant ordonné à l'un de ses gens de tenir le cheval d'Arthur, il invita ce dernier à mettre pied à terre, et l'emmena à l'autre bout de la place. Là, tous deux se promenèrent durant quelques instans, bras dessus, bras dessous, en causant familièrement, mais à mi-voix. Voici, à peu de chose près, quelle fut leur conversation.

— Savez-vous, mon cher, — dit le marquis, — que je ne suis pas moins intrigué que vous de ce qui vous arrive, et que je donnerais... oui, ma foi ! je donnerais bien un de mes chevaux pour savoir quelle est celle de nos dames à qui vous avez tourné la tête. Et, tenez, il me vient une idée : c'est aujourd'hui mercredi, le jour de réception de ma tante; nous dînons assez généralement, ce jour-là, chez elle, à peu près en famille : une demi-douzaine d'antiquités de ses amies et une douzaine de cousins, neveux et nièces. (Oh! les nièces! les nièces!) Voilà le menu. Le soir, il vient quelques personnes; on joue le whist, le reversis, la bouillotte, et ces dames font de la musique et dansent quelques quadrilles ou quelques valses au piano quand il y a un contingent raisonnable de jeunes premiers. Venez ce soir, à neuf heures, si vous n'avez rien de mieux à faire, et je vous présente. Hein! qu'en dites-vous? C'est à charge de revanche, bien entendu.

— C'est que, en vérité, je ne sais si je dois... et puis cette dame n'est peut-être pas de la société de madame la chanoinesse de Sainte-Fare. D'autres personnes que madame votre tante habitent l'hôtel sans doute.

— En aucune façon. Oh! elle se croirait déshonorée d'avoir des locataires.

— Alors c'est peut-être une simple visite. Qui sait si pendant que nous nous promenons cette dame n'est point déjà partie?

— C'est impossible; d'ailleurs vous savez le proverbe : « Qui ne risque rien n'a rien. » C'est à vous de voir si vous voulez risquer. Et puis ce sera une occasion pour moi de vous présenter à ma femme, ce que je n'ai pu faire jusqu'à présent, à mon grand regret et au sien. Allons, mon cher, décidez-vous.

— Permettez-moi de ne prendre à ce sujet aucun engagement, car je suis attendu ailleurs.

— A votre aise! Si vous venez vous serez le très bien venu, n'en doutez pas. Bien que ma tante la chanoinesse ne lise point de romans et qu'elle n'aille jamais au spectacle, elle sait du moins votre nom et vous accueillera à merveille, car je me suis laissé dire que dans sa verte jeunesse elle aimait beaucoup les beaux esprits. Mais il se fait tard, je vous laisse. Tenez, voilà justement la voiture de ma femme qui entre dans l'hôtel. Je vais aller offrir mon bras à madame de Sainte-Fare pour monter l'escalier. Oh! je suis très conjugal quand je m'en mêle. Il est vrai que cela m'arrive rarement. Bonsoir donc, et à bientôt, j'espère.

En parlant ainsi, le marquis prit congé d'Arthur, qui, remontant aussitôt sur son cheval, piqua des deux dans la direction du boulevard, et rentra chez lui plus perplexe que jamais.

Irait-il passer la soirée rue des Cinq-Diamans, ainsi qu'il l'avait promis à son ami Polydore Durandin, ou bien profiterait-il de l'offre que lui avait faite son autre ami le marquis Henri de Sainte-Fare? Telle était l'incessante question qu'il s'adressait sans pouvoir parvenir à la résoudre. Si d'un côté il comprenait que, après le message que Laure lui avait adressé, il lui était difficile de ne point aller lui en accuser réception, de l'autre il se sentait attiré par une puissance presque irrésistible vers la place Vendôme, où il devait trouver la clef de bien des énigmes, à commencer par l'amoureux sélam qu'il avait reçu certain soir à domicile, jusqu'à l'accueil plein de froideur qu'on venait de lui faire, après avoir contracté envers lui une nouvelle dette de reconnaissance.

— Allons, — s'écria-t-il tout à coup en abandonnant le plus moelleux fauteuil ganache qui soit jamais sorti des mains d'un tapissier, — c'est décidément la fatalité qui s'en mêle! Laure, Laure, pardonnez-moi; ce sont mes adieux à la vie de garçon, et une fois votre mari je vous jure une fidélité à toute épreuve; mais il faut décidément que je sache à quoi m'en tenir ce soir sur le compte de votre amie, la belle Marguerite de Cantoinet.

Là-dessus il alla se placer devant son bureau, et griffonna à la hâte un billet des plus tendres en réponse à celui de sa fiancée; puis il se mit à sa toilette. Il n'avait pas encore achevé cette tâche délicate lorsque, fidèle à la parole qu'il avait donnée le matin, Durandin entra.

— Ouf! — s'écria-t-il en s'essuyant le front, — moi qui croyais être en retard! Ah çà! il me semble que tu fais de grands préparatifs pour la rue des Cinq-Diamans; tu irais au bal chez les ministres que tu n'en ferais pas davantage. Diable! diable! tu veux donc éblouir le papa Rieublanc et sa demoiselle, ce soir.

— Mon cher Durandin, — balbutia le romancier avec un peu d'embarras, — c'est que j'ai une visite indispensable à rendre ce soir, une visite que j'avais tout à fait oubliée et qui me prive du plaisir de t'accompagner.

— Comment! comment! Mais on t'attend, j'ai prévenu, on nous attend tous les deux, et papa Rieublanc a commandé des beignets et des crêpes.

— Que veux-tu, mon pauvre Durandin! tu en seras quitte pour manger ma part.

— C'est cela, et pour me donner une indigestion! nenni, nenni!

— Tu en feras ce que tu voudras, mais il faut pourtant que tu me rendes un service, c'est de m'excuser auprès de mademoiselle Laure et de son père.

— Ah bien! voilà une belle commission que tu me donnes là! T'excuser! t'excuser! que veux-tu que je leur dise?

— Tout ce que tu voudras.

— Mais je ne suis pas auteur, moi, je ne fais pas des romans.

— Durandin, je compte sur ton amitié pour cela, et puis aussi pour remettre secrètement, tu entends, à mademoiselle Laure ce petit billet que je viens de préparer.

— En voici bien d'une autre! Eh quoi! tu veux que je reprenne mon rôle de Mercure, moi qui viens justement de mettre à la porte le petit clerc parce que, au lieu de faire les courses de l'étude, j'ai découvert qu'il s'en allait porter les billets doux des second et troisième clercs à une confiseuse de la rue des Lombards et à une lingère de la rue de la Ferronnerie. Non, d'Escorailles, c'est impossible! Je me révolte, à la fin. Je mangerai les beignets, les crêpes même pour t'être agréable, mais je ne chargerai point ma conscience du poulet.

— Durandin, mon cher Durandin, encore ce service, et ce sera le dernier.

Durandin aimait trop sincèrement d'Escorailles pour résister longtemps à une de ses prières. Aussi finit-il par mettre dans sa poche le coupable message, qu'il emporta tout en poussant de gros soupirs et en murmurant le long du chemin :

— Ah! si la chambre des notaires le savait!

Une demi-heure après cette entrevue, Arthur entrait dans l'hôtel de madame la chanoinesse de Sainte-Fare. Comme le cœur lui battit en montant le large escalier de pierre qui conduisait à l'appartement de cette dame! Il sonne enfin, on lui ouvre, et, après avoir traversé plusieurs pièces fort spacieuses, à la suite d'une façon de majordome, celui-ci lui demande qui il doit annoncer.

— Je n'ai pas l'honneur d'être connu de madame la chanoinesse, — dit Arthur, — et je désirerais d'abord parler à son neveu, monsieur le marquis de Sainte-Fare. Veuillez l'avertir.

XVI

SOUVENIR DE BELLINI.

Au moment où, en proie à une émotion facile à concevoir, Arthur demandait qu'on allât prévenir de son arrivée son introducteur, le marquis de Sainte-Fare, une porte s'ouvrit et donna passage à une vieille dame dont la taille, assez exiguë en même temps qu'un peu voûtée, était relevée par une triomphante perruque poudrée, surmontée d'un bonnet garni de boutons de roses. Elle était vêtue d'une robe de soie puce à corsage long et collant, sur le fond sombre de laquelle se détachait une large croix à peu près semblable à celle de l'ordre de Saint-Louis. Enfin ses deux pieds étaient chaussés dans de hautes mules pointues à talons rouges. Cette personne, qui malgré son grand âge et sa petite taille avait encore conservé beaucoup de distinction dans la démarche et même dans les traits du visage, tenait entre ses bras une petite chienne de l'espèce la plus mignonne. On eût cru voir un portrait de famille descendu de son cadre. Elle s'avança au-devant d'Arthur, et, lui souriant fort agréablement :

— Je gage, — dit-elle, — que c'est à monsieur d'Escorailles que j'ai l'honneur de parler. Soyez le bienvenu, monsieur. Mon neveu vient de m'annoncer que j'aurais probablement le plaisir de vous posséder ce soir, et vous m'en voyez pleine d'aise. Vous allez le trouver occupé à jouer au reversis, car il a eu la complaisance de prendre mon jeu pendant que je vais coucher ma pauvre Sylvie. C'est un soin dont je m'acquitte moi-même tous les soirs. N'en riez pas trop : la mère de cette petite bête a été chantée par deux poëtes de votre connaissance, monsieur de Boufflers et monsieur de Parny; vous avez dans les traits quelque chose du premier, et je sais que vous n'écrivez pas moins bien que tous les deux.

En toute autre circonstance Arthur n'eût pas manqué de répondre à ce compliment par quelque madrigal plus ou moins agréable; mais, préoccupé comme il l'était, il ne put que balbutier, en s'inclinant respectueusement :

— Ah! madame la chanoinesse, vous êtes pour moi trop pleine de bonté, et je ne sais, en vérité, comment vous témoigner ma reconnaissance.

La chanoinesse eut de nouveau pour son hôte un sourire plein de bienveillance, et, prenant congé de lui pour s'en aller coucher sa petite chienne, elle fit signe à l'un de ses gens d'ouvrir les portes du salon.

Arthur ne fut point annoncé : aussi bien on faisait en ce moment de la musique; mais quel ne fut point son trouble lorsque dans le prélude qui vint frapper son oreille il reconnut celui qu'il avait entendu au commencement de l'hiver, le jour de son introduction rue des Cinq-Diamans, et lorsqu'une voix moins fraîche, mais plus étendue et plus vibrante que celle de mademoiselle Laure Ricublanc, une voix dont il ne put méconnaître l'accent plein d'une voluptueuse langueur, jeta dans l'air les premières notes de cette mélodieuse cantilène de Bellini : *Son vezzosa!*

La cantatrice était cette fois Marguerite de Cantoinet.

Haletant, éperdu, Arthur demeura dans un coin du salon, le dos appuyé contre la muraille, comme s'il eût craint de tomber en faisant un seul pas en avant. Enfin elle était donc là, devant lui, cette belle, cette fière Marguerite qu'il avait poursuivie vainement durant tout un hiver, et qui, deux fois sauvée par lui d'un danger, lui devait bien à coup sûr quelque reconnaissance. Maintenant le fantôme avait pris un corps, et ne pouvait plus s'évanouir.

A peine l'air était terminé que madame la chanoinesse de Sainte-Fare rentra dans le salon, et, avisant Arthur dans le coin où il s'était réfugié et où il était en quelque sorte inaperçu, elle alla à lui, le prit par la main et voulut le présenter elle-même à ses petites filles, comme elle appelait une demi-douzaine de grandes jeunes femmes, épanouies tout à l'entour du piano comme des fleurs dans une corbeille; puis, apostrophant gaiement la cantatrice :

— Vous chantiez! — s'écria-t-elle, — j'en suis fort aise; eh bien! dansez maintenant. Et pour cela je vous amène un danseur. Oh! voyez-vous, monsieur d'Escorailles, j'aime, moi, que la jeunesse se divertisse. Et puis Sylvie est couchée et endormie; maintenant elle n'aboiera pas.

— Pardon, — murmura d'une voix à peine perceptible la jeune femme à laquelle la chanoinesse s'était adressée, — mais je me sens un peu souffrante ce soir, et je préfère ne pas danser.

— Et moi, — reprit la vieille dame, — je vous dis qu'il faut qu'on m'obéisse, ou je me fâche pour tout de bon. Est-ce que le cavalier que je vous présente ne vous convient pas? Ce serait être bien difficile.

— Puisque vous le voulez ainsi, — répondit-on en baissant la tête, — j'obéis.

Arthur, qui était demeuré muet pendant tout le dialogue qui précède, s'inclina devant sa danseuse, et en même temps la chanoinesse s'empressa d'ajouter :

— Vous allez m'offrir votre bras, car je veux reprendre mon jeu.

Et en parlant ainsi elle entraîna notre héros dans une pièce voisine, où plusieurs tables de jeu se trouvaient dressées. Le marquis de Sainte-Fare était assis à l'une de ces tables, et, en apercevant sa tante et Arthur, il échangea avec ce dernier un sourire d'intelligence tout en s'écriant :

— Vous arrivez à propos, ma chère tante; car j'ai un malheur inouï ce soir : me voilà encore quinola. Soyez assez bonne pour excuser mes fautes, comme je suis sûr que vous serez assez habile pour les réparer. — Tout en débitant ce compliment, qui sentait fort le collatéral appelé à hériter, il se leva et offrit sa place à la chanoinesse, puis, serrant cordialement la main d'Arthur : — Eh bien! — lui dit-il à voix basse, — vous vous êtes donc décidé! j'en étais bien sûr, allez! Ah çà! vous allez me montrer l'objet en question. Je grille d'envie de faire sa connaissance.

— Plus tard, plus tard, mon cher marquis. Quant à présent, j'ai une grâce à vous demander. Madame votre tante veut à toute force que je danse, et elle m'a fait inviter une de ses parentes, je crois. Seriez-vous assez bon pour me servir de vis-à-vis?

— Ma foi! mon cher, vous vous adressez bien mal. Je ne danse jamais. J'ai le quadrille en horreur, mais pour vous il n'est rien que je ne sois prêt à faire. D'ailleurs c'est en face du tendre objet, n'est-ce pas?

— Non pas, non pas, vous êtes dans l'erreur.

— Oh! tenez, vous voulez faire le mystérieux, et vous avez tort. Songez donc que je suis votre confident, votre protecteur, je devrais presque dire votre complice. Ah çà! il faut que je vous présente à la marquise, venez...

Ici l'impérieuse ritournelle donna tout à coup le signal de la contredanse, et la chanoinesse s'écria :

— Allons! messieurs, en place, en place, et ne faites pas attendre mes petites filles.

— Ce sera donc après la contredanse, — reprit le marquis.

Là-dessus Arthur s'empressa d'aller offrir sa main à sa danseuse. Celle-ci se leva, et tous deux se mirent en place sans échanger une parole; mais, lorsque monsieur de Sainte-Fare se présenta à son tour pour leur faire vis-à-vis, la jeune femme tressaillit, ses grands yeux noirs se voilèrent instantanément, et elle parut sur le point de chanceler.

Pour la première fois alors l'aveugle, l'imprévoyant Arthur mesura toute l'étendue de l'imprudence qu'il venait de commettre. Une sueur froide lui monta au visage, et il attacha un regard terne et presque tremblant sur son vis-à-vis. Celui-ci était parfaitement calme, et le plus doux sourire illuminait son visage, pendant qu'il poursuivait avec sa danseuse un colloque des plus animés.

— Qu'est-ce que tout cela signifie? — se dit Arthur, — est-ce que je rêve? est-ce que je suis fou? En tout cas, la personne avec laquelle je danse ne peut être la marquise de Sainte-Fare. — En même temps, se rapprochant de cette personne, dont il osa toucher le bout des doigts sous le prétexte de figurer la chaîne anglaise : — Madame, — lui dit-il à voix basse, — enfin je vous retrouve, vous que j'ai tant cherchée! Prenez pitié de moi, et daignez me pardonner l'audace que j'ai eue de m'introduire ici pour vous voir, vous parler. Un mot, de grâce, un mot de votre bouche, qui me prouve que vous ne m'en voulez pas. — Soit que la crainte, soit que tout autre sentiment paralysât alors la langue de la belle jeune femme, elle parut n'avoir pas entendu ces paroles, et n'y fit aucune réponse.

— Madame, — reprit Arthur avec plus de force, — vous ai-je donc offensée en quelque chose, vous qui m'aviez témoigné d'abord tant... d'indulgence? Expliquez-vous, je vous en supplie, et me dites quel est mon crime, afin que je l'expie.

Toujours même silence, et toujours vis-à-vis de lui le marquis, calme, le sourire sur les lèvres et causant avec enjouement. Arthur ne savait plus à quel saint se vouer. Pourtant il crut devoir revenir plusieurs fois à la charge pendant la durée de la contredanse, mais sans pouvoir parvenir à arracher un seul mot à cette statue qu'il voyait se mouvoir à ses côtés d'une façon automatique.

Quand la contredanse fut terminée, il reconduisit sa danseuse à sa place, et celle-ci, après une froide révérence, murmura un : « Merci, monsieur, » bien sec; ce fut tout. Inquiet, décontenancé, il se mit à parcourir le salon à pas lents. Monsieur de Sainte-Fare vint à lui, toujours gai, toujours souriant.

— Mon cher auteur, — s'écria-t-il, — vous ne me demandez seulement pas le nom de la personne avec laquelle vous venez de danser? Qu'est-ce que cela signifie? N'est-elle point à votre goût?

— Si fait... Je trouve cette dame... fort belle...

— Venez donc que je vous présente à elle, car c'est la marquise de Sainte-Fare.

— La marquise! — balbutia Arthur, et il se laissa entraîner à peu près comme un criminel que l'on conduit à l'échafaud. Mais au moment où il approchait d'elle l'infortunée jeune femme, qui jusque alors, avec ce grand art, ce grand courage peut-être que donne la science du monde, avait refoulé au plus profond de son cœur les émotions de toute nature auxquelles elle était en proie, laissa pencher sa tête sur sa poitrine, puis tomba évanouie sur l'un des bras de son fauteuil.

— Ah! mon Dieu! — s'écria le marquis, — j'aurais parié qu'il en serait ainsi. Nous sommes à la fin de mars, et ma tante fait toujours chauffer ses appartemens comme si nous étions au cœur de l'hiver. Heureusement voici des sels. Mesdames, rassurez-vous, de grâce, ce ne sera rien, ce ne sera rien. — Puis, se tournant vers Arthur pendant qu'on s'empressait auprès de la marquise et qu'on se disposait à la porter dans une chambre voisine dont on avait ouvert précipitamment les fenêtres : — Mon cher, — dit-il, — il faut convenir que vous jouez vraiment de malheur avec ma femme. Voilà encore une présentation ajournée. Ah çà! — ajouta-t-il quelques instans après à mi-voix, — vous allez me montrer la personne qui est l'objet de votre passion?

— Mais... je... ne l'ai point retrouvée ici.

— A d'autres! Je vous dis, moi, qu'il faut *absolument* que vous me la montriez.

— Mais si je ne le puis?

— Oh! vous le pourrez, car je... l'exige.

Au ton avec lequel ces derniers mots furent prononcés, à l'expression presque menaçante qu'il lut dans les yeux du marquis, en dépit des efforts qu'il faisait pour montrer toujours le même calme et la même courtoisie, Arthur vit bien que celui-ci avait tout deviné, mais que, en même temps, il était trop fier et trop homme du monde pour le laisser paraître. Résolu dès lors lui-même à subir toutes les conséquences de son imprudente confiance, il reprit avec beaucoup de sang-froid et de dignité :

— Monsieur le marquis, ce n'est point ici sans doute que vous attendez de moi une explication que je ne saurais vous donner à présent.

— Non pas certes, — repartit le marquis. — Écoutez, je conçois que, ici même, à cet instant, vous éprouviez quelque difficulté, quelque répugnance même à me satisfaire; mais faisons bien nos conventions : il y a dans ce salon seize femmes, y compris la marquise de Sainte-Fare, bien entendu. Sur ces seize femmes, il faut en rayer cinq attendu leur âge. Reste à onze. Je vais vous les nommer toutes les onze, en vous les désignant, afin de bien graver leurs noms et leurs traits dans votre mémoire, et demain, après déjeuner, j'aurai l'honneur d'aller vous demander laquelle de ces onze femmes est venue pour vous au bal de l'Opéra.

— Monsieur, en vérité... je ne saurais...

— Passons à l'inventaire. *Il catalogo è questo*, comme dit Lablache dans *Don Giovanni*. La première de ces dames (charité bien ordonnée commence par soi-même), une grande brune, robe de velours noir, c'est la marquise de Sainte-Fare. La seconde...

— Monsieur, de grâce...!

— Ne me troublez point. La seconde... — Et le marquis, avec un impitoyable sang-froid, défila les grains de ce chapelet d'un nouveau genre. Comme il terminait cette tâche, on vint le prévenir que la marquise sa femme l'attendait pour se retirer; il tendit la main à Arthur avec une aisance parfaite, en lui disant à mi-voix : — Vous auriez mauvaise grâce à vous plaindre de moi, mon cher auteur. Presque toutes ces dames sont charmantes, et je vous laisse le choix. Ah! seulement je vous préviens qu'il me faut une brune, grande, svelte, qui ait une jolie jambe, et j'ai bien peur que, après le départ de madame de Sainte-Fare, vous ne trouviez plus ici votre affaire.

Là-dessus le marquis se retira, laissant notre héros aux prises avec la chanoinesse, qui, ayant terminé son reversis, s'en vint lui demander des vers pour Sylvie.

XVII

DEUX AMIES DE PENSION.

Il est un personnage de ce récit qui n'y a paru en quelque sorte jusqu'à présent que comme une vision plus ou moins vague et indécise, ou bien plutôt encore comme une énigme vivante : c'est la séduisante marquise de Sainte-Fare. Il est temps de dépouiller cette mystérieuse jeune femme de son voile de vapeur, et de mettre en lumière son passé, son présent et les mobiles divers qui ont pu influer sur sa conduite envers Arthur d'Escorailles. C'est une revue rétrospective que nous avons à placer sous les yeux du lecteur, et, pour que rien ne demeure obscur dans ce récit, nous allons, remontant quelque peu en arrière, raconter succinctement ce qui s'était passé dans la visite de la jeune marquise à son ancienne camarade de pension, visite qui avait eu lieu, on s'en souvient peut-être, dans la matinée même du jour mémorable signalé par l'entrevue de la place Vendôme.

Après que Laure et Marguerite eurent échangé beaucoup de baisers, de serremens de mains et de larmes de joie; après qu'on eut évoqué mille charmans souvenirs de pension, on se demanda naturellement l'une à l'autre quels événemens, quelles aventures avaient marqué ce long espace de trois années accomplies depuis que l'heure de la séparation était sonnée. Comme Marguerite était la plus âgée et que, en sa qualité de marquise du faubourg Saint-Honoré, elle avait probablement beaucoup plus vécu durant ces trois années que la simple et naïve jeune fille de la rue des Cinq-Diamans, ce fut elle qui donna l'exemple des confidences.

— Chère amie, — s'écria-t-elle en embrassant Laure de nouveau, — comment ai-je pu t'oublier un seul instant? Ah! je suis bien coupable, mais si tu savais tout ce qui m'est arrivé!

— Que t'est-il donc arrivé, Marguerite? est-ce du malheur! oh! raconte-moi cela bien vite.

— C'est du bonheur et du malheur à la fois. Tu sais que, en quittant la pension, je fus emmenée en voyage par ma tante, dont j'étais l'unique héritière, et qui m'avait placée dans le pensionnat où nous nous sommes liées d'une amitié... oh! que rien ne saurait rompre maintenant, n'est-ce pas? Ma tante était d'une santé assez languissante, d'une humeur sombre et morose, depuis la perte cruelle qu'elle avait faite de ses deux fils, dont j'étais appelée à recueillir la survivance. Les médecins avaient pensé que le mouvement, le spectacle changeant de mœurs, de sites, de costumes toujours nouveaux, seraient pour elle une source de distraction, et pourraient exercer une heureuse influence sur sa santé. Nous partîmes en conséquence pour la Suisse, avec l'intention de revenir par l'Italie. Le moyen de t'écrire, chère Laure, au milieu de toutes ces pérégrinations! Pourtant j'aurais eu besoin de quelqu'un à qui je pusse confier toutes les impressions qu'éveillaient en moi les lieux que je parcourais.

» Ma tante ne pouvait à cet égard m'être d'aucun secours, car, indépendamment de son âge, de son état maladif, elle était naturellement peu communicative. Ce quelqu'un, je crus un instant l'avoir trouvé. Nous rencontrâmes à Rome, en visitant le Vatican, un jeune homme grand, beau, bien fait, une tournure pleine de grâce et de distinction. Ce jeune homme me regarda beaucoup, et, ayant aperçu ma tante, il vint la saluer. J'appris par elle qu'il était d'une grande famille, fort riche; que, après avoir été page du roi Charles X, il avait embrassé l'état militaire, et que, à la suite d'un duel où il avait eu le malheur de tuer son adversaire, il avait dû abandonner la carrière des armes; que depuis lors il parcourait les divers États de l'Europe pour se distraire, et peut-être bien aussi pour chercher une femme qui lui convînt sous tous les rapports. Pendant notre séjour à Rome, nous eûmes plusieurs fois l'occasion de rencontrer de nouveau ce jeune homme dans nos promenades, et chaque fois il attacha sur moi ses regards avec la même obstination. Cependant nous quittâmes un beau jour cette capitale sans que, à mon grand étonnement, il eût profité de la permission qu'il avait lui-même sollicitée de venir nous faire visite.

» Il y avait environ un mois que nous étions parties de Rome, et peut-être, je n'en suis pas bien sûre pourtant, j'avais un peu oublié ce jeune homme (on voit tant de choses nouvelles en voyage!) lorsqu'un soir, à Venise, en nous promenant sur le grand canal, je remarquai une gondole qui suivait obstinément la nôtre, et, aux rayons de la lune, je reconnus distinctement le jeune homme en question. Il était seul, et me regarda encore beaucoup, mais sans nous parler. J'en fus, comme tu le penses bien, on ne peut plus troublée, mais ma tante ne s'en aperçut pas. Le lendemain même nous reçûmes la visite de ce jeune homme. Il s'excusa beaucoup de ne nous avoir pas visitées à Rome ainsi que ma tante avait bien voulu le lui permettre, causa de l'Italie qu'il venait de parcourir, non point en poëte ni en artiste, mais en homme du monde et peut-être avec un peu trop de dispositions à la raillerie, mais à coup sûr avec beaucoup d'esprit, et puis nous ne le revîmes plus.

» Cette fois, je te l'avoue, chère enfant, il avait fait une impression profonde sur moi, et dans mes rêveries de jeune fille je me disais : S'il s'agissait pour moi de choisir un mari, je voudrais qu'il fût tel que ce jeune homme. Sur ces entrefaites nous revînmes en France, et ma tante, dont les voyages n'avaient pu rétablir la santé, annonça l'intention de passer l'hiver dans sa terre du Bourbonnais. C'était pour moi une triste perspective que ce tête-à-tête, au milieu des neiges et des frimas, dans un vieux château solitaire, avec une personne âgée, souffrante, et pour laquelle je ne pouvais avoir un grand fonds d'affection, ne l'ayant connue en quelque sorte que depuis ma sortie de pension, et ayant toujours été traitée par elle avec assez de froideur. Au surplus mon séjour dans ce château ne devait pas être bien long. Nous n'y fûmes pas plutôt installées que les forces de ma tante commencèrent à décliner sensiblement, et bientôt les médecins déclarèrent qu'elle n'avait plus que très peu de temps à vivre.

» Soit que ma tante eût été instruite elle-même de ce fatal arrêt, soit qu'elle le pressentît seulement, elle me fit appeler un jour dans sa chambre à coucher, et m'annonça que son intention était de me marier avant de quitter ce bas monde, et qu'elle avait rencontré un parti fort sortable. Elle ajouta que, en conséquence, elle m'invitait à me disposer à recevoir ce jour même le prétendu qu'elle m'avait choisi. Je frémis, car je pensai bien qu'il fallait renoncer dès lors à tout ce bonheur que j'avais rêvé, en me passionnant follement pour quelqu'un que sans doute je ne devais plus revoir. Mais dans un pareil moment toute observation m'était interdite, et, comme je me hasardais à demander le nom de l'époux que ma tante me destinait, elle me répondit fort sèchement : « Vous le verrez tantôt. » Je baissai la tête, et m'en retournai dans ma chambre, où je me mis à pleurer.

» Ce jour même, une heure environ avant le dîner, un grand bruit retentit aux portes du château, et une élégante voiture de chasse entra dans la cour, précédée d'un piqueur à cheval. Un homme descendit de cette voiture. J'étais dans ma chambre, et je ne pus m'empêcher de jeter sur lui un regard curieux et furtif. Laure, un cri de joie s'échappa de ma poitrine : c'était le jeune homme que nous avions rencontré à Rome et à Venise, c'était le marquis Henri de Sainte-Fare. »

A ces derniers mots, les deux jeunes femmes se jetèrent dans les bras l'une de l'autre.

— Ah! loué soit Dieu! — s'écria Laure. — Ainsi, Marguerite, tu es heureuse. Oh! combien je suis aise de l'apprendre! tu aimes! tu es aimée!

— Heureuse! — murmura la marquise en baissant la tête, et une double larme brilla au bout de chacune de ses deux paupières : — heureuse, moi! — Et, comme la jeune fille la considérait avec un naïf étonnement : — Oui, oui! — reprit-elle avec une vivacité presque fébrile, — je suis bien heureuse : j'ai un hôtel, des chevaux, des équipages, je suis riche, très riche. Mon mari a repris du service; à son âge on ne peut végéter oisif et inutile à son pays. Il est déjà... ma foi! je ne me rappelle plus ce qu'il est, je sais seulement qu'il doit passer bientôt à un grade plus élevé, celui de lieutenant-colonel peut-être. Oui, oui, je suis bien heureuse. Mais c'est assez parler de moi; à ton tour, ma bonne, ma charmante Laure, toi dont j'ai pu être séparée pendant bien longtemps par les voyages, par le tourbillon du monde, par des liaisons plus ou moins passagères, plus ou moins frivoles, mais que je retrouve aujourd'hui avec tant de bonheur, raconte-moi aussi ton existence, tes joies et tes peines. Oh! tiens, depuis qu'une bonne inspiration m'est venue de te voir, de te demander pardon de ma longue absence, et que tu m'as accueillie avec tant de grâce et de bonté, je sens que tu m'es plus chère encore.

— Ma tendre Marguerite! et moi qui me croyais oubliée de toi tout à fait depuis que tu es devenue une grande dame. Oh! quelle était mon erreur!

— Ah çà! maintenant que tout est expliqué, je veux que tu m'aides à réparer le passé; je veux que nous soyons ensemble aussi souvent que possible, et pour commencer je t'enlève aujourd'hui, j'ai ma voiture en bas, à ta porte; voyons, tes gants, ton châle, ton chapeau, et partons bien vite!

— Crois qu'il m'en coûte de te refuser, Marguerite; mais mon père est absent. Qu'est-ce qu'il dirait s'il ne retrouvait plus sa fille quand il rentrerait?

— Mais ne peux-tu lui laisser quelques mots d'écrit? D'ailleurs je te ramènerai pour dîner.

— Oh! je ne puis, car je ne sors jamais sans son consentement.

— Comme tu dois t'ennuyer ici, dans ce vilain quartier des Lombards, obligée d'habiter une pareille maison! Sais-tu que j'ai cru vraiment devenir aveugle en y entrant!

— Moi, Marguerite, jamais je ne m'ennuie ici.

— Tu m'étonnes; mais à quoi passes-tu donc ton temps?

— Je brode, j'ai soin du linge de la maison, je fais de la musique, je lis : le temps me semble toujours trop court.

— Voilà qui est bien étrange; mais tu as bien quelques plaisirs?

— Oh! certainement. Nous allons au spectacle une fois tous les hivers; mon père reçoit de temps à autre quelques gardes nationaux de sa compagnie, et, l'été, le dimanche, nous passons quelquefois la journée à la campagne.

— C'est tout?

— Que veux-tu donc de plus? Ah! j'oubliais, nous avons été l'automne dernier aux eaux du mont Dore. C'est là mon seul voyage.

— Pauvre enfant, qui ne connaît ni la Suisse, ni l'Italie, ni les eaux de Bade et de Spa, ni les fêtes du grand monde, ni les concerts, ni les steeples-chases, et qui n'a peut-être jamais été une fois en sa vie aux Italiens.

— Il est vrai.

— Sois tranquille, ma charmante amie, il faudra bien que ton père se décide à te céder à moi le plus souvent possible. D'abord je veux faire sa conquête, à ce digne monsieur Rieublanc. Tu me diras quels sont ses goûts, ses idées, quel est son faible enfin, pour m'aider à le séduire. Est-il toujours aussi épris de la garde nationale?

— Plus que jamais.

— A merveille, chère, à merveille! Je lui parlerai manœuvre, exercice; j'apprendrai la théorie, s'il le faut, pour parvenir à t'arracher d'ici. Car, charmante et jolie comme tu l'es, ce serait vraiment dommage que tu demeurasses confinée dans ton affreuse rue des Cinq-Diamans. Compte sur moi pour t'en retirer, pour te produire sur un théâtre digne de toi, et où tu brilleras, j'en suis sûre. Tu viendras passer tes journées avec moi, dans mon hôtel du faubourg Saint-Honoré, qui est un petit palais en miniature; tu le verras. Quand il fera beau, nous sortirons ensemble, nous irons au bois, nous monterons à cheval. Quand il pleuvra nous ferons de la musique, comme à la pension, t'en souviens-tu? Nous chanterons du Mozart, du Bellini, du Rossini. Oh! ce sera charmant. Et puis j'ai mon projet. Il ne manque pas dans mon salon d'aimables jeunes gens auxquels tu tourneras la tête, et il nous faudra bien du malheur pour que tu ne trouves pas parmi eux un mari. Nous le choisirons ensemble si tu veux, car c'est un rival que je me prépare, et je suis par conséquent intéressée dans cette affaire. Tu rougis... Ah! méchante, est-ce que par hasard tu m'aurais devancée dans ce choix?

— Pardon, Marguerite, pardon, j'en ai peur.

— Ah! alors ne me dis pas de qui il s'agit, car je le le déteste déjà de toute mon âme; quelque riche distillateur du quartier; quelque épicier en gros, n'est-ce pas? qui t'aimera par doit et avoir. Pauvre Laure, pourquoi ne m'as-tu pas attendue?

— Ce n'est, ma chère, ni un distillateur ni un épicier en gros. C'est quelqu'un qui exerce une toute autre profession que celle-là.

— Avec quelle fierté tu me dis cela; c'est donc un avocat?

— Nenni.

— Un avoué, par aventure?

— Encore moins.

— J'y renonce.

— Ma chère Marguerite, c'est un auteur, et un auteur célèbre encore, jeune, beau, noble, spirituel.

— Oh! tu m'en diras tant. Et tu le nommes?

— Arthur d'Escorailles. — Ici la marquise ne put réprimer une exclamation. Fut-ce la surprise, fut-ce un tout autre sentiment qui la lui arracha? Toujours est-il que sa physionomie changea instantanément, et qu'un nuage passa sur son front tout à l'heure si riant et si pur. — Est-ce que tu connais monsieur Arthur d'Escorailles? — s'écria Laure avec une charmante candeur.

— Moi! en aucune façon; de nom seulement. Et il t'aime... beaucoup, cet auteur?

— J'ai tout sujet de le croire. D'abord je l'aime tant, moi. Oh! ce serait bien mal de sa part de ne pas me rendre la pareille.

— Chère Laure!

— Qu'est-ce que tu as donc? tu n'es plus la même, tu ne me souris plus.

— Moi! je n'ai rien, je t'assure, et je suis bien heureuse de t'avoir revue. Mais il faut que je te quitte; je me souviens que j'ai promis à une de mes parentes, une cousine, d'aller la voir aujourd'hui. Je regrette de ne pas pouvoir attendre ton père, mais je reviendrai bientôt.

— Bientôt, tu me le promets?

— Peux-tu en douter? J'ai d'ailleurs bien des choses encore à te dire, car je ne t'ai fait voir qu'un coin de mon passé, le plus beau, le plus pur. Dis-moi quelles sont les heures auxquelles monsieur d'Escorailles a l'habitude de venir ici?

— Mais le soir plus particulièrement, parce qu'il travaille dans la journée; il est rare qu'il passe un seul jour sans nous voir.

— Il suffit. Adieu, ma bonne Laure. Tu me pardonnes tous mes torts, n'est-ce pas? Répète-moi encore, je t'en supplie, que tu me pardonnes.

En même temps la marquise, saisissant les deux mains de la jeune fille, les portait avec effusion à ses lèvres, pendant que celle-ci balbutiait avec une profonde surprise :

— Puisque tu y tiens absolument, je te pardonne. — Madame de Sainte-Fare demeura quelques instans morne, silencieuse, la tête baissée : lorsqu'elle la releva ses beaux yeux noirs étaient baignés de larmes. Quelques instans après elle sortit, après avoir serré convulsivement dans ses bras sa jeune amie. — Mon Dieu! — s'écria Laure en regardant rêveusement par la fenêtre le brillant équipage de la marquise, qui disparaissait à l'angle de la rue des Cinq-Diamans et de celle des Lombards, — d'où vient donc que Marguerite se croit si coupable envers moi? D'où vient qu'elle m'a quittée en versant des larmes?

XVIII

LA MARQUISE DE SAINTE-FARE.

— Eh bien! mon cher Arthur, tu m'as écrit, et, comme tu le vois, je me hâte de me rendre à ton appel, bien que ma présence fasse grandement faute à l'étude. Que se passe-t-il donc? je te trouve un peu changé depuis hier soir. Aurais-tu reçu de mademoiselle Laure quelque nouveau message par l'intermédiaire de quelque autre Mercure? Pourtant je croyais bien avoir arrangé les choses pour le mieux. Je n'ai jamais eu tant d'imagination qu'hier soir. J'ai menti... oh! mais menti... comme un auteur. — A tous ces beaux discours de son candide ami Polydore Durandin, Arthur se contentait de hocher mélancoliquement la tête, tout en tourmentant avec les pincettes une pauvre bûche qui n'en pouvait mais. A la fin, renonçant à cette occupation, il ouvrit le tiroir d'une table auprès de laquelle il était assis, et en retira une fleur si parfaitement flétrie et desséchée que, à moins d'être expert botaniste, il eût été permis de se méprendre sur ce qu'elle pouvait avoir été dans l'empire de Flore au temps de sa fraîcheur, puis il la déposa entre les mains du maître clerc abasourdi. — Qu'est-ce que cela signifie? — reprit ce dernier; — est-ce que tu m'as fait venir pour composer un herbier?

— Eh quoi! — s'écria Arthur, — ne te souvient-il plus de certain bouquet que j'ai reçu ici, un soir, en ta présence, et qui m'était adressé par une personne inconnue?

— Eh! oui... en effet... un bouquet magnifique, et des fleurs assez rares pour la saison! Par exemple, je ne me rappelle plus lesquelles.

— C'étaient des marguerites.

— Ah! c'est là une marguerite. A la bonne heure. Eh bien!

— Eh bien! mon cher, j'ai retrouvé la personne qui m'avait envoyé ce bouquet.

— Ah! diable!

— Maintenant devine qui ce peut être.

— Dame! si tu étais de la garde nationale je te dirais c'est ton tambour; tu n'en es pas, c'est ton portier. — Et comme Arthur faisait un signe d'impatience, Durandin s'empressa d'ajouter: — Au surplus ne compte pas sur moi pour cela. Je n'ai jamais su deviner la moindre charade.

— Alors sache donc sans plus attendre que c'est la marquise de Sainte-Fare.

— O ciel! la femme de ce grand monsieur décoré, à barbe noire, de mon client?

— Justement.

— On dit que c'est une des plus jolies femmes de Paris, mais d'une coquetterie...

— On dit vrai.

— Mon Dieu! mon Dieu! que ces auteurs sont donc heureux, une marquise! Cela ne m'arrive ait jamais, à moi qui ai tant besoin de distractions, de consolations, hélas!

— Ah! Durandin!

— Plait-il?

— Mon cher Durandin, tu ne sais pas ce que c'est que de vivre incessamment dans le domaine de l'imagination; que de jouer à chaque instant avec toutes les passions humaines. Notre sensibilité, ainsi surexcitée, nous rend impressionnables au moindre contact, à l'influence la plus fugitive. Cette fièvre qui anime les créations de notre fantaisie, nous finissons par nous l'inoculer à nous-mêmes, et, lorsqu'elle s'est emparée à la fois de notre corps, de notre intelligence et de notre âme même, alors nous devenons insatiables d'ambition, alors nous rêvons l'impossible.

— Ah! mon Dieu! que dis-tu là et où veux-tu en venir?

— Écoute, Durandin, c'est un aveu pénible que j'ai à te faire. Aimé de mademoiselle Laure et l'aimant moi-même, je te le jure, je n'ai pu résister aux séductions d'un autre amour. La fatalité a voulu que cette Marguerite, cette marquise de Sainte-Fare, se retrouvât incessamment sur mes pas; et moi qui aurais dû la fuir, moi, comme un insensé, je me suis acharné à sa poursuite.

— Après, après?

— Hier je l'ai retrouvée encore, je lui ai parlé, et aujourd'hui...

— Aujourd'hui?

— J'attends son mari pour me couper la gorge avec lui.

L'émotion de Durandin fut telle à ces derniers mots qu'il laissa glisser d'entre ses doigts la fleur qu'il tenait, et qui alla tomber dans le feu, où elle se consuma avec rapidité. Arthur la regarda brûler d'un œil morne et sans prononcer une parole; puis Durandin reprit:

— Et tu comptes sur moi pour te servir de témoin?

— C'est un service nouveau que je réclamerai de ton amitié avec pleine confiance, je le sais, car j'ai pu t'apprécier, Durandin; mais la législation actuellement en vigueur en matière de duel est fort sévère: d'ailleurs tu es un homme de profession et de mœurs paisibles, et j'ai pensé à choisir d'autres témoins dont les habitudes sont plus en harmonie avec la partie que j'ai à risquer ce matin. J'ai écrit à notre ami Provenchère, le capitaine d'artillerie, et à notre camarade le médecin. Ce dernier peut m'être utile à double titre. Ils doivent m'attendre chez eux toute la journée. C'est convenu.

— Mais songes-tu bien, mon pauvre Arthur, à quel homme tu as affaire? Voyons, voyons, il faut arranger cela, car c'est un duelliste fini que ce marquis de Sainte-Fare. J'ai eu de ses nouvelles par le maître clerc de son notaire; il paraît qu'il est de première force à l'épée et au pistolet.

— Que veux-tu, mon ami? c'est justement pour cela que je t'ai prié de venir. J'ai quelques dispositions à faire; tu es notaire ou peu s'en faut, et c'est à ce titre que je t'ai appelé. Allons déjeuner; nous causerons tout aussi bien en déjeunant.

— Ah! ma foi! tu peux bien déjeuner seul, si tu le veux. Quant à moi, voilà une nouvelle qui me coupe absolument l'appétit.

— Eh bien! mon pauvre Durandin, tu me regarderas faire, et je suis sûr que mon exemple te déterminera. — En parlant ainsi, Arthur se leva; il se disposait à passer dans la salle à manger lorsqu'Abd-el-Kader, tout effaré, se précipita tenant une carte de visite dans sa main et baragouinant avec plus de volubilité que jamais. — Qu'est-ce à dire? — s'écria Arthur, — ne vous ai-je pas prévenu que je n'étais aujourd'hui visible pour personne, excepté pour monsieur Durandin que voici, et pour monsieur le marquis de Sainte-Fare? Je n'ai que faire de cette carte! Je la verrai plus tard.

— Tu entends, moricaud, — crut devoir ajouter Durandin par forme de commentaire, — toi mettre à la porte l'importun, toi obéir à maître tout de suite.

Et, sans doute pour mieux faire comprendre au nègre la conduite qu'il devait suivre, Durandin s'approcha de lui et le prit par les épaules pour le pousser dehors; mais dans ce mouvement ses regards tombèrent machinalement sur la carte de visite que le nègre tenait dans sa main, et, la lui arrachant aussitôt avec beaucoup de vivacité, il la tendit à Arthur. Celui-ci n'y eut pas plus tôt jeté les yeux qu'il tressaillit, et, ayant échangé quelques paroles à voix basse avec le maître clerc qui sortit, il donna l'ordre d'introduire sur-le-champ la personne dont il s'agissait.

Quelques secondes après une femme, vêtue d'une robe de moire noire et dont les larges plis d'un cachemire des Indes vert sombre ne dissimulaient que faiblement la taille élégante et la svelte cambrure, entrait précipitamment dans le cabinet de notre héros. Bien que sa tête fût en quelque sorte ensevelie sous une capote de satin noir devant laquelle était abaissé un riche voile de dentelle, il était impossible de ne pas reconnaître sur-le-champ la belle marquise de Sainte-Fare. Arthur la fit asseoir sur une causeuse, au coin de la cheminée, pendant que lui-même restait respectueusement debout devant elle, attendant qu'elle lui adressât la parole. Elle était évidemment fort troublée; cependant elle commença par l'inviter à s'asseoir, ayant, ajouta-t-elle, beaucoup de choses à lui dire. Arthur obéit.

— Monsieur, — s'écria-t-elle alors en relevant son voile et en laissant ainsi à son interlocuteur la faculté de s'enivrer de l'aspect d'un visage auquel la rougeur et l'animation occasionnées par une pareille démarche ajoutaient des charmes nouveaux; — monsieur, ma présence ici doit être pour vous un grand sujet d'étonnement; mais j'ai cru de mon devoir de venir vous trouver. J'ai été envers vous bien légère, bien inconséquente, et par ma faute un grand malheur peut arriver, car, bien que monsieur de Sainte-Fare ait jugé devoir garder un silence absolu sur tout ce qui s'est passé entre vous deux relativement à moi, je sais, à n'en pouvoir douter, qu'un duel est imminent, que déjà peut-être c'est chose convenue...

— Arthur fit un signe de tête négatif, et la marquise continua: — Oh! ne cherchez pas à nier, je ne vous croirais pas; et puisse d'ailleurs ce que je vais vous dire, en m'obtenant votre pardon, arrêter l'accomplissement d'un projet qui me glace de terreur! C'est un aveu sincère que je vous dois pour arriver à ce résultat. Monsieur, écoutez-moi bien. Je sais que je vous ai donné le droit de croire le contraire; je sais que vous allez me maudire... mais, au point où les choses sont arrivées, il faut que je parle, il faut que vous sachiez la vérité; monsieur d'Escorailles, je... ne vous aime pas; je ne ne vous ai... jamais aimé!...

En entendant ces dernières paroles, Arthur devint pâle comme un mort; il attacha quelques instans sur la jeune femme un œil hagard, puis, passant la main sur son front, il s'écria d'une voix singulièrement altérée :

— O mon Dieu! mon Dieu! n'étais-je pas assez puni!...

Il y eut un silence. La marquise, comme soulagée d'un grand poids par l'aveu cruel qui venait de lui échapper, reprit ensuite d'un ton plus calme :

— Monsieur, vous allez me prendre en mépris sans doute, et je ne m'en plaindrai pas, car je l'ai mérité; mais écoutez au moins ce qui peut, je ne dirai pas légitimer, mais excuser jusqu'à un certain point ma conduite.

— Parlez, madame, — dit Arthur en faisant effort sur lui-même pour paraître de sang-froid, — parlez, je vous écoute.

— Mariée il y a trois ans à l'un des hommes les plus brillans de Paris, j'étais disposée à l'aimer avec idolâtrie. Hélas! monsieur, je ne tardai pas à m'apercevoir que mon mari, blasé avant l'âge par des succès de toute sorte, ne m'avait prise que pour porter son nom, pour présider à ses fêtes, et nullement pour être sa compagne. Je ne vous dirai pas toutes les larmes que j'ai versées à cette terrible découverte. Ces larmes nul ne les vit, excepté une personne, qui en devina aussitôt la cause. Cette personne était une de mes parentes éloignées, veuve à trente ans d'un général de l'empire beaucoup plus âgé qu'elle, et que des antécédens au moins fâcheux, sinon coupables, auraient dû m'engager à ne point admettre dans mon intimité; mais elle était la seule qui me plaignît, la seule qui s'intéressât à mes chagrins, et il n'y a rien d'aussi facile à gagner, vous le savez sans doute, que la confiance des affligés. Cette personne, vous la connaissez au moins de vue, car il est bien rare qu'on nous aperçoive quelque part l'une sans l'autre; c'est la veuve du lieutenant-général baron R...; c'était elle qui m'accompagnait la nuit du bal de l'Opéra.

— Et... sans doute aussi hier au bois de Boulogne?...

— Vous me rappelez, monsieur, — dit la marquise en rougissant, — que je n'ai pas contracté envers vous qu'une seule dette de reconnaissance. Il y a dans tout ceci une véritable fatalité.

— Oh! oui, madame, vous avez raison... une véritable fatalité!

— Où en étais-je?

— Vous me parliez, madame, de la baronne de R...

— En effet, un jour que la baronne, que ma cousine, me voyait plus triste que de coutume, elle me dit en souriant : « Tu es folle de t'affliger ainsi, ma chère, et, si » j'étais à ta place, je sais bien, moi, quel moyen j'em» ploierais, sinon pour ramener mon mari et le forcer à » changer de conduite, au moins pour l'en faire repentir. » — Que ferais-tu donc, » m'écriai-je naïvement. « — Je » suivrais son exemple. » D'abord je rejetai bien loin un tel conseil; mais il avait laissé au fond de mon âme un germe perfide, et qui tôt ou tard ne pouvait manquer de fructifier. Peu à peu j'en vins à penser que, sans suivre à la lettre les suggestions de ma cousine, je devais du moins chercher à exciter la jalousie de mon mari, en prêtant une oreille complaisante aux hommages qu'une jeune femme placée dans une certaine position est toujours sûre de recueillir. De ce moment, monsieur, je devins toute autre, et l'attention qu'on accordait à peine dans les salons à la pensionnaire mariée se concentra presque exclusivement sur la femme du monde; car j'avais décidément conquis ce beau titre. On a beaucoup parlé de moi, monsieur, de ma coquetterie, de mes légèretés, de mes fautes même. Les apparences ont été souvent contre moi, je le sais; mais j'atteste le ciel que je n'ai jamais trahi mes devoirs d'épouse.

— Je vous crois, madame, je vous crois.

— Si encore au prix de ma réputation j'avais pu atteindre le but que je me proposais! Mais, hélas! soit que mon mari fût trop fier pour se montrer jaloux de moi, soit plutôt encore qu'il n'éprouvât pour moi que de l'indifférence, loin de prendre aucun ombrage des soins dont j'étais l'objet, j'appris un jour qu'il avait demandé à reprendre du service, et bientôt après il me quitta pour suivre les princes en Afrique dans la dernière campagne. Ces détails, monsieur, je le sais, sont de peu d'intérêt pour vous. Aussi j'arrive bien vite à la partie la plus importante de cette... confession. J'étais environnée d'adorateurs; mais ils me fatiguaient, ils m'obsédaient, toutes les fois que je ne prenais pas le parti d'en rire avec ma confidente, je devrais peut-être dire ma complice, la baronne de R... Il n'était bruit en ce temps-là, dans tout Paris, dans toute la France, que de votre nom, que de votre gloire, et l'on ajoutait que votre cœur était resté insensible à toutes les séductions. Que vous dirai-je de plus! Un jour, d'après les conseils de madame de R... Oh! nous étions folles toutes les deux, et par combien de remords n'ai-je pas expié ce qui s'est passé ce jour-là! Au commencement du mois de décembre de l'année dernière... un jour de fête chez monsieur le duc d'Orléans, c'est la seule où je sois allée, car je n'ai pas même osé depuis lors retourner au pavillon Marsan... je pris une plume, et, sans soupçonner les conséquences terribles de ce qui nous semblait alors un simple badinage...

— Ah! madame, je comprends tout maintenant, c'était une mystification... bien cruelle, convenez-en. Il n'importe : quelque pénible que puisse être pour moi un pareil souvenir, il s'y mêle tant de charme qu'il ne saurait plus s'effacer de ma mémoire.

— Ah! vous avez beau dire, monsieur, j'ai fait ce jour-là une mauvaise action que je me reprocherai toute ma vie. Au surplus je serai franche avec vous, et, sans une circonstance particulière peut-être, aveugle que j'étais! je n'eusse jamais compris toute l'étendue de ma faute; cette circonstance n'a pas tardé à se présenter; et c'est alors que j'ai ouvert les yeux sur les terribles conséquences de mon étourderie. Longtemps séparée d'une jeune personne qui fut la compagne de mon enfance, et que j'aime de toute mon âme, je ne sais quelle bonne inspiration m'est venue hier d'exécuter un projet souvent formé, souvent différé pour mille frivoles motifs; j'ai été voir... (pourquoi hier seulement, mon Dieu!) mademoiselle Laure Rieublanc; j'ai appris par elle que vous alliez devenir son mari. Oh! vous ne sauriez vous imaginer, monsieur, tout ce que j'ai souffert en ce moment. Pauvre enfant, si pure, si candide, si aimante! Et c'est moi, son amie, moi comblée de ses caresses, qui l'ai trahie, indignement trahie! Vous l'aimiez sans doute, monsieur, tendrement, uniquement, comme on doit aimer une si douce, une si charmante créature, et c'est moi qui suis venue troubler, empoisonner cet amour. Oh! tenez je ne m'en consolerai jamais. Pourtant tout n'est pas désespéré encore. Que Laure ignore à jamais, je vous en supplie, tout ce qui s'est passé; oubliez vous-même, monsieur, que dans un moment d'égarement j'ai pu chercher à détruire le bonheur dont vous êtes appelé à jouir auprès d'elle. C'est une leçon bien terrible que je reçois, et elle me profitera, soyez-en sûr. Maintenant il ne me reste plus qu'une chose à ajouter : vous voyez bien qu'un duel ne saurait avoir lieu, puisqu'il est désormais sans motifs. Il faut que vous me promettiez de l'éviter par tous les moyens compatibles avec les lois de l'honneur. J'avais pensé à tout dire à mon mari, mais il n'en aurait rien cru sans doute, tandis que, appuyé par votre témoignage, le récit que je viens de vous faire, et que j'ai consigné par écrit dans une lettre que je dépose entre vos mains, préviendra nécessairement un grand malheur. Monsieur, accablez-moi de vos reproches, de votre mépris, je l'ai mérité; mais, par grâce, faites que ce duel n'ait pas lieu!

Pendant que la marquise s'exprimait ainsi, Arthur,

pâle, consterné, avait laissé tomber sa tête sur sa poitrine, comme le condamné à qui l'on vient de prononcer son arrêt. Lorsqu'elle eut fini de parler, il attacha encore une fois sur les beaux yeux noirs de la jeune femme un regard rempli d'un feu sombre.

— Madame, — répondit-il, — je vous rends grâces de votre franchise, mais il me semble bien difficile, au point où en sont les choses, d'empêcher ce que vous voulez éviter. Il n'est pas présumable que votre mari ajoute plus de foi à mes paroles qu'il n'en prêterait aux vôtres, et, dans ce cas...

— Ah! monsieur, ne me parlez pas ainsi; mais songez donc que ce duel ne doit pas avoir lieu, qu'il est impossible! Si vous frappez mon mari, je suis perdue, perdue sans ressource. Si c'est lui qui vous tue, quel remords pour moi! Monsieur, je vous en supplie, ne repoussez pas ma prière. Si vous le voulez bien, on peut éviter ce duel, j'en suis sûre; pour cela qu'exigez-vous? je suis prête à tout oser. Monsieur d'Escorailles, faut-il que je me mette à vos genoux? M'y voici; prenez pitié de moi!

Elle était là aux pieds d'Arthur, cette belle Marguerite que jusque alors il n'avait fait qu'entrevoir par intervalles, comme une vision céleste, mais une vision plutôt païenne que chrétienne. Ce n'était point un de ces anges si purs que le catholicisme évoque dans ses pieuses aspirations vers les voûtes éthérées; c'était quelque charmante divinité mythologique descendue sur la terre pour l'amour d'un mortel; c'était Diane, par exemple, que la jeune femme rappelait à plus d'un titre par la svelte cambrure de sa taille élevée et si bien prise, par ses yeux noirs pleins de feu, par l'expression de voluptueux dédain empreinte sur sa bouche; Diane, la fière chasseresse, agenouillée devant le berger Endymion. Mais ses yeux étaient humides alors, mais sa bouche était suppliante, bien que toujours remplie de volupté. Arthur se sentit frissonner, involontairement il recula d'un pas, comme s'il se fût trouvé sur le bord d'un abîme, et que le vertige l'eût saisi.

— Madame, — s'écria-t-il en se couvrant le front de ses deux mains, — madame, prenez pitié de moi vous-même, vous voyez bien que ma tête s'égare; vous voyez bien que je vous aime toujours, et que c'est votre faute! Oui, mais aussi je suis résigné à tout; ce duel n'aurait pas lieu si l'amour que vous vous êtes fait un barbare plaisir d'allumer dans mon âme vous consentiez à le partager. Alors pour vous complaire, madame, il n'est rien que je fisse, je refuserais de me battre, je fuirais, je serais lâche. Dites! voulez-vous que je sois lâche?

En parlant ainsi, Arthur s'était rapproché de la jeune femme, qui, tremblante et presque inanimée de trouble et d'effroi, n'avait pas eu la force de se relever, et il avait saisi une de ses mains, que dans son délire il portait à ses lèvres.

A ce moment la porte fut agitée avec grand fracas, et une voix bien connue s'écria du dehors:

— Je vous dis, monsieur Durandin, que je veux voir à l'instant mon gendre futur, et que ce n'est pas vous qui m'empêcherez d'entrer, sacrebleu! Monsieur d'Escorailles a manqué à l'appel hier soir, vous avez fort mauvaise mine ce matin: je suis sûr qu'il se passe ici quelque chose d'extraordinaire, et il faut que j'en aie le cœur net. Il ne ne saurait y avoir de secrets pour moi à la veille d'un mariage; ainsi laissez-moi passer ou prenez garde à vous! je suis en uniforme, et entre vieux militaires... Allons, allons, place à la vieille garde! — A peine ces paroles étaient-elles prononcées que monsieur Rieublanc, en grande tenue de capitaine de voltigeurs de la garde nationale, hausse-col, bonnet à poil, etc., se précipita dans la chambre, avec le même visage, moitié colère, moitié triomphant, que s'il venait d'emporter une barricade d'assaut à la tête de sa compagnie; mais, atterré par le spectacle qui s'offrit à sa vue, il demeura quelques instans les joues et les narines gonflées, les lèvres contractées violemment, et son gigantesque couvre-chef chancela sur sa tête. Enfin la parole lui revint. — Ah! ah! — dit-il, — j'en découvre de belles, et je vois que j'ai bien fait de quitter le poste du drapeau après la parade et l'appel, et de venir faire ici une ronde major. Une femme aux genoux de mon gendre futur! Je comprends maintenant pourquoi monsieur d'Escorailles a manqué sa faction hier soir; mais cela ne se passera pas ainsi, morbleu! ce n'est pas moi, vieux capitaine, qu'on met dedans comme un conscrit. Tout est rompu entre nous, entendez-vous, monsieur l'auteur, et vous n'aurez pas ma fille. Votre serviteur. En avant, marche!

Arthur était muet et consterné; la marquise, par un violent effort, s'était relevée, et elle s'était laissé tomber sur la causeuse, la tête cachée dans ses deux mains. Durandin seul n'avait pas perdu son sang-froid, et il se frappait le front comme pour en faire jaillir des idées. Tout à coup il se rapprocha furtivement de la jeune femme, et murmura très bas à son oreille:

— Madame, au nom du ciel, ne me démentez pas! Il y va pour mon ami du bonheur de toute sa vie. — Puis, allant à monsieur Rieublanc qu'il arrêta par le bras au moment où il allait sortir de la chambre: — Capitaine, — s'écria-t-il, — mon cher capitaine, un mot, je vous prie.

— Je n'écoute rien.

— Mais il faut pourtant entendre la raison, que diable! Madame n'est point ce que vous pensez.

— A d'autres! lâchez-moi!

— Madame est une jeune artiste dramatique à laquelle je porte intérêt, entendez-vous, le plus vif intérêt, et je venais prier mon ami d'Escorailles de lui donner un rôle dans son prochain drame, celui qui est reçu à la Porte-Saint-Martin... sur scénario, vous savez?... Voilà la vérité, la pure vérité, n'est-ce pas, madame? n'est-ce pas, Arthur?

— Ah! — balbutia monsieur Rieublanc un peu ébranlé, — il s'agit de la Porte-Saint-Martin? Mais non, cela n'est pas vrai, vous me trompez; madame et monsieur n'auraient pas été si troublés quand je suis entré, et l'on ne se met pas à genoux, que je sache, pour demander un rôle à un auteur. Ainsi laissez-moi partir, il faut que je retourne au poste, mes voltigeurs m'attendent.

Durandin suait sang et eau, et lançait à la dérobée des regards significatifs à Arthur pour implorer son assistance; mais celui-ci était toujours immobile et muet. Enfin, réduit aux seules ressources de son imagination, il crut devoir ajouter en désespoir de cause:

— Vous êtes dans l'erreur, capitaine Rieublanc. D'abord on se met à genoux quelquefois en pareil cas; demandez plutôt à... ma foi! à tout le monde. Et puis est-ce que vous croyez que mon ami Arthur, parce que je porte intérêt à une actrice, va lui confier un rôle fort important sans la mettre quelque peu à l'épreuve? Il lui faisait répéter une tirade quelconque, plus ou moins pathétique, pour la juger, lorsque vous êtes entré, et il fallait bien qu'il lui donnât la réplique. N'est-ce pas, Arthur, que tu donnais la réplique à madame? Oui! Eh bien! es-tu content? donneras-tu le rôle, oui ou non? Décide-toi, et réponds-nous. Ton hésitation est fort désagréable pour... madame et pour moi... tu comprends.

Il est assez difficile de préjuger le parti auquel Arthur se serait arrêté dans cette conjoncture délicate si un nouvel incident n'était venu compliquer encore pour lui, le plus fatalement du monde, une péripétie qui semblait déjà sur le point de se dénouer d'une manière satisfaisante pour tous les intérêts.

Abd-el-Kader, dont l'intelligence négrichonne avait saisi vaguement tout ce qu'il pouvait y avoir de critique pour son maître principalement et pour la jeune femme qui se trouvait auprès de lui dans l'arrivée d'un nouveau personnage, vint annoncer avec tous les signes d'un grand effroi qu'on sonnait à la porte; que, avant d'ouvrir, il avait regardé par le trou de la serrure, et qu'il avait parfaitement reconnu le *sid* commandant.

— Ah! je suis perdue! — s'écria la marquise en se levant convulsivement de son siége. — Où fuir, où me cacher?

En même temps, ouvrant la première porte qui se présenta à sa vue, elle se précipita plus morte que vive dans une chambre voisine, pendant que le nègre, sur l'invitation d'Arthur qui avait repris au moins en apparence tout son sang-froid, allait ouvrir au marquis de Sainte-Fare.

XIX

LES RESSOURCES DE DURANDIN.

Arthur referma avec une précipitation fébrile la porte de la chambre où la marquise de Sainte-Fare s'était réfugiée en entendant annoncer la venue de son mari. Durandin, plus mort que vif, mais sentant bien toutefois de quel immense intérêt il était pour tout le monde que monsieur Ricublanc ne fût pas témoin de l'entrevue qui allait avoir lieu entre son ami et monsieur de Sainte-Fare, saisit le capitaine par le bras en l'invitant à sortir avec lui de l'appartement.

— Qu'est-ce que cela signifie, — murmura monsieur Ricublanc de plus en plus décontenancé.

— Vous le saurez plus tard, capitaine, — reprit Durandin; — tout cela est pour le drame de la Porte-Saint-Martin. Oh! un drame superbe, vous verrez... Venez, venez... Nous sommes de trop ici, nous autres qui ne sommes ni auteurs ni acteurs.

— Du tout, du tout! — repartit le capitaine, qui paraissait doué au suprême degré depuis quelques instans de l'esprit de contradiction; — tout ceci me semble fort louche, monsieur Durandin, et je prétends rester ici jusqu'à ce que tout soit clair et net comme les canons de fusil de ma compagnie.

— En voici bien d'une autre! Ah! capitaine, capitaine, permettez-moi de vous faire observer que vous êtes diablement girouette pour un capitaine de la vieille garde! Tout à l'heure, vous vouliez partir, maintenant vous voulez rester. Et que vont penser vos voltigeurs d'une absence si prolongée? Venez, venez!

Durandin n'en ajouta pas davantage, car le marquis de Sainte-Fare entra à cet instant. Il était vêtu avec une excessive recherche, et monsieur Ricublanc ne put s'empêcher de grommeler tout bas, en apercevant le ruban de la Légion d'honneur noué négligemment à sa boutonnière :

— Et voilà les mirliflors à qui le gouvernement donne la croix! tandis que moi, vieux capitaine... vieux militaire...

Le marquis salua tout le monde fort poliment, et tendit même la main à Durandin, qu'il appela son cher notaire; puis, se tournant vers Arthur avec un froid sourire :

— Désolé, — dit-il, — de vous avoir fait attendre, ainsi que ces messieurs. Veuillez en agréer mes excuses. J'ai déjeuné un peu plus longuement que de coutume. Heureusement un quart d'heure de plus ou de moins ne fait pas grand chose à l'affaire. N'est-ce pas votre avis, messieurs? — Ici monsieur Ricublanc regarda Durandin, et celui-ci regarda à son tour d'Escorailles sans qu'aucun de ces trois personnages se résolût à ouvrir la bouche. — Je vois avec plaisir, au surplus, — reprit le marquis, — que monsieur d'Escorailles est homme de précaution. Un notaire et un officier... de la garde nationale, en uniforme encore!

Monsieur Ricublanc, qui enrageait de se trouver engagé dans une série d'énigmes dont la clef lui échappait, et à la mauvaise humeur duquel se joignait d'ailleurs un vif sentiment d'antipathie pour le beau mirliflor aux manières froidement aristocratiques en présence duquel il se trouvait, crut devoir prendre ici la parole.

— Monsieur, — s'écria-t-il en lançant au marquis un regard courroucé, — vous auriez pu dire, ce me semble, un officier et un notaire, si ce n'est par égard pour la garde nationale, au moins par respect pour ma moustache grise.

— Ah! monsieur, — dit le marquis, — je vous demande humblement pardon. Croyez que nul plus que moi ne respecte la garde nationale... et les moustaches grises.

— A la bonne heure, morbleu! entre vieux militaires...

— Monsieur le marquis, — interrompit vivement Arthur, qui voyait le moment où son futur beau-père allait provoquer le commandant, — nous avons à causer ensemble. Vous plaît-il que nous passions dans mon cabinet?

— A quoi bon, monsieur! Ce serait un nouveau retard pour ces messieurs vos témoins. J'ai de mon côté deux personnes qui m'attendent en bas dans un fiacre, car j'avais bien prévu...

Arthur saisit vivement le bras du marquis, et murmura à son oreille :

— Pas un mot de plus, monsieur, je vous en supplie; tout à l'heure je vous en dirai le motif... — Puis il ajouta d'un ton presque dégagé : — monsieur Ricublanc, je suis désolé d'être obligé de prendre congé de vous si tôt. J'ai à causer avec monsieur le marquis d'une affaire... assez importante. Je vous expliquerai cela plus tard, à moins que mon ami Polydore Durandin n'ait la complaisance de vous expliquer lui-même...

— Hein! plaît-il! — balbutia le maître clerc abasourdi, — il faut que ce soit moi...

— Mon vieux camarade, — ajouta Arthur à mi-voix, — tu lui diras tout ce qui te passera par la tête. Encore ce service, je t'en prie. Qui sait! c'est peut-être le... dernier.

Durandin pressa la main de son ami, renfonça une larme sous sa paupière; puis, prenant son chapeau et offrant son bras à monsieur Ricublanc :

— Allons, capitaine, — s'écria-t-il, — je vais, si vous le voulez bien, vous reconduire au poste du drapeau; il ne faut pas gêner ces messieurs. Partons.

— Pourtant, — dit le capitaine en résistant encore, — j'aurais voulu savoir...

— Soyez tranquille, je vais vous raconter tout cela chemin faisant.

— A la bonne heure, partons donc. Eh! mais, monsieur Durandin, et votre actrice qui est entrée là pour se cacher quand on a sonné, est-ce que vous ne l'emmenez pas?

— Mon actrice!... — murmura le maître clerc terrifié, — ah! c'est juste! mais elle s'en ira bien toute seule, n'est-ce pas, Arthur?

— Une actrice! — reprit le marquis en souriant. — Mon cher notaire, pour peu que cela vous soit agréable, je me charge de la reconduire moi-même.

— Du tout, du tout! — s'écria impétueusement monsieur Ricublanc, — je m'oppose à ce que l'actrice demeure ici après que nous en serons sortis, et j'entends qu'elle parte en même temps que nous. Une actrice dans l'appartement d'un garçon qui est à la veille de devenir mon gendre, cela n'est pas convenable, entendez-vous, monsieur Durandin? Il y a plus, cela m'étonne singulièrement de votre part, et je vais moi-même chercher cette belle demoiselle ou dame, afin d'être sûr de mon fait.

En parlant ainsi, monsieur Ricublanc, qui se trouvait justement auprès de la porte de la chambre où la marquise s'était réfugiée, l'ouvrit rapidement en criant :

— Venez, venez, mademoiselle.

— Arrêtez! — balbutia Arthur en se précipitant auprès de la porte, pâle, les lèvres tremblantes, — je ne veux pas... — A cet instant, ses yeux rencontrèrent par hasard ceux du marquis de Sainte-Fare, qui venaient de se fixer sur lui avec une expression de soupçon et presque de menace. Il comprit aussitôt qu'avant toute chose son devoi était d'écarter son adversaire de la chambre, où il pouvait par un simple mouvement apercevoir la marquise, car la porte était ouverte, et la chambre, fort étroite, n'avait pas d'autre issue que cette porte. Renonçant donc à s'opposer à l'exécution du projet que monsieur Ricublanc venait d'annoncer, il eut la force de grimacer un sourire. — Allons, mon cher monsieur Rieublanc, — continua-t-il d'une voix brève et saccadée, — je commence dès aujourd'hui mon rôle de gendre; j'obéis. Que votre volonté soit faite relativement à cette... actrice. Monsieur le marquis, rien ne nous retient plus ici, passons dans mon cabinet. Au revoir, messieurs, au revoir!

En même temps il se rapprocha de monsieur de Sainte-Fare, et, ouvrant une porte latérale qui conduisait par un corridor à son cabinet situé au fond de l'appartement, il s'inclina en faisant signe au marquis de passer le premier.

Celui-ci parut un moment irrésolu.

— Excusez-moi, monsieur, — dit-il à Arthur; — mais je suis comme monsieur votre beau-père, et j'avoue que j'aurais été curieux, sinon de reconduire cette... actrice, au moins de la voir.

— Ah! monsieur! — s'écria Arthur en frémissant.

— Allons, ne vous impatientez pas. Je renonce à la voir maintenant.

Et il sortit rapidement, suivi par Arthur, qui referma sur lui la porte du corridor.

— Ouf! — murmura l'honnête Durandin; — et moi qui enviais son sort! Ah! que le ciel me préserve à tout jamais d'être auteur.

Dès qu'Arthur et le marquis eurent disparu, Durandin entra dans la chambre où la marquise s'était réfugiée et lui offrit galamment son bras pour sortir de l'appartement et descendre les cinq étages qui séparaient du sol la chartreuse de son malencontreux ami. La jeune femme, toute tremblante, le remercia seulement d'un regard, mais il y avait tant d'éloquence dans ce regard que le maître clerc eut besoin de se rappeler les charmans yeux bleus de mademoiselle Laure Rieublanc, pour les opposer, en guise d'antidote, aux voluptueux yeux noirs de Marguerite de Cantoinet. Monsieur Rieublanc se plaça à l'arrière-garde, pour protéger et surveiller la retraite, et, après que la marquise fut remontée dans le fiacre qui l'avait amenée, le capitaine et Durandin s'en allèrent pédestrement, côte à côte, gagner le jardin des Tuileries, comme le chemin le plus agréable qu'ils eussent à suivre pour se rendre au poste du drapeau.

— Ah çà! monsieur Durandin, — s'écria l'ancien droguiste aussitôt qu'il se vit seul avec notre ami Polydore, — m'expliquerez-vous enfin ce que tout cela veut dire?

— Rien de plus simple et de plus facile, — répondit le maître clerc, non sans ajouter mentalement: — Que le diable m'emporte si je sais comment je vais me tirer de là!

— Eh bien! monsieur Durandin, parlez, je vous écoute, vous voyez bien que j'ai fini ma prise de tabac. En voulez-vous une?

— Eh! mais, ce n'est pas de refus, mon cher capitaine... Je suis un peu enrhumé du cerveau ce matin. Il est divin, votre tabac, ma parole d'honneur! Où le prenez-vous?

— A la Civette; mais ce n'est pas de cela qu'il s'agit, sacrebleu!

— J'ai fort envie de me mettre à prendre du tabac. On dit que c'est fort bon pour les hommes de cabinet. Qu'en pensez-vous?

— Je pense que... le tabac... mais nous en parlerons à un autre moment. J'ai bien autre chose que le tabac dans la tête. Tout ce que j'ai vu, tout ce que j'ai entendu ce matin... Allons au fait et dépêchons! Pas accéléré, morbleu! pas accéléré! Est-ce que vous attendez que nous soyons arrivés au poste pour me donner l'explication que vous m'avez promise?

— Moi! mais pas précisément.... pas précisément.... C'est que, voyez-vous, monsieur Rieublanc, je suis fort pressé de retourner à l'étude, où l'on m'attend pour une liquidation... J'avais tout à fait oublié cette maudite liquidation, et si je ne suis pas là, les clercs sont capables... vous comprenez...?

— Je ne comprends rien du tout, monsieur Durandin, sinon qu'il y a quelque chose que vous voulez me cacher... Mais je vous tiens et je ne vous lâcherai pas que vous ne m'ayez tout révélé. N'essayez pas de vous échapper, au moins, car je crie à la garde et je vous fais arrêter, et vous passez la journée au violon. Ah! sacrebleu! c'est que ce n'est pas moi, vieux militaire, vieux capitaine de la vieille garde, qui me laisse berner par qui que ce soit, entendez-vous? pas plus par les notaires que par les mirliflors! Ainsi, songez à marcher droit.

— Mais, monsieur Rieublanc, je vous assure...

— Au fait! au fait! et ne cherchez pas à me tromper. Rien qu'à voir votre air embarrassé, je gage que vous aurez entraîné mon futur gendre dans quelque fâcheuse affaire par rapport à vous, et c'est fort mal de votre part. Vous vous dérangez depuis quelque temps, je m'en aperçois bien. Vous cultivez les actrices; cela vous regarde seul, je le sais bien, mais je dois vous dire que cela ne convient pas du tout à un notaire, et que, si vous ne changez de conduite, je me verrai forcé d'engager mon gendre à ne plus vous recevoir chez lui quand il sera marié; vous êtes un homme fort dangereux, sans que cela paraisse.

— Moi! oh! par exemple!

— Voyons, répondez-moi..... là..... catégoriquement. Qu'est-ce que ce mirliflor décoré, à barbe noire, qui avait l'air si goguenard?

— C'est le marquis de Sainte-Fare, un chef d'escadron des chasseurs d'Afrique, un des amis d'Arthur.

— Le marquis de Sainte-Fare! Eh mais! attendez donc. Est-ce que ce serait par hasard le mari d'une amie de pension de ma fille?

— C'est bien possible.

— C'est drôle! Ah! ah! c'est là un chef d'escadron! Eh bien! il a dû reconnaître, en me voyant, que l'infanterie vaut bien la cavalerie. Je lui ai joliment rivé son clou, saperlotte! Ah çà! que voulait-il dire avec ses témoins?

— Ah! oui... les témoins... en effet...

— N'y aurait-il pas là quelque histoire de duel, monsieur Durandin, un duel occasionné par cette actrice, hein! est-ce que je n'ai pas mis le doigt dessus? Oh! c'est qu'un vieux capitaine comme moi ne se laisse pas facilement attraper.

— Un duel, monsieur Rieublanc! Comment pouvez-vous penser qu'Arthur...

— Lui ou un autre... vous, par exemple.

— Moi me battre en duel! vous ne me connaissez pas. Des témoins! des témoins! Mais qu'est-ce que cela prouve? Est-ce qu'il ne faut pas des témoins pour naître, pour se marier, pour mourir, pour prouver qu'on existe même? Est-ce qu'il n'en faut pas pour tous les actes généralement quelconques? Ah! monsieur Rieublanc, capitaine Rieublanc, on voit bien que vous n'avez jamais été clerc de notaire, et je vous en félicite. Mais, mon Dieu! en serez-vous donc plus avancé quand vous saurez que monsieur le marquis de Sainte-Fare avait un acte à passer, un acte par-devant notaire, et, comme il lui fallait plusieurs témoins pour cela, il avait prié Arthur de lui en servir.

— Par-devant notaire?

— Eh! mon Dieu! oui, c'est la chose la plus simple du monde, comme je vous le disais. Il venait chercher Arthur pour cela; il nous trouve tous les deux auprès de lui. Suivez bien mon raisonnement: naturellement il pense qu'Arthur, ne pouvant ou ne voulant pas lui servir de témoin, entend nous substituer à sa place, ce qui a paru le contrarier un peu... et voilà.

— Mais cette actrice qui a fait volte-face en entendant annoncer ce commandant, et qui...

— Ah! l'actrice? c'est différent; c'est une affaire à part, et c'est encore on ne peut plus simple. Vous comprenez, capitaine, que les actrices ont de l'amour-propre comme les autres femmes, beaucoup plus même que les autres femmes. Dès lors, il eût été fort peu agréable pour cette actrice que ce monsieur de Sainte-Fare s'en allât dire à ses amis des chasseurs d'Afrique : « Eh ! vous ne savez pas, vous autres, j'ai vu mademoiselle trois étoiles qui venait pleurer chez un de mes amis pour avoir un rôle dans son drame. » C'est absolument comme si quelqu'un disait de vous : « J'ai vu le capitaine Rieublanc qui s'en venait pleurnicher auprès du maréchal Gérard pour avoir la croix. » Cela ne vous ferait pas absolument plaisir.

— Saperlotte ! je voudrais bien voir !... Mais comment se nomme cette actrice?

— Ah ! capitaine, capitaine, vous me demandez là une chose... que je ne puis pas vous dire.

— Monsieur Durandin, vous êtes un fort mauvais sujet !

Le maître clerc baissa la tête avec confusion, et dans ce moment, une voix de *ténor léger*, qui retentit derrière un des grands marronniers du jardin des Tuileries, où les deux interlocuteurs venaient d'entrer, fredonna les paroles suivantes d'un vaudeville de monsieur Scribe :

Sur mon bras, de grâce,
Monsieur penchez-vous;
Quelque temps qu'il fasse,
S'appuyer est doux.
Ainsi, dans la vie
C'est toujours, dit-on,
Toujours la folie
Qui guide... qui guide... la raison.

Puis la même voix ajouta bien vite en langage parlé :

— Salut à la raison en bonnet à poil, avec double épaulette ! La raison veut-elle bien me donner une prise de tabac? Bonjour à la folie en chapeau de soie et en habit noir ! La folie veut-elle bien me donner une poignée de main?

— Tiens, c'est Bidault ! — s'écria Durandin, presque heureux de la diversion résultant d'une pareille rencontre. — Bonjour, Bidault !

— Bonjour, fourrier, — dit gravement le capitaine, — vous n'êtes donc point commandé?

— Si fait, capitaine, à mon bureau, où je me rends en toute hâte. Le sergent-major a remis ma garde à vendredi prochain, parce que, vous comprenez, vendredi est l'avant-veille du dimanche, et je fais le pont. Trois jours de congé, trois jours sans chef de bureau ! En voilà une aubaine !

— Vendredi vous n'aurez que le poste de la mairie, fourrier, tandis qu'aujourd'hui vous auriez le poste du drapeau avec la parade et l'exercice.

— Ah ! je n'y tiens pas.

— Vous avez tort, fourrier.

Midi sonna à l'horloge du palais des Tuileries.

— Je me sauve, — s'écria le bureaucrate. — Je vais avoir encore une scène avec mon chef de bureau, c'est sûr. Cet être-là ne veut pas comprendre que, quand on passe toutes les nuits au bal, on ne peut arriver avant le jour au ministère, que diable ! Il est d'un entêtement ! Et puis il m'a pris en grippe de nouveau. Je crois qu'il se doute que j'ai conduit sa femme au bal de l'Opéra, une certaine nuit qu'il était de garde au poste du Louvre, un poste soigné que celui-là ! A une certaine heure, on enferme les maris, comme les animaux au jardin des Plantes, entre quatre grilles, et allez donc ! vive la garde nationale !

— Cette plaisanterie est déplacée, fourrier.

— Ah çà ! qu'est-ce que vous avez donc tous les deux? On dirait que vous avez enterré père et mère.

— Nous venons de chez mon futur gendre, fourrier.

— Ah ! capitaine, je vous prie de m'excuser... Mon Dieu ! et moi qui oubliais ! Est-ce que le duel a déjà eu lieu? Est-ce qu'il est blessé?

— Le duel ! Ah ! il y a donc en effet un duel sous jeu? Monsieur Durandin... monsieur Durandin, vous ne méritez point de faire partie de la garde nationale ! vous m'avez trompé.

— Capitaine... certainement, si...

— Taisez-vous ! Et vous, fourrier, songez que je veux tout savoir.

Durandin échangea à la dérobée un regard avec Eugène Bidault, qui s'écria avec beaucoup de volubilité :

— Eh ! mon Dieu ! tout ce que je sais n'est pas grand'chose. J'ai vu tout à l'heure notre camarade Provenchère, le capitaine d'artillerie, qui m'a dit qu'il devait servir aujourd'hui de témoin à Arthur dans un duel avec un chef d'escadron qui s'était permis des plaisanteries... fort déplacées... sur la garde nationale; mais l'affaire s'arrangera, j'en suis sûr; je crois que le déjeuner est déjà commandé. Quant à moi, qui suis encore à jeun, permettez-moi de prendre congé de vous pour me rendre à mon bureau, où ma flûte m'attend.

En parlant ainsi, il tourna sur ses talons et s'éloigna rapidement en chantonnant le final suivant d'un opéra de monsieur Scribe :

Je vous quitte
Au plus vite;
Il le faut, plaignez-moi.
Je vous quitte
Au plus vite;
On m'attend chez le roi.

La voix du jeune commis espoir des bureaux de la guerre retentissait encore sous les grands marronniers du jardin des Tuileries, que monsieur Rieublanc, le visage empourpré, la poitrine haletante sous l'épais plastron de son uniforme, s'écriait :

— Monsieur Durandin, vous avez eu envers moi un grand tort, mais je vous pardonne. Rendez-moi le service d'aller prévenir le lieutenant, au poste du drapeau, que je le prie de me remplacer de son mieux jusqu'à ce qu'il me soit possible de revenir. Moi, je cours de ce pas rue de la Ferme-des-Mathurins, chez mon futur gendre. Il faut que je le rejoigne. Ah ! c'est de la garde nationale qu'il s'agit ! Non, sacrebleu ! l'affaire ne s'arrangera pas, et je veux me battre aussi avec ce mirliflor ! Entre vieux militaires...

Durandin, ébahi, n'en entendit pas davantage, car le capitaine avait pris son élan avec une vigueur et une prestesse presque juvéniles, que son embonpoint était bien loin de faire supposer en lui, et déjà il franchissait l'une des grilles du jardin des Tuileries.

XII

LES SUITES D'UNE MYSTIFICATION.

En remontant dans le fiacre qui l'avait amenée chez Arthur, la marquise de Sainte-Fare avait d'abord demandé au cocher de la reconduire à son hôtel, situé dans le haut du faubourg Saint-Honoré. Elle était dans cette situation d'abattement et d'inertie dont nul ne peut se défendre au moment où l'on vient voir échouer une démarche importante; mais bientôt, et par une réaction assez habituelle, à l'accablement dans lequel elle était plongée succéda cette agitation fiévreuse qui, chez les femmes surtout, dont la nature est si nerveuse et si impressionnable, se traduit par les symptômes les plus alarmans et les conduit en peu d'instans aux résolutions les plus folles, les plus désespérées.

C'est alors que toutes les conséquences de l'entrevue qui avait eu lieu entre son mari et Arthur se présentèrent à son esprit sous des couleurs terribles. Pendant que le fiacre remontait lentement la rue du faubourg Saint-

Honoré, elle assistait en imagination aux funestes apprêts d'un duel; elle voyait mesurer la distance, régler à chacun sa part du soleil; elle entendait le signal des témoins et recueillait dans l'air, à travers le bourdonnement confus des voitures qui s'entre-croisent, de la population qui circule, parle et s'agite, comme un lointain cliquetis d'épées.

Les glaces de la voiture avaient été ternies par la brume du matin, et il lui semblait que c'étaient des taches de sang qu'elle apercevait, et ce sang, c'était pour elle, à cause d'elle qu'il avait été répandu. Alors l'infortunée jeune femme fermait les yeux pour ne plus voir; mais, comme lady Macbeth dans son somnambulisme, elle respirait l'odeur de ce sang, alors même qu'elle ne le voyait plus. Et puis des fantômes voltigeaient autour d'elle, lui demandant compte d'un amant, d'un gendre dont elle avait causé la mort. Car, déjà dans deux duels, le marquis de Sainte-Fare avait eu le malheur de tuer son adversaire.

Cependant par une bizarre et cruelle coïncidence, parvenu à peu près au milieu du faubourg Saint-Honoré, le fiacre fut obligé de s'arrêter, et un roulement funèbre de tambours voilés vint frapper la marquise de terreur. Elle ouvrit les yeux: un convoi passait; c'était celui d'un officier général. Il y avait sur le cercueil des insignes militaires, et derrière le char, le cheval du défunt, enveloppé d'un crêpe noir, coutume ancienne et touchante qui associe au deuil de toute une famille celui des animaux de la création qui a partagé le mieux les fatigues, les périls et quelquefois même la gloire du guerrier dont il accompagne les funérailles.

A cette vue, un sanglot douloureux s'échappa de la poitrine de Marguerite. Par une hallucination qui ne s'explique que trop bien par la position dans laquelle elle se trouvait, il lui sembla que ce convoi était celui de son mari, et qu'elle ne devait plus le revoir. Alors tout cet amour qu'elle s'était vue forcée d'enfouir dans son âme tant que celui qui en était l'objet s'y était montré indifférent, se réveilla plus brûlant que jamais à la vue d'un cercueil. Elle se reprocha amèrement son manque de confiance envers son mari, son orgueil, qui ne lui avait pas permis de faire entendre l'ombre d'une plainte, lorsqu'un épanchement, une parole tendre eussent suffi peut-être pour le ramener à elle. Elle se dit: « Je suis belle et » il m'eût aimée si je ne lui eusse toujours laissé ignorer » combien je l'aimais moi-même. »

Cependant le convoi avait passé et le cocher se disposait à continuer sa route. Tout à coup la marquise tressaillit et se leva convulsivement dans la voiture, comme si elle venait de se réveiller en sursaut après quelque horrible rêve. On eût pu voir sur son visage, à travers l'empreinte d'une poignante douleur, quelque chose de semblable à un sourire.

— Ah! j'étais folle! — s'écria-t-elle; — mon mari existe encore, ce jeune homme existe aussi; ce duel ne saurait avoir lieu: il y a à peine un quart d'heure que j'ai quitté la maison de monsieur d'Escorailles. Sans doute je les trouverai encore l'un et l'autre, et, abjurant toute mauvaise honte, je confesserai ma faute à haute voix: ce sera ma punition. Ils comprendront alors que ce duel inhumain est impossible, qu'il est sans motif. Oh! oui, ils auront pitié de moi tous les deux, car l'un des deux m'aime, et l'autre... devrait m'aimer. Oh! merci, mon Dieu, de cette bonne inspiration! — En même temps, abaissant rapidement une des glaces et se suspendant de ses deux mains, elle, la fière, l'élégante femme, au sale et crasseux carrick de son automédon. — Cocher, — s'écria-t-elle, — retournez bien vite à cette maison d'où vous venez! Oh! brûlez le pavé, ne craignez rien; je suis riche, je vous payerai bien. Allez! allez!... Il y va de deux existences. Mon Dieu! mon Dieu! faites que j'arrive encore à temps!

Le cocher mit ses chevaux au galop. Durant ce trajet de quelques minutes, combien de fois la jeune marquise n'en maudit-elle pas la lenteur? Dans leur course précipitée, les chevaux imprimaient à la voiture des secousses qui meurtrissaient sa tête, et pourtant la prison roulante au fond de laquelle elle était enfermée lui semblait frappée d'immobilité. Enfin on arriva rue de la Ferme-des-Mathurins. La marquise n'attendit pas que le marchepied fût abaissé, et elle s'élança d'un bond sur le trottoir, puis courut à la loge du portier, non sans avoir remarqué avec une vive inquiétude qu'aucune voiture ne stationnait devant la porte de la maison.

— Monsieur d'Escorailles est-il encore chez lui? — balbutia-t-elle d'une voix à peine articulée.

— Non, madame, — fut-il répondu par une voix d'homme; — il y a un bon quart d'heure qu'il est sorti.

La jeune femme baissa la tête et s'affaissa en quelque sorte sur elle-même. Tout son courage, toute son énergie venaient de se briser. Il y eut un silence.

— Savez-vous, — reprit-elle ensuite timidement, — où il est allé?

— Monsieur d'Escorailles n'a pas l'habitude de nous rendre compte de ses actions, — repartit assez brusquement cette fois une voix féminine, une de ces voix aigres et maussades qui annoncent généralement un cœur sec et étranger à tous les sentiments nobles et généreux de notre nature.

— Oh! — s'écria vivement la marquise, — je le crois, je le crois; mais si pourtant il vous était possible de m'aider à découvrir sa trace, vous me rendriez un signalé service, et j'en serais bien reconnaissante.

Ici le portier, qui exerçait en même temps l'état de tailleur, interrompit son travail, et, attachant sur la jeune femme un regard compatissant en même temps que passablement admiratif:

— Tenez, madame, — s'écria-t-il; — bien que mon épouse ait raison et que monsieur d'Escorailles n'ait pas l'habitude de nous rendre compte de ses actions, vous me paraissez si douce et si triste, et vous êtes si belle, que je vais vous dire ce que je sais.

— Tu ferais mieux de travailler que de bavarder encore à cette heure, *feignant!* — reprit la voix féminine. — Tu seras donc toute ta vie un grand propre à rien?

— Faites pas attention, madame, — dit naïvement le portier-tailleur, — c'est mon épouse. Voici la chose: j'étais, sous votre respect, à radouber ce pantalon lorsque monsieur d'Escorailles est descendu, comme je vous l'ai déjà dit, il y a un bon quart d'heure. Il était avec un grand monsieur à barbe, fort cossu et décoré. Une belle barbe! Ah! quel magnifique sapeur il ferait, ce monsieur-là! mais il paraît qu'il n'a pas besoin de se mettre dans l'état de sapeur. Donc, le monsieur à barbe a dit à monsieur d'Escorailles: « C'est bien convenu, n'est-ce pas? dans » une heure, au bois de Boulogne! Le premier venu attendra l'autre. Au revoir! » Là-dessus, ces messieurs se sont salués. L'autre, le grand, le sapeur enfin, a remonté dans une citadine couleur chocolat qui l'attendait à la porte. Quant à monsieur d'Escorailles, il a fait signe à un fiacre d'avancer, lui a fait voir l'heure à sa montre et puis...

— Et puis?...

— Et puis c'est tout; je n'en sais pas davantage.

La marquise prit une pièce d'or dans sa bourse, la jeta au portier, et, remontant aussitôt en voiture, se fit conduire en toute hâte au bois de Boulogne. Durant tout le trajet, elle consultait avec une anxiété inexprimable sa montre qu'elle tenait à la main; elle comptait les minutes, elle comptait les secondes; elle jetait sur toutes les voitures qui venaient à passer un regard avide.

— Un quart d'heure, — disait-elle, — cet homme a parlé d'un bon quart d'heure. Il faut bien compter vingt minutes. Cet horrible fiacre mettra de vingt à vingt-cinq minutes pour aller jusqu'à la porte Maillot; là, je m'arrêterai, et il restera un quart d'heure. Il est impossible que dans cet espace de temps je n'aperçoive pas soit la voiture de monsieur de Sainte-Fare, soit celle qu'a prise monsieur d'Escorailles, et sans doute toutes les deux. Aussitôt que je les verrai, je courrai à eux... Ils m'entendront.

Au milieu de tous ces calculs, de tous ces projets, une appréhension cruelle vint saisir Marguerite, et une sueur froide monta jusqu'à son front.

Sans doute la porte Maillot était l'entrée la plus habituelle pour aller au bois de Boulogne; mais était-il présumable que, ayant intérêt à éviter d'être rencontrés, le marquis et Arthur choisiraient une entrée aussi fréquentée? n'était-il pas à craindre qu'ils ne suivissent bien plutôt le bord de la Seine, afin d'entrer par Passy et Auteuil? Si encore elle avait pu savoir sur quel point du bois le rendez-vous avait été donné. Mais le portier ne lui avait fourni à cet égard aucune indication, et elle, dans sa précipitation insensée, elle avait même négligé de lui demander si par hasard il avait recueilli quelques mots sur un sujet si important. Un moment elle se demanda si elle ne retournerait point encore rue de la Ferme-des-Mathurins; mais déjà le fiacre avait franchi l'arc de triomphe. Il était trop tard. Elle se mit à pleurer.

Il existe depuis quelques années, sur la gauche de la route, en allant du côté de Neuilly et avant la porte Maillot, plusieurs avenues qui conduisent au bois de Boulogne. Arrivée devant la première de ces avenues, la marquise fit arrêter son fiacre, et, penchant sa tête charmante en dehors d'une des portières, elle se mit à regarder de tous ses yeux les voitures qui, dépassant la barrière, suivaient la direction dans laquelle elle se trouvait. Dans cette attitude, la malheureuse jeune femme rappelait à plus d'un titre cette triste fiancée de la ballade allemande qui s'en vient après une bataille regarder passer les guerriers, afin de chercher à découvrir parmi eux son beau fiancé. Elle les voit, elle les compte, elle les dévore tous du regard; mais seul son fiancé ne passe pas. Pauvre Marguerite! Elle aussi, elle plongeait ses regards dans toutes les voitures pour y découvrir celui ou plutôt ceux qu'elle attendait avec une impatience fiévreuse; mais c'était en vain, elle n'apercevait que des visages insoucians ou joyeux, car on était aux derniers jours du mois de mars, et le printemps hâtif s'annonçait par un radieux soleil qui répandait sur toute la création la lumière, la vie et l'allégresse.

Par intervalles, les piétons qui traversaient la route s'arrêtaient émerveillés pour contempler cette tête de jeune femme qui se détachait toute lumineuse et toute charmante de l'encadrement de la portière, sous un amoureux reflet du soleil. Il y en eut un qui osa dire à la marquise:

— Madame attend son amoureux sans doute! Je voudrais bien être à la place de cet amoureux-là.

La marquise regarda cet homme avec étonnement; puis elle consulta sa montre. Il n'y avait plus que trois minutes à compter pour que l'heure fût passée. Elle commanda au cocher de mettre ses chevaux au galop et d'entrer dans le bois. Elle ne pleurait plus alors, son œil était fixe.

Mais de quel côté se diriger dans cette vaste étendue de taillis, d'avenues, d'habitations même dont se compose le bois de Boulogne? Dieu seul pouvait la conduire au lieu du combat; mais dans ces temps d'indifférence religieuse, où la foi n'existe plus au fond des cœurs qu'à l'état de germe, germe souvent étouffé par les passions, les intérêts, les frivoles occupations du monde, on a si peu l'habitude d'invoquer Dieu que, en l'appelant à son aide dans les grandes douleurs, on désespère même de son assistance.

A l'entrée du bois le cocher s'arrêta de nouveau.

— Où faut-il conduire madame?

— Où vous voudrez, — fut-il répondu avec l'accent du plus profond découragement. Puis, par un brusque retour sur elle-même, la marquise s'empressa d'ajouter: — Je viens pour empêcher un duel. Vous devez savoir quel est l'endroit du bois qu'on choisit le plus habituellement pour un duel. C'est là qu'il faut me conduire. Voyez, cherchez, interrogez, je m'abandonne à vous. Si j'arrive assez à temps pour empêcher ce duel, il y a cinquante francs environ dans ma bourse, ils seront pour vous. Que Dieu vous guide!

Stimulé par l'espoir de gagner une pareille somme, le cocher fouetta ses chevaux, qui partirent cette fois au grand galop, au risque de briser vingt fois le véhicule qu'ils traînaient après eux. Pendant ce temps, penchée alternativement à l'une ou à l'autre des portières, la marquise plongeait un regard plein d'angoisses dans les allées désertes, dans les massifs dépouillés par l'hiver. Elle écoutait si des voix humaines, si une explosion, le cliquetis de deux épées ne rompraient pas le bruit monotone des roues du fiacre criant sur le sable. Parfois, trompée par quelque bruit lointain, elle ordonnait tout à coup au cocher d'arrêter, et, s'élançant au dehors de la voiture, elle se dirigeait du côté où le bruit avait retenti, foulant sous ses pieds délicats les ronces vivaces, et écartant de ses mains déjà ensanglantées le branchages qui se croisaient devant elle. Puis, trompée dans son attente, elle rétrogradait soudain et remontait tristement dans son fiacre, qui reprenait aussitôt sa course aventureuse et désordonnée.

Après bien des détours, après bien des allées parcourues au hasard, la voiture traversa la route centrale qui mène à Suresne.

En ce moment un homme assez mal vêtu passa en courant; cet homme était fort pâle.

— Ohé! l'ami, — lui cria le cocher du haut de son siége, — où allez-vous donc si vite? Je gage que vous venez de faire un mauvais coup.

L'homme répondit sans s'arrêter:

— C'est un autre que moi qui a fait le coup, et je vais chercher un brancard.

— Un brancard! — balbutia la marquise haletante, éperdue. — Cocher, cocher! je veux descendre, je veux demander moi-même à cet homme de quoi il s'agit.

— Il s'agit, ma belle dame, d'emporter un blessé qui probablement n'a plus longtemps à souffrir. Il est là-bas dans la clairière.

Ayant ainsi parlé, l'homme, qui avait quelque peu ralenti sa course, se remit à courir à toutes jambes. Plus morte que vive, la marquise avait mis pied à terre, et, franchissant un taillis assez épais, elle pénétra dans la clairière. Là, le premier objet qui frappa sa vue fut un homme étendu tout de son long sur le gazon, et dont le sang inondait à flots la chemise à la région de la poitrine. D'abord il lui fut impossible de distinguer les traits du blessé, cachés qu'ils étaient par un groupe d'individus agenouillés auprès de lui, et dont l'un semblait soutenir la tête. Elle s'avança en chancelant et avec un horrible battement de cœur qui menaçait de l'étouffer; puis un cri sourd s'échappa de son sein. Dans ce moribond elle venait de reconnaître Arthur d'Escorailles.

Elle resta quelques instans l'œil hagard, la bouche béante et comme clouée à cette place; puis, la terreur l'emportant sans doute dans son âme sur la pitié elle-même, elle se mit à fuir avec rapidité.

Lorsqu'elle eut de nouveau franchi le taillis, elle se trouva dans un chemin sombre, qui s'étendait à perte de vue, en ligne droite, sous l'ombre toujours épaisse de ces grands arbres du nord, dont la triste verdure affronte les hivers. Elle tressaillit, car c'était dans ce chemin et à cette place que, la veille, elle avait été sauvée d'une mort presque certaine par celui qui allait, à vingt pas de là, mourir en quelque sorte tué par elle. Était-ce donc ainsi que la belle marquise de Sainte-Fere acquittait les dettes de la reconnaissance?

XXI

LA ROBE DE NOCES.

Sept heures du soir, il fait nuit close. Le bruit des pilons qui fatiguent incessamment les mortiers a cessé de retentir dans le quartier des Lombards, et c'est à peine si l'on entend passer par intervalles quelques voitures dans la rue Aubry-le-Boucher. C'est l'heure où la droguerie, l'épicerie, la distillerie, ces trois branches de commerce du plus industrieux quartier de Paris, se reposent un moment de toutes leurs fatigues; l'heure où l'on savoure à la hâte un frugal souper qu'assaisonne à merveille la supputation des bénéfices promis par les opérations de la journée. La rue des Cinq-Diamans, où il se dépense habituellement tant d'activité et de puissance musculaire, où tant de ballots, de barils, de bocaux sont à chaque instant mis en branle, est devenue calme, obscure, silencieuse, comme une de ces rues du quartier de l'Arsenal, où les familles parlementaires avaient fait jadis élection de domicile, et sur lesquelles semblent planer encore aujourd'hui les souvenirs de la chambre ardente et le spectre de la marquise de Brinvilliers.

Pourtant du sein de l'obscurité une fenêtre se détache lumineuse au second étage d'une des premières maisons de la rue, et au milieu du silence on pourrait, en prêtant l'oreille, recueillir de gais et perçans éclats de voix de jeunes filles, et sur les vitres un observateur tant soit peu attentif verrait se dessiner plus d'une silhouette joyeuse. Cette fenêtre est celle de la chambre à coucher de mademoiselle Rieublanc, et voici le spectacle que présente cette chambre à l'heure dont nous parlons.

Sur une large cheminée comme les aimaient nos pères s'épanouit un pompeux luminaire emprunté à toutes les pièces de l'appartement, depuis le salon jusqu'à la cuisine, de façon à produire ce que les Italiens appellent une *illuminazione a giorno*. A la flamboyante clarté que projette, en se reflétant dans une glace verdâtre à compartimens, l'assemblage assez hétéroclite d'une lampe à abat-jour se mariant à un double rang de bougies et de chandelles, on aperçoit une chambre longue, assez étroite, boisée comme le reste de l'appartement, et dont toute l'ornementation consiste dans une commode en marqueterie avec incrustations de cuivre, remontant aux premiers temps du roi Louis XIV, une couchette de merisier à colonnes (style impérial), avec un rideau de percale blanche soutenu par une flèche jadis dorée, une petite table à ouvrage, une bergère recouverte en velours d'Utrecht jaune, et quelques chaises de paille.

Debout, au milieu de la chambre, on remarque une jeune et charmante personne de dix-huit ans, vêtue d'une robe de moire blanche, à manches courtes, comme si elle se disposait à partir pour un bal. A ses côtés et dans des attitudes diverses se tiennent deux fraîches servantes normandes, de celles qui n'ont point encore abjuré le costume du pays, à savoir la jupe et le casaquin de bure, et le bonnet à la paysanne rehaussé derrière la tête par un triomphant chignon. L'une, accroupie devant sa jeune maîtresse, achève de chausser à son pied mignon un soulier de moire blanche comme la robe; l'autre, montée sur un tabouret, cherche à fixer dans une ondoyante chevelure blonde, sans toutefois en troubler l'harmonie, une branche de fleurs d'oranger artificielles. Çà et là par la chambre on aperçoit pêle-mêle tous les élémens constitutifs de la toilette féminine.

Enfin l'œuvre est achevée, et les deux servantes s'écrient en sautant de joie :

— Oh! comme vous êtes donc belle, ce soir, dà! mam'zelle! Et comme vous avez eu là une bonne idée de vouloir essayer votre toilette de noces!

— Vous trouvez? — répond Laure en souriant et en lançant dans la glace un regard furtif sur sa toilette. — Ah! tant mieux! je veux que monsieur Arthur d'Escorailles soit fier de moi le jour de notre mariage.

— Ah! mam'zelle, s'il pouvait donc vous voir ainsi, il vous adorerait comme la bonne sainte Vierge, dà!

— Oh! qu'il m'aime seulement, qu'il m'aime toujours! Mieux vaut être aimée qu'adorée. — Puis elle ajouta mentalement, en portant la main à son cœur et avec un intime tressaillement d'allégresse : — Ah! je ne doute plus de lui maintenant, et je suis bienheureuse!

C'est que Durandin s'était acquitté ponctuellement, la veille au soir, de sa mission de Mercure galant; c'est qu'il avait remis entre les mains de la jeune fille la réponse d'Arthur, réponse fort tendre, fort éloquente. Et pourtant le message dont il s'agit avait été écrit quelques instans avant de partir pour la place Vendôme. Est-ce donc qu'il s'adressait à la fois à Laure et à Marguerite, ou bien faut-il penser qu'on n'est jamais plus persuasif en amour que quand on a l'intention de tromper?

— Ma fine! — s'écria l'une des servantes, — il me semble entendre tourner un cabriolet au bout de la rue : c'est sans doute monsieur Arthur. Je cours lui ouvrir la porte. Ah! comme j'allons rire de la surprise!

— Vous vous trompez, Claudine, — reprit Laure, — ce ne peut être monsieur Arthur; il sait que mon bon père est de garde aujourd'hui, et que je ne pourrais le recevoir seule.

— Ah ben! c'est grand dommage! vous êtes si belle! Mon Dieu! mam'zelle, si c'était un effet de votre bonté, marchez donc un peu devant nous, que je puissions vous voir tout à notre aise. Ah! la gentille petite maîtresse que j'avons là!

En même temps les deux jeunes servantes, dans leur naïf ravissement, se mirent à gesticuler et à danser en poussant des cris de joie.

— Oh! — repartit Laure, qui partageait elle-même jusqu'à un certain point cette douce ivresse, — vous verrez, je serai encore bien plus belle le jour de mon mariage. D'abord j'aurai un collier et des pendans d'oreilles en perles fines. Arthur le veut ainsi, et c'est lui qui doit m'en faire cadeau.

— Des perles, mam'zelle! Oh! si vous voulez m'en croire, dà! ne prenez pas de perles. On dit comme ça, chez nous, que les perles ça annonce des larmes.

— Vous êtes folles avec vos superstitions. J'aurai des perles puisque cela convient à... monsieur Arthur. Je veux toujours obéir à mon mari.

Ayant ainsi parlé, la jeune fille se mit à fredonner cet air des *Puritains*, dont les paroles n'avaient jamais été mieux en situation que dans ce moment, et semblaient s'adresser comme un appel à celui que peut-être cette voix si fraîche et si pure ne devait plus jamais réveiller.

— Dites donc, mam'zelle, si vous vouliez le permettre, j'irions chercher le père Subtil pour qu'il vous voie aussi avec votre robe de noces. Il en sera si content, le brave homme, lui qui ne sort jamais de sa loge!

Quelques instans après, monsieur Subtil en personne tenant à la main sa manique et son tire-pied, dont il ne se séparait jamais que pour aller à la messe, aux quatre grandes fêtes de l'année, entrait dans la chambre de mademoiselle Laure, et payait à son tour son tribut d'admiration à sa jeune maîtresse.

Tout à coup un cabriolet s'arrêta dans la rue des Cinq-Diamans, et on frappa violemment à la porte de la maison.

— C'est monsieur Arthur! — s'écrièrent à la fois les deux servantes.

Laure devint fort rouge.

— Il faut, — balbutia-t-elle, — qu'il ait oublié que mon bon père est de garde aujourd'hui. Pourtant... il me semble bien difficile de le recevoir. Si c'était le jour encore!...

— Oh! mam'zelle, mam'zelle, ce serait bein méchant

de le renvoyer sans vous avoir vue. Laissez-le monter, et je lui dirons avant d'entrer qu'il faut qu'il parte tout de suite.

Laure était irrésolue, mais elle ne demandait évidemment pour se rendre qu'un argument tant soit peu spécieux. Monsieur Subtil tournait entre ses mains sa manique et son tire-pied, attendant une réponse pour aller reprendre l'exercice de ses fonctions. A ce moment, un nouveau coup de marteau, plus violent encore que le précédent, se fit entendre.

— Ohé! — murmura monsieur Subtil, — il paraît que le jeune homme est pressé.

— Laissez-le monter, — dit la jeune fille, —mais dites-lui bien...

Monsieur Subtil n'en entendit pas davantage, et se mit à descendre l'escalier quatre à quatre, car un troisième coup de marteau venait de retentir. Peu après on entendit la porte et la grille s'ouvrir, puis se refermer, mais le sifflet de monsieur Subtil resta muet, à la grande surprise de Laure et des deux servantes. Celles-ci s'élancèrent au-devant du visiteur impromptu qui arrivait, mais elles reculèrent d'épouvante en apercevant monsieur Rieublanc, pâle, les traits renversés, les vêtemens couverts de poussière et en plusieurs endroits couverts de sang. Le capitaine entra dans la chambre de sa fille, et, sans paraître donner la moindre attention à la toilette de Laure, non plus qu'au spectacle assez inusité que présentait cette partie de l'appartement, il se laissa tomber dans la bergère de velours d'Utrecht, et cacha son visage entre ses mains.

— Mon père, mon père, — s'écria Laure en l'embrassant, — que s'est-il donc passé? Oh! rassurez-moi bien vite, vous voyez que je suis toute tremblante.

Monsieur Rieublanc ôta son bonnet à poil, s'essuya le front, et, apercevant pour la première fois la toilette de sa fille qu'illuminaient joyeusement toutes les lumières dont la cheminée était encore encombrée.

— Ma pauvre fille, — s'écria-t-il, — éteins bien vite toutes ces lumières, dépouille-toi de cette robe de noces. Oh! si tu savais quel malheur j'ai à t'annoncer!

— Quel que puisse être ce malheur, ne me le faites pas attendre plus longtemps, je vous en supplie!

— Tu le veux? Eh bien! Arthur s'est battu en duel ce matin.

— Et il est mort, n'est-ce pas? Ah! ne me cachez rien; j'ai du courage.

En prononçant ces derniers mots, la jeune fille n'avait pas une larme dans les paupières; mais ses yeux, ordinairement si tendres et si doux, avaient quelque chose de hagard.

— Il existe encore; du moins je l'ai laissé vivant il y a une heure environ. Mais il est dangereusement blessé, et n'a pu être transporté à Paris. On l'a recueilli dans une maison du bois de Boulogne, avenue de Madrid, où l'un de ses amis, un médecin, s'est installé près de lui, et lui a donné les premiers soins. Ce jeune homme m'a promis de ne pas le quitter. Tel que tu vois, ma pauvre enfant, j'ai été témoin de ce duel. Tous les deux se sont comportés bravement, et je n'aurais pas cru que d'Escorailles, qui ne fait point partie de la garde nationale, maniât si bien l'épée; mais il avait affaire à un adversaire de première force, un chef d'escadron des chasseurs d'Afrique, un certain marquis de Sainte-Fare.

— Ah! — s'écria Laure, dont une lueur terrible vint traverser l'esprit; — le marquis de Sainte-Fare! le mari de Marguerite de Cantoinet! Je devine tout maintenant. Malheureuse, malheureuse que je suis!

Et elle se mit à fondre en larmes.

— Allons, ma fille, ma chère Laure, console-toi; Arthur n'est pas mort encore, que diable! A son âge, il y a tant de ressources. C'est le médecin qui l'a dit.

— Me consoler, mon bon père, mais vous ne savez donc pas la cause de ce duel?

— Si fait, ma fille, si fait, je la sais; il y a plus: si Arthur, si mon futur gendre ne s'était pas battu, c'est moi qui me serais mis en ligne à sa place. Ce duel lui fait le plus grand honneur, entends-tu? et, s'il en réchappe, comme je l'espère bien, je te promets de le faire nommer dans l'état-major de la garde nationale.

— Comment se fait-il?... Mais Marguerite... mais madame de Sainte-Fare...

— Il est bien question de madame de Sainte-Fare dans tout cela! D'Escorailles ne connaît seulement pas cette dame, on me l'a dit. Il avait, à ce qu'il paraît, quelques relations avec le mari, qui est un grand mirliflor très orgueilleux, très goguenard et très barbu. Ils ont eu ensemble une querelle à propos de la garde nationale. On a voulu me le cacher, mais je l'ai su d'une manière positive par le fourrier Bidault, et je suis arrivé, Dieu merci! assez à temps pour accompagner ces messieurs sur le terrain, en dépit d'eux. Oh! entre vieux militaires...

Dans les grandes douleurs, la nature humaine est généralement disposée à la crédulité, et accepte assez volontiers toutes les explications qu'on veut bien lui fournir sur les faits accomplis, sans chercher à en discuter le plus ou moins de vraisemblance. Pour faire de la logique, il faut être de sang-froid. D'ailleurs, quand bien même Laure eût conservé quelque doute sur la part que pouvait avoir eue dans ce triste événement son ancienne compagne d'enfance, Marguerite de Cantoinet, tout se résumait maintenant pour elle dans cette pensée qu'Arthur était mourant. Obéissant donc, avant tout autre mobile peut-être, à cet admirable instinct que Dieu a placé dans le cœur de toutes les femmes, et qui les porte à venir en aide à ceux qui sont souffrans, amis ou ennemis:

— Mon père, — s'écria-t-elle, — Arthur est blessé, Arthur est en danger de mort; je veux le voir, je veux lui donner mes soins. Oh! venez, venez avec moi. N'est-ce pas, mon bon père, que ma place à présent est au chevet d'Arthur?

Le père et la fille s'embrassèrent en pleurant, et, après avoir échangé celle-ci sa robe de noces, celui-là son uniforme contre des vêtemens ordinaires, tous deux montèrent en fiacre, et partirent pour le bois de Boulogne.

Ce jour-là, le poste du drapeau ne fut pas commandé par un capitaine.

XXII

L'ALLÉE DES ARBRES VERTS.

Transportons-nous maintenant à l'hôtel de Sainte-Fare, et voyons ce qui s'y passait.

Lorque la marquise, brisée par la fatigue physique non moins que par les cruelles émotions qui avaient marqué pour elle cette fatale matinée, rentra chez elle, son premier soin fut de demander son mari. La confession qu'elle avait projeté de lui faire sur le terrain même du duel, et, s'il l'avait fallu, devant tous les témoins réunis, elle était résolue à ne pas la différer davantage. S'il ne lui était plus permis de conjurer un grand péril, du moins elle pouvait ainsi détruire d'injustes soupçons. C'était d'ailleurs un moyen d'alléger quelque peu les remords qui s'étaient emparés de son âme. Sans doute alors elle comprit, l'insouciante jeune femme, tout ce qu'il y a de sublime dans la religion catholique, qui a élevé au rang des devoirs un des besoins les plus impérieux de notre nature, celui qui nous pousse à épancher dans un sein ami nos fautes comme nos peines, afin que, le fardeau devenant moins lourd, nous puissions le supporter.

Le valet de chambre du marquis répondit que son maître avait été mandé à son retour chez monsieur le duc d'Orléans, et que, en sortant pour se rendre chez le prince, il avait annoncé que, selon toute apparence, il ne rentrerait point pour dîner. La marquise ordonna qu'on vînt la prévenir aussitôt que son mari serait de retour, et qu'on ne reçût âme qui vive, attendu, ajouta-t-elle, qu'elle était un peu souffrante.

Une telle explication n'était pas de trop pour arrêter les commentaires auxquels l'altération profonde survenue dans les traits de la marquise n'aurait pas manqué de donner lieu de la part des gens de l'hôtel.

— Mais, — dit une fille de chambre, — si madame la baronne de R... se présente pour voir madame la marquise, est-ce que la porte sera fermée aussi pour elle?

— Oui, — répondit la marquise d'un ton presque farouche, — fermée pour elle.

La camériste manifesta un très vif étonnement.

Les heures s'écoulèrent, oh! bien lentes ce jour-là, et la marquise les passa presque toutes agenouillée devant un prie-Dieu, aux pieds d'un christ, chef-d'œuvre de la sculpture moderne. Elle se relevait seulement par intervalles pour aller se placer à la fenêtre d'un corridor qui avait une échappée de vue sur le faubourg Saint-Honoré, afin de chercher à découvrir, entre toutes les voitures qui sillonnent incessamment cet opulent quartier, le briska dont le marquis se servait habituellement depuis le retour du printemps. Vaine attente! La nuit était venue depuis longtemps, et les reflets du gaz ne se projetaient pas sur le moindre briska.

Il vint un moment où, minée par la fièvre, la jeune femme ne se sentit plus la force de se traîner jusqu'à la fenêtre du corridor, et elle dut se résoudre à se mettre au lit, ajournant au lendemain son entrevue avec monsieur de Sainte-Fare. Elle eut un sommeil fort agité, rempli de rêves bizarres, et dans lesquels l'image d'Arthur revenait incessamment se mêler.

Tantôt c'était un bal où il n'y avait qu'un seul cavalier pour toutes les femmes : ce cavalier était Arthur, qui n'avait de regards que pour elle, et qui osait lui parler d'amour; tantôt c'était une pompe funèbre, et dans un cercueil ouvert un jeune homme, toujours Arthur, étendu, pâle et sanglant, sous son suaire. Puis une voix s'écriait : « C'est pour toi qu'il a été frappé, c'est pour toi qu'il est » mort! Toi seule peux le rendre à la vie par un baiser. » Et elle, obéissant à je ne sais quelle puissance surnaturelle, elle s'inclinait et elle allait imprimer sa bouche brûlante sur ces lèvres froides et décolorées... Puis tout à coup dans son sommeil même, croyant entendre les pavés de la cour de l'hôtel s'ébranler sous les pieds des chevaux et sous les roues d'une voiture, elle s'écriait avec terreur : « C'est mon mari! » Et elle se réveillait en sursaut, mais la cour était silencieuse, et tout dormait dans l'hôtel. Il était environ huit heures du matin lorsqu'elle sonna.

— Monsieur de Sainte-Fare est-il rentré? — s'écria-t-elle.

— Oui, madame la marquise, — fut-il répondu.

— Eh bien! donnez-moi un peignoir, et priez-le de venir un instant; je voudrais lui parler.

La fille de chambre à laquelle s'adressaient ces paroles avait les yeux baissés et semblait fort embarrassée.

— N'avez-vous pas entendu? — reprit la marquise avec impatience.

— Certainement... madame... C'est que... monsieur le marquis est... parti...

— Parti! — balbutia la jeune femme avec angoisse! — parti! Que voulez-vous dire?

— Oui, madame, monsieur le marquis est parti en voyage... à ce qu'il paraît.

— Parti sans me voir! oh! c'est impossible! Vous vous trompez : il ne peut avoir été bien loin; il faut que je lui parle. O mon Dieu! mon Dieu! n'a-t-il rien dit, rien laissé pour moi?

— Oh! si fait! il a laissé pour madame la marquise cette lettre...

— Donnez donc vite, et retirez-vous. Je vous rappellerai.

La marquise arracha convulsivement le cachet du message que sa camériste venait de lui remettre, et qui était ainsi conçu :

« Chère amie, monsieur le duc d'Orléans, qui repart » pour l'Afrique, comme vous savez, a bien voulu me » proposer de m'emmener avec lui pour faire la campagne du printemps. Je renonce en conséquence aux deux » mois de congé qu'il me restait encore à passer auprès » de vous, et vous comprendrez sans peine que je sacrifie » tout le plaisir qu'ils me promettaient à l'honneur d'accompagner Son Altesse Royale et de me rendre en même » temps tout à fait digne des épaulettes de lieutenant-colonel dont Son Altesse a daigné me remettre hier, en » personne, le brevet. Ce serait donc en tous points une » heureuse journée pour moi que celle d'hier, s'il ne s'y » mêlait le chagrin bien naturel de vous quitter. C'est » pour éviter des adieux pénibles pour l'un comme pour » l'autre que je me détermine à partir, ce matin, sans » vous réveiller ni prendre congé de vous.

» Je ne saurais trop vous recommander, durant cette » nouvelle absence, de ne vous priver d'aucune des distractions, d'aucun des amusemens que comportent votre » âge et votre position dans le monde. Agissez absolument comme si j'étais là. Madame la duchesse d'Orléans » a bien voulu me promettre de vous y exhorter de tout » son pouvoir, en vous grondant toutefois de ce que vous » n'êtes pas venue cet hiver lui faire votre cour. Jeune, » comme vous l'êtes, vous avez, je le sais, encore besoin » d'un chaperon; mais je vous en laisse un digne de vous » dans la personne de madame la baronne de R..., votre » parente, à laquelle je viens d'écrire pour la prier de » vouloir bien se faire, comme par le passé, et plus encore que par le passé, votre compagne de tous les » instans.

» Je ne manquerai pas de vous écrire quand je serai » arrivé à Alger, et j'espère de vous un message de temps » à autre. Je vous donnerai des nouvelles du prince et » de nos bons amis les Arabes. Adieu donc, et croyez-moi » toujours

» Votre très affectionné mari,

» HENRI, marquis de Sainte-Fare. »

P.-S. « Vous ferez bien d'aller voir de temps à autre » ma tante la chanoinesse, qui vous aime beaucoup, vous » le savez. »

Du duel, pas un mot. Marguerite se mit à pleurer à chaudes larmes. A cette lettre aussi affectueuse que le comportaient les relations habituelles des deux époux elle eût préféré mille fois les plus sanglans reproches. Cette lettre accusait évidemment, de la part de son auteur, l'indifférence la plus absolue, cachée sous les dehors de la politesse conjugale. Cet homme ne daignait pas même se plaindre; cet homme avait exposé froidement ses jours, non pas, comme elle l'avait supposé un instant, pour obéir enfin à un sentiment de jalousie, mais simplement pour satisfaire son amour-propre blessé. Peu lui importait que sa femme fût coquette, peu lui importait même qu'elle accueillît plus ou moins les hommages dont elle était l'objet, pourvu que les apparences fussent sauvées. Cet homme était de ces gens dont on dit dans le monde : « Monsieur de Sainte-Fare, ou tel autre, n'aime » pas sa femme, mais il a pour elle beaucoup d'égards. » O honte! elle, la fière, l'élégante, la belle marquise de Sainte-Fare, réduite à des égards de la part de son mari, absolument comme une femme laide ou vieille que le marquis eût épousée, selon l'expression de Saint-Simon, « pour fumer ses terres! »

Telles furent les réflexions auxquelles se livra la jeune femme durant une bonne partie de la matinée, et, il faut bien le dire, le souvenir d'Arthur ne vint cette fois nullement s'y mêler. Sur ces entrefaites, on vint annoncer à la marquise que madame la baronne de R..., sa cousine, venait d'arriver et demandait à la voir.

— Dites-lui, — s'écria Marguerite, — que je suis malade, et que je ne veux recevoir personne.

— C'est ce que j'ai dit à madame la baronne, — fut-il répondu ; — mais madame la baronne a insisté. Elle m'a assuré que la consigne ne pouvait être pour elle. Que faut-il faire ? Madame la marquise m'excusera, mais je suis vraiment bien embarrassée.

— Faites entrer !

Madame la baronne de R.., fut introduite. C'était une femme encore jeune (elle avait alors à peine trente-trois ans), mais sur les traits de laquelle était empreint le sceau d'une maturité précoce. Elle avait été remarquablement belle, très courtisée, et avait rendu son mari, le vieux lieutenant-général de R..., passablement malheureux, comme on dit en pareil cas ; mais, ainsi que la plupart des blondes, elle n'avait eu qu'un printemps de courte durée, et l'été même paraissait devoir finir bientôt pour elle. Douée au surplus d'un cœur froid, d'une imagination fort vive et d'un esprit très distingué, elle était faite à ce triple titre pour briller dans le monde, et, à part ce qu'il y avait d'un peu trop facile dans ses principes, elle était d'un commerce fort agréable.

— Eh bien ! chère, — s'écria-t-elle en tendant affectueusement la main à sa cousine, — qu'est-ce que cela signifie ? Tes femmes ne voulaient pas me recevoir ce matin ! Tu me feras plaisir de les gronder, n'est-ce pas ? Moi qui me suis levée à dix heures du matin exprès pour t'apporter des consolations.

— J'avais en effet, — répondit froidement la marquise, — défendu ma porte pour tout le monde.

— Même pour moi ! Quel caprice avez-vous donc ce matin, ma toute belle ? Oh ! fi ! c'est mal, entends-tu, très mal !

— En effet. Oh ! tu es bien raison, et j'ai agi fort mal à ton égard, car je te dois bien des remercîmens pour tous les bons conseils que tu n'as cessé de me donner, et je veux te les adresser ce matin. Tes conseils, je les ai suivis à la lettre, et j'en ai retiré les plus heureux fruits. Tu m'as enseigné un excellent moyen pour n'être plus négligée par mon mari : c'est d'être très coquette, de faire parler de moi dans le monde. Le monde a parlé, il parlera longtemps encore, et mon mari m'a... abandonnée ! Il avait peut-être pour moi quelque estime, à défaut d'amour ; aujourd'hui il me méprise ! Est-ce tout ? Oh ! non sans doute. Tu m'as fait écrire à un jeune homme que je ne connaissais seulement pas un billet... dont je rougirai toute ma vie. Aujourd'hui ce jeune homme, à cause de ce billet, est mourant, mort peut-être ! Voilà, ma chère, les actions de grâces que je te dois, et je te les adresse du meilleur de mon cœur !

La baronne sourit avec une grâce et une aisance parfaites, puis, se levant de son siége :

— Allons, — s'écria-t-elle, — chère Marguerite, je vois que tu es décidément mal montée ce matin, et que j'ai mal fait de me lever sitôt. Je reviendrai te prendre à trois heures pour aller au bois. Le temps est superbe, et le soleil dissipera tes humeurs noires.

— Tu peux te dispenser de te déranger pour moi, tu ne trouverais personne.

— Enfant !

La baronne leva les épaules avec un sentiment d'affectueuse commisération, et sortit. A peine fut-elle hors de la chambre que la marquise sonna.

— Allez dire au concierge, — s'écria-t-elle, — que je ne suis plus chez moi pour madame la baronne de R... Je défends qu'on la reçoive sous quelque prétexte que ce soit, entendez-vous ? Vous préviendrez tous les domestiques, et vous direz qu'on attelle les chevaux au coupé. Je veux sortir dans un quart d'heure.

Lorsque ces divers ordres eurent été exécutés, la marquise monta en voiture, et dit au valet de pied :

— Rue des Cinq-Diamans !

Durant le trajet de son hôtel au quartier des Lombards, la marquise de Sainte-Fare se disait : Pauvre Laure, comme elle doit me haïr maintenant ! car il est impossible qu'elle ignore combien j'ai été coupable aussi envers elle. Mais je veux embrasser ses genoux, je veux arroser ses mains de mes larmes, afin qu'elle me pardonne. Oh ! non, je ne serai plus coquette maintenant. Je vois trop quelles affreuses conséquences en résultent. Je suis bien résolue à devenir simple et bonne comme Laure. On a trop parlé de moi ; je vais, à partir de ce jour, mettre tous mes soins à me faire oublier.

Tout en formant ces bonnes résolutions, Marguerite était arrivée devant la maison de monsieur Rieublanc, et le valet de pied, après avoir frappé à la porte, venait d'ouvrir la portière et d'abaisser le marchepied. La marquise descendit, et, traversant rapidement l'allée étroite et humide qui servait de vestibule à l'habitation de l'ancien droguiste, elle s'avança jusqu'à la grille placée au pied de l'escalier, et agita la sonnette.

Cette fois la grille ne s'ouvrit point, mais monsieur Subtil daigna sortir en personne de l'espèce de tanière qui lui servait de loge, et, apparaissant de l'autre côté de la grille avec les attributs de sa profession à la main, comme jadis les divinités mythologiques, il s'écria d'une voix farouche :

— Qu'est-ce que vous demandez ?

— Mademoiselle Laure Rieublanc, — fut-il répondu.

— Elle n'y est pas.

— En êtes-vous bien sûr ? Il faut que je lui parle ; ouvrez-moi, je l'attendrai.

— Quand on vous dit qu'elle n'y est pas !

— Mais son père... monsieur Rieublanc...

— Il n'y est pas non plus. Le propriétaire et sa demoiselle sont sortis ensemble hier au soir, et ni l'un ni l'autre n'est encore rentré.

La marquise pâlit et baissa la tête avec consternation. Elle avait compris tout ce qu'il y avait de funestes augures dans le fait qu'on lui annonçait, et le souvenir d'Arthur couché dans son cercueil, tel qu'elle l'avait vu dans ses rêves de la nuit, s'était aussitôt présenté à son imagination. Elle demeura quelques instans immobile devant la grille, puis, ayant jeté machinalement sa carte à travers les barreaux, elle sortit de la maison et remonta dans sa voiture.

— Où faut-il conduire madame la marquise ? — demanda le valet de pied.

— Où vous voudrez.

Le valet regarda sa maîtresse d'un air profondément ébahi, puis il transmit au cocher la réponse qui venait de lui être faite, laissant à ce dernier le soin de l'interpréter comme bon lui semblerait, et la voiture se mit en mouvement.

Cependant la marquise avait rabattu son voile sur son visage, et, après avoir enfoncé ses deux bras dans son manchon (car le temps, qui les jours précédens et le matin même encore avait été si beau, était devenu tout à coup sombre et froid), elle s'était adossée à l'un des angles du coupé. La tête baissée, elle s'abandonnait au mouvement régulier et à peine perceptible des ressorts, sans examiner où on la conduisait. Il y a dans la vie, pour les femmes surtout, bien des circonstances où le libre arbitre est un fardeau si pesant qu'elles donneraient beaucoup pour qu'il leur fût permis de s'en dépouiller et de se laisser aller comme une barque à la dérive. Après avoir essayé de lutter contre les événemens sans parvenir à les maîtriser, elles s'abandonnent avec découragement à l'aveugle destinée. Ces momens-là sont pleins de périls pour elles, car il est rare que l'ennemi du genre humain n'en profite pas pour se glisser dans leur âme et y déposer le germe de ses tentations infernales.

Déjà mille pensées tumultueuses roulaient dans l'esprit de Marguerite, pensées qui, par une pente irrésistible, se trouvaient ramenées incessamment à un seul et même objet. Si Arthur venait à succomber par suite de sa blessure !.... s'il était déjà mort !... Oh ! cette idée était affreuse, et Dieu ne voudrait pas que Marguerite fût aussi cruellement punie. Eh quoi ! il aurait suffi d'un coup d'épée pour anéantir à jamais tant de jeunesse, de courage, un présent si riche et un avenir plus riche encore? La vie aurait déjà quitté ces traits si nobles et si doux? Mais tous les jours il arrive qu'un homme reçoive une blessure à la guerre ou dans un duel, et sur dix qui sont frappés un seul succombe. La marquise l'avait entendu dire bien souvent. Pourquoi donc Arthur ne serait-il pas un des neuf qui survivent? pourquoi ne le reverrait-elle pas, comme la veille au matin, debout devant elle, les regards attachés sur les siens, la main osant presser la sienne? Il l'aimait, lui, ce jeune homme, et il le lui avait bien prouvé. Deux fois il était venu à son secours dans des circonstances décisives, et l'une de ces deux fois il lui avait sauvé la vie. Comment l'en avait-elle récompensé?... Ah ! elle s'était montrée cruelle envers lui, alors que tant d'autres femmes n'auraient pas à coup sûr été insensibles à tant d'amour.

Il y avait pourtant des momens où la marquise cherchait à se mettre en garde contre de pareils souvenirs. Elle se disait alors qu'Arthur, sur le point d'épouser une jeune fille dont il était tendrement aimé et qu'il aimait sans doute aussi lui-même de toute son âme, n'avait jamais pu être bien sérieusement amoureux d'une femme à peine entrevue deux ou trois fois. Selon toute apparence, il n'avait vu dans cette conquête, jugée assez facile, qu'une simple distraction, un dernier caprice de jeune homme.

Puis, au milieu de ces conjectures, elle se rappelait tout à coup avoir entendu raconter par son amie, sa parente, cette baronne de R..., si profondément instruite en toutes choses, qu'il n'était pas impossible de voir un homme épris très sincèrement de deux femmes à la fois. Dans ce temps-là, elle ne pouvait croire qu'il en fût ainsi, mais maintenant la foi lui était venue presque soudainement.

— Laure est bien jolie, — pensait-elle, — mais moi, moi, je suis belle aussi. Ne m'a-t-il pas dit hier matin que, si je l'aimais, ce duel n'aurait pas lieu? Oh ! les hommes, les hommes! Il n'importe ! Celle à qui l'on propose de sacrifier ainsi pour elle ce qu'on a de plus cher au monde, son honneur, peut dire qu'elle est aimée, aimée avec passion, et je voudrais bien savoir si ce jeune homme aurait aussi proposé à Laure d'être lâche pour elle. — Il y avait déjà bien longtemps que la marquise était absorbée par ces pensées, et aux bruits tumultueux d'une grande ville avait succédé ce silence de la campagne qui émeut et étonne. La marquise baissa l'une des glaces du coupé, et, soulevant son voile de dentelle, elle promena ses regards autour d'elle comme une personne qui, après un long sommeil, chercherait à recouvrer l'usage de ses sens encore appesantis. Elle se trouvait au milieu d'un bois, dans un chemin sombre, qui s'étendait devant elle en ligne droite et à perte de vue, sous l'ombre toujours épaisse de ces grands arbres du Nord dont le feuillage mélancolique affronte les hivers. A cet aspect, un frisson de terreur la saisit, et, arrêtant brusquement son cocher, elle s'écria : — Où m'avez-vous donc conduite?

Le cocher répondit tranquillement :

— J'ai conduit madame la marquise au bois, comme à l'ordinaire, et nous sommes dans l'allée des arbres verts.

La marquise sentit tout son sang refluer vers son cœur. C'est qu'un double souvenir se rattachait pour elle à cette allée où la fatalité venait de la ramener. Cette allée n'était-elle pas en effet celle où deux jours auparavant Arthur avait arrêté les chevaux de la baronne de R... au moment où toutes deux, sa cousine et elle-même, allaient être entraînées dans le taillis qui borde la route, et brisées avec la calèche contre les arbres? A quelques pas de là était la clairière où son mari et Arthur s'étaient battus, où peut-être restaient des traces du sang de ce dernier. O Marguerite ! Marguerite ! tandis qu'il en est temps encore, retournez sur vos pas; fuyez, fuyez vite, car il ne peut vous arriver que malheur à cette place; Marguerite, c'est votre mauvais génie qui vous a entraînée encore cette fois dans l'allée des arbres verts !

XXIII

UNE AGONIE.

Sur ces entrefaites, le valet de pied, voyant la voiture s'arrêter, était descendu pour prendre les ordres de madame de Sainte-Fare; en l'apercevant pâle et tremblante, cet homme ne put s'empêcher de s'écrier :

— Qu'ordonne madame la marquise? Madame la marquise paraît avoir bien froid.

— En effet, — répondit Marguerite, saisissant avec empressement le moyen qui lui était offert de dissimuler son trouble, — je me sens... glacée.

— Oh ! ce n'est pas étonnant : le temps est si sombre et le froid si âpre aujourd'hui. On se croirait encore au mois de janvier. Il fera nuit de bonne heure. Qu'ordonne madame la marquise? Faut-il retourner à l'hôtel?

— Oui... c'est cela... Mais surtout dites au cocher qu'il sorte bien vite de cette allée, qu'il ne m'y conduise plus jamais, entendez-vous? Ces arbres verts ont quelque chose de funèbre, et je ne veux plus les revoir. — Le valet de pied échangea quelques paroles avec le cocher, et la voiture se remit en mouvement. Moins d'une minute après, elle tournait brusquement l'angle que forme avec la grande allée des arbres verts l'une de ces petites allées sinueuses et verdoyantes qu'on rencontre dans cette partie du bois, et qui viennent déboucher près du mur d'enceinte qui borde la route de Neuilly. La marquise respira plus librement : elle ne voyait plus les arbres verts, et, arrêtant de nouveau le cocher, elle s'écria : — Mettez vos chevaux au pas, je vais marcher un peu. Il me semble que cela me fera du bien, car j'ai froid dans cette voiture.

En même temps, le marchepied ayant été abaissé, elle descendit et se mit à marcher avec rapidité. Elle avait eu soin de relever son voile pour livrer son visage à l'impression de l'air; car, si son corps était glacé, sa tête était brûlante. Elle avait la fièvre.

Tout à coup la marquise vit venir devant elle un homme dont il lui sembla que les traits ne lui étaient pas inconnus. Cet homme, vêtu assez grossièrement et dont tout l'extérieur présentait une sorte de compromis entre l'ouvrier et le paysan, marchait également fort vite, si bien qu'il se trouva en très peu d'instans face à face avec la marquise, qu'il salua respectueusement. La jeune femme s'arrêta, car elle venait de reconnaître dans cet homme celui qui déjà, la veille, avait passé près d'elle dans une circonstance bien fatale, et lui avait le premier révélé l'issue tragique du combat.

Ce dernier ne put faire autrement que de s'arrêter aussi; alors la marquise balbutia avec quelque embarras :

— Vous me reconnaissez... n'est-ce pas?...

— Ah ! oui, madame ou mademoiselle, — répondit l'homme; — je vous reconnais bien, c'était vous qui étiez hier en fiacre, et qui m'avez parlé pendant que je courais chercher le brancard pour ce pauvre jeune bourgeois...

— Est-ce que vous savez de ses nouvelles depuis hier?

— Certainement que j'en sais, vu que c'est ma propre tante qu'ils ont été chercher pour le garder, parce que nous demeurons là-bas, tout contre l'avenue de Madrid, où on a transporté ce jeune bourgeois. Tenez, on aperçoit d'ici la maison, au bout du petit sentier, à gauche.

— Eh bien ! comment va-t-il?

— Hélas ! ma chère demoiselle, il paraît qu'il va bien mal, car on m'envoie chercher le bon Dieu pour lui, à cette heure. — La marquise n'eut pas la force d'articuler une parole. Cette nouvelle l'avait frappée au cœur, et de grosses larmes vinrent inonder ses paupières. — Pardon, pardon, ma chère demoiselle, — reprit vivement le pauvre diable, — je vois que j'ai fait une bêtise, et que j'aurais dû taire ma langue. Je me suis laissé dire qu'il allait se marier, ce jeune bourgeois, et c'est sans doute vous qui étiez à cette fin de devenir son épouse. Ce que c'est que de nous! Mais faut pas encore vous désoler, au moins, parce que, voyez-vous, on en revient de bien loin, et moi qui vous parle... D'ailleurs, c'est pas le bon Dieu qui fait mourir, au contraire. Ah! quelle bêtise! quelle bêtise! N'en dites rien à ma tante, je vous en prie bien.

Ayant ainsi parlé, l'homme s'éloigna en soupirant et en s'adressant à lui-même toutes sortes d'apostrophes plus ou moins malsonnantes. Quant à la marquise, elle demeura les yeux fixés sur cette maison qu'on venait de lui désigner, et qu'on apercevait en effet à environ deux portées de fusil, entre les branchages des arbres encore dépouillés. Le jour, qui avait été très brumeux, commençait alors à baisser sensiblement, et bientôt une lumière scintilla à travers les vitres d'une croisée du premier étage. C'était sans doute la chambre occupée par le blessé, la chambre où il allait rendre le dernier soupir.

Obéissant à une sorte de fascination, Marguerite se dirigea vers le petit sentier qu'on lui avait montré sur la gauche de l'allée, et, s'engageant dans cet étroit chemin, pratiqué à travers les massifs, elle s'avança presque machinalement jusqu'au bout, et se trouva sur l'avenue de Madrid.

A cette époque de l'année, et au déclin du jour surtout, l'avenue est déserte, et les habitations dont elle est bordée sont encore abandonnées; car on ne quitte guère Paris et ses plaisirs qu'au mois de mai. La maison dans laquelle Arthur avait été déposé était la seule, au moins en apparence, qui comptât quelques hôtes. Un tilbury et un cabriolet de place stationnaient devant la porte, qui était entr'ouverte. Trois jeunes gens sortirent bientôt de la maison. Tous trois paraissaient consternés. A leur vue, la marquise rentra rapidement dans le sentier, car tous trois étaient les amis d'Arthur, tous trois, s'ils l'avaient reconnue, l'auraient accablée de leurs malédictions. Mais de l'endroit où elle s'était cachée elle pouvait recueillir distinctement leurs paroles.

— Pauvre Arthur! — s'écria l'un des jeunes gens, — qui eût dit, le jour où nous déjeunions ensemble chez Véry, il y a à peine quatre mois, que c'était la dernière fois que nous trinquerions ensemble! Mourir si jeune quand on a tout ce qu'il faut pour être heureux! et mourir d'un coup d'épée! Si c'était à moi que cela fût arrivé, passe encore! c'est mon état, je suis militaire; mais un auteur, sacrebleu!

— Eh quoi! messieurs, — reprit un autre, — pensez-vous donc que ce soit absolument fini?

— N'avez-vous pas entendu ce qu'a dit la garde, qui a été présente à la consultation, il y a une heure? Tous les médecins se sont accordés à déclarer qu'il ne passerait pas la nuit. Il ne nous a seulement pas reconnus.

— Et moi qui devais conduire ce soir la petite J... dans un bal d'artistes! certainement je n'aurai pas ce cœur-là, et il faudra qu'elle s'en passe. Ah! cela va mal aujourd'hui, cela va mal! J'ai beaucoup perdu à la bourse à cette fin de mois. Rentrez-vous dans Paris, messieurs?

— Il le faut bien. J'ai promis à monsieur Rieublanc d'aller lui porter des nouvelles de mon malheureux ami, ainsi qu'à sa fille. Heureusement on a pu l'arracher d'ici avant la consultation, et elle ignore encore... Mais je vais revenir aussitôt après. Je veux être là pour fermer les yeux à ce pauvre d'Escorailles.

— Qui reste auprès de lui maintenant?

— La garde et notre camarade le docteur. C'est un bien excellent garçon. Il ne s'est pas couché cette nuit, et n'a pas quitté notre ami d'un instant. Aussi est-il harassé de fatigue, et je viens de l'engager à tâcher de dormir un peu sur un canapé. D'ailleurs il n'y a plus rien à faire, tous les médecins l'ont dit.

— Pauvre Arthur!

Cette exclamation avait été le prélude du dialogue échangé entre les trois jeunes gens, elle en fut aussi la conclusion. Tous trois se serrèrent la main; puis le cinquième d'agent de change remonta dans son tilbury, le maître clerc et le capitaine d'artillerie prirent place dans le cabriolet qui les avait amenés, et tous ensemble suivirent en silence la route de Paris.

Madame de Sainte-Fare sortit alors du sentier, et, désormais affranchie de toute appréhension d'être reconnue, maîtrisée d'ailleurs de plus en plus par une influence vraiment magnétique, elle traversa d'un pas ferme l'avenue de Madrid, et entra dans la maison où Arthur était en ce moment couché sur son lit de mort.

Nul ne se présenta pour recevoir la marquise. La nuit venait; le péristyle de la maison dans laquelle Arthur avait été transporté était sombre et humide. On eût dit de l'entrée d'un caveau sépulcral. Marguerite erra quelques instans à tâtons sans qu'aucun bruit vînt la guider dans sa recherche. Enfin elle saisit d'une main tremblante la rampe de l'escalier, et monta jusqu'au premier étage. Là, un faible jet de lumière dessinait dans les ténèbres l'encadrement d'une porte assez mal close. La jeune femme s'arrêta: son cœur battait si fort qu'il semblait sur le point de se briser contre les parois de sa poitrine, et elle fut obligée de s'appuyer pour ne point tomber à la renverse. Dans ce moment la porte, qu'elle avait poussée sans doute, tourna sur ses gonds avec un bruit lugubre, et Marguerite put contempler en frissonnant un de ces spectacles dont le souvenir ne s'efface jamais de la mémoire.

La chambre n'était éclairée que par une chandelle enchâssée dans un flambeau de cuivre placé sur une table au chevet d'un lit. A la lueur blafarde que projetait ce faible luminaire, on apercevait d'abord, assise près de la table, une vieille femme aux traits hâves et flétris, le nez surmonté d'une paire de lunettes et les yeux fixés sur un livre d'Heures, où elle lisait les prières des agonisans. En même temps elle marmottait les funèbres versets, s'interrompant par intervalles pour jeter sur le moribond étendu à ses côtés un regard de compassion. Celui-ci avait les bras en dehors de la couverture et la tête comme abandonnée sur son oreiller. Son visage était horriblement pâle et couvert de sueur. Ses yeux, à demi clos, étaient déjà ternes et vitreux. On eût cru qu'il avait rendu le dernier soupir, tant ses traits avaient déjà ce calme et cette immobilité que donne la mort; mais, en prêtant l'oreille, on entendait dans sa poitrine un râle sourd, pénible, effrayant, qui seul accusait encore la présence du principe de la vie.

Dans un coin de la chambre, une forme humaine était étendue sur un canapé. C'était le jeune docteur, qui, brisé par la fatigue, essayait de sommeiller quelques instans, jusqu'à ce que le prêtre qu'on avait envoyé chercher fût arrivé avec les derniers sacremens.

Madame de Sainte-Fare demeura quelques instans muette et glacée d'épouvante à l'entrée de la chambre, puis, faisant un effort, elle s'en vint tomber à genoux au pied du lit du moribond.

Soit que le bruit de sa chute eût fixé l'attention de ce dernier, soit plutôt que le moment d'une crise suprême fût venu, il ouvrit les yeux avec une expression singulière, comme s'il eût cherché à distinguer les traits de la nouvelle venue; une flamme, semblable à celle d'une lampe qui s'éteint, brilla dans son regard, puis il poussa un faible cri et s'agita convulsivement sur son oreiller.

— Il va passer! — s'écria la garde en déposant son livre d'Heures et se levant brusquement de son siége. — Ah! Seigneur Jésus, quel malheur! le bon Dieu n'arrivera pas à temps!

A ce bruit, à ces exclamations, le jeune médecin se réveilla en sursaut, et, s'élançant auprès du lit sans même faire attention à la marquise toujours agenouillée:

— Arthur! — s'écria-t-il à son tour, — mon vieil ami,

mon premier client, je n'ai donc pu te sauver ! — Et, repoussant la garde, qui s'était avancée elle-même jusqu'au bord du lit : — Ah ! laissez-moi, — ajouta-t-il, — laissez-moi embrasser une dernière fois mon vieux camarade et lui serrer la main pendant qu'il existe encore ! O mon Dieu ! cette main est déjà froide ! le pouls remonte, c'est à peine si je le sens. La mort vient ! la mort vient !... — En parlant ainsi, il abaissa légèrement la couverture, et, penchant sa tête sur la poitrine du moribond, il y appliqua son oreille afin d'écouter les derniers battemens du cœur de son ami. A part cette teinte de marbre qui succède à l'animation que la circulation du sang imprime à la peau, le visage d'Arthur ne présentait alors aucun de ces symptômes terribles qui accompagnent parfois les derniers momens de l'existence. Il semblait même qu'aux approches du trépas un caractère de beauté vraiment surhumaine fût venu s'empreindre sur cette physionomie mourante. Tout à coup le jeune docteur, qui était resté la tête penchée sur la poitrine d'Arthur, tressaillit, se releva, lui saisit de nouveau la main, puis se mit à le contempler avec une attention extraordinaire, tout en murmurant d'une voix à peine articulée : — O ciel ! me trompé-je ! Que s'est-il donc passé ? Voici une révolution qui s'opère. Écoutez ! écoutez ! on dirait que le pouls tend à redescendre. Cette joue... cette joue, du côté du cœur, est moins pâle que l'autre. Pourtant la main est toujours glacée, les lèvres toujours blanches. Ah ! c'est la mort, la mort dans deux minutes, ou la vie pour cinquante ans.

— Seigneur Jésus ! — s'écria la garde, — ah ! si du moins le bon Dieu pouvait arriver maintenant, il aurait peut-être encore le temps de le recevoir.

— Mon Dieu ! — balbutia la marquise en joignant les mains et en attachant sur le moribond un regard plein d'une angoisse inexprimable, — prenez vingt ans de mon existence, et sauvez-le !

Ici une légère convulsion agita de nouveau les traits du malade, puis ses paupières, jusque-là demi-closes, se fermèrent, et sa tête, qu'il avait essayé de soulever, retomba sans mouvement sur l'oreiller.

— Il est mort ! — s'écria la marquise en sanglotant.

Le médecin se retourna, puis, apercevant pour la première fois cette jeune femme qu'il ne connaissait pas, et qui était là agenouillée et en pleurs au pied du lit de son ami, comme si elle eût été sa sœur, sa femme ou sa maîtresse, il lui tendit la main pour la relever ; puis, posant son doigt sur le bord de ses lèvres, pendant qu'un éclair de joie illuminait son visage, il laissa tomber ces quatre mots :

— Non, madame, il dort.

— Ah ! Dieu m'a entendue ! Ainsi vous le sauverez, n'est-ce pas, vous en êtes bien sûr ?

— Maintenant, madame, je l'espère.

A ce moment un bruit de pas retentit dans l'avenue, puis une voix de ténor parfaitement accentuée fit entendre les paroles suivantes d'une romance nouvelle alors fort en vogue :

Vous seule, ô Marguerite !
Vous serez mes amours,
Toujours !

C'était Eugène Bidault, qui venait, en sortant de son bureau, savoir des nouvelles de son camarade d'Escorailles dont il avait appris la blessure, mais sans soupçonner le caractère de gravité qu'elle avait, et qui, fidèle à sa manie, charmait les ennuis d'une longue route, entreprise pédestrement, en faisant redire aux échos du bois de Boulogne quelques fragmens de son inépuisable répertoire.

La marquise de Sainte-Fare s'enfuit précipitamment de la maison.

XXIV

CONVALESCENCE.

Arthur d'Escorailles dormit pendant douze heures.

Lorsqu'il se réveilla plusieurs personnes se trouvaient rassemblées dans sa chambre ; c'étaient d'abord, indépendamment du jeune docteur et de la garde, le fidèle Durandin, puis Provenchère, le capitaine d'artillerie, et enfin monsieur Rieublanc et sa fille. Cette dernière était occupée à préparer de la charpie, à l'une des extrémités de la chambre, dans l'embrasure de la fenêtre. Arthur souleva péniblement sa tête, promena autour de lui un regard languissant et encore appesanti par le sommeil, puis un nom à peine articulé vint errer sur le bord de ses lèvres, un nom de femme ; mais ce nom n'était point celui de Laure.

Durandin, qui se trouvait alors au chevet du malade avec le docteur, ne put s'empêcher de jeter sur la jeune fille un regard rempli de commisération. Heureusement elle était trop éloignée pour entendre ce nom fatal.

— Qu'est-ce donc ? — s'écria monsieur Rieublanc en jetant un journal qu'il parcourait et en se précipitant au chevet d'Arthur. — Qu'a-t-il dit ? il m'a semblé l'entendre murmurer un nom...

— Vous vous serez trompé, capitaine, — repartit vivement le maître clerc ; — le voilà seulement qui se réveille. Arthur, mon vieux camarade, nous reconnais-tu ? Tiens, voilà le capitaine Rieublanc, voilà...

Le blessé fit un mouvement, sembla vouloir écarter des yeux et de la main tous ceux qui entouraient son lit, puis il balbutia d'une voix singulièrement affaiblie et qui semblait sortir du fond d'une tombe :

— Je l'ai vue... là !... Où est-elle ? Mar...

— Me voici ! me voici ! — s'écria Laure, qui vint à son tour près du lit du blessé.

— Arthur, — reprit Durandin, — au nom du ciel, tais-toi, ne prononce pas une parole ! Le docteur te défend de parler. N'est-ce pas, docteur, n'est-ce pas que c'est à cette seule condition que tu réponds de ses jours ?

— Certainement, — répondit le docteur. Arthur se mit à contempler tous ceux qui se tenaient devant lui avec l'expression d'une profonde surprise, ainsi qu'un homme qui a peine à reprendre ses sens. On eût cru voir le Lazare au sortir du sépulcre. Toutefois, ses yeux étant tombés sur la blonde et charmante tête en ce moment penchée sur son lit et presque au niveau de la sienne, un faible sourire vint illuminer son visage encore couvert des ombres de la mort. — Maintenant, — s'écria le jeune Esculape, — il faut que tout le monde se retire, car notre pauvre ami n'est pas encore assez bien pour supporter la présence d'autres personnes que celles dont les soins lui sont indispensables. Si le mieux continue, comme je l'espère, d'ici à une huitaine de jours je lui permettrai de donner quelques audiences, mais à la condition expresse qu'il ne fera absolument qu'écouter sans répondre. Dépêchez-vous donc tous de lui serrer la main, puis faites-moi l'amitié de vous en aller.

Nul des assistans n'osa s'insurger contre l'ordonnance du docteur, et chacun s'en vint, à tour de rôle, serrer la main du blessé. Ce fut Laure qui se présenta la dernière. Elle était en proie à une émotion telle que son père fut obligé de la soutenir. Lorsque, les yeux pleins de larmes, elle effleura de ses doigts tremblans la main d'Arthur, celui-ci sembla se ranimer un instant, et il essaya de les porter jusqu'à ses lèvres, mais il ne put y parvenir, tant il était faible. Alors, s'inclinant doucement sur le lit, la jeune fille posa son front sur ses lèvres décolorées. Le blessé ne put réprimer un léger tressaillement. Il ne fallait rien moins que le chaste et doux souvenir qu'un pareil adieu laissa dans son âme pour y calmer une blessure toujours saignante et plus dangereuse encore peut-être que celle que lui avait faite le marquis de Sainte-Fare.

Quoi qu'il en soit, la crise qui s'était opérée au moment suprême dans l'état du malade, et le sommeil bienfaisant dont elle avait été suivie, permettaient dorénavant de légitimes espérances. Quelle était la cause qui avait déterminé cette heureuse révolution? Les gens de l'art s'épuisèrent, à ce sujet, en commentaires des plus profonds et des plus savans, mais une cause toute morale devait échapper nécessairement à leur appréciation toute matérielle. Durandin seul, qui n'était point médecin, mais à qui l'on s'était empressé de raconter l'étrange visite que son ami avait reçue au moment où l'on venait de demander pour lui les derniers sacremens, aurait pu donner quelques lumières à messieurs de la Faculté sur une résurrection si miraculeuse; mais il se garda bien de le faire. Loin de là, il voulut que le docteur et la garde s'engageassent de la façon la plus solennelle à se taire sur cette mémorable visite.

Huit jours s'écoulèrent, huit jours pendant lesquels une amélioration sensible put être remarquée dans l'état du malade. Au bout de ces huit jours, fidèle à la promesse qu'il avait faite, le jeune docteur voulut bien consentir à ce que son client donnât quelques audiences; mais huit autres jours devaient s'écouler avant qu'il lui fût seulement permis de parler. C'était à la poitrine, on s'en souvient, qu'Arthur avait été blessé, et l'on sait combien de pareilles blessures imposent de ménagemens.

Avec quelle joie, avec quel tendre empressement, nouvelle Rébecca, Laure ne vint-elle pas s'asseoir au chevet de son cher Ivanhoe! Afin de lui épargner toute tentation de parler comme afin de charmer pour lui les ennuis d'une longue convalescence, elle voulut se constituer sa lectrice ordinaire, apportant les journaux, les revues, les ouvrages nouveaux dont on s'occupait alors dans Paris. Bien plus, comme elle savait qu'Arthur aimait beaucoup la musique, elle fit venir un piano, et elle lui chantait les airs qu'il aimait, et elle repassait devant lui tous les plus charmantes partitions de Mozart, de Rossini, de Bellini. Il fallait bien que monsieur Rieublanc s'associât à toutes ces visites, que son patronage paternel pouvait seul légitimer, et, pour que l'impatient capitaine ne cédât pas toujours à la tentation de les abréger, Durandin, le sublime Durandin, désormais investi des fonctions de notaire, s'arrachait aussi souvent que possible aux liens nouveaux dans lesquels il était enchaîné pour venir, comme au temps passé, faire la partie de dominos de l'ancien droguiste. Malheureusement la rue des Lombards est bien loin de l'avenue de Madrid, et les intérêts de l'étude souffraient parfois de l'absence du nouveau patron; mais Laure était si heureuse de pouvoir passer quelques instans de plus au chevet d'Arthur, et elle s'en montrait si reconnaissante!

Et Arthur, lui, comme il appréciait de plus en plus le trésor dont il avait failli se trouver déshérité! Combien il était repentant d'avoir négligé un instant tant de grâces et d'attraits!

Et puis, il faut le dire, la marquise n'avait donné aucun signe d'existence depuis le jour où elle était venue s'agenouiller au pied du lit du moribond. Il n'était pas jusqu'à Laure qui, de son côté, ne s'étonnât de l'indifférence de Marguerite à son égard.

— Eh quoi! — dit-elle un jour à Arthur, — voici bientôt un mois que vous êtes couché sur ce lit de douleur, celui qui vous a frappé si cruellement est le mari d'une de mes amies d'enfance, et ni lui ni elle n'ont montré pour vous, pour moi-même, menacée d'être veuve avant d'être épouse, le moindre sentiment de compassion! On n'a seulement pas envoyé chercher de vos nouvelles. Cela est étrange; car enfin, si l'on m'a dit vrai, ce duel avait une cause bien légère, et dans ce cas le ressentiment devrait-il survivre à la vengeance même?

Arthur baissa la tête et ne répondit pas, mais ses joues pâles se couvrirent instantanément d'une vive rougeur. Il avait été convenu avec le marquis que la véritable cause du duel resterait secrète même pour les témoins, et l'on avait saisi de part et d'autre avec empressement le prétexte de querelle mis en avant par monsieur Rieublanc, sur la foi du facétieux et inventif Eugène Bidault.

Ce jour même Arthur eut une conversation particulière avec le jeune docteur.

— Il faut, — lui dit-il, — que tu me donnes quelques détails sur un incident au sujet duquel je n'ai pas voulu jusqu'à présent interroger ni toi ni ma garde, et que j'ai pourtant fort à cœur d'éclaircir. Il y a eu un jour, le lendemain de ma blessure, où j'ai été en grand danger de mort; vous désespériez tous de moi, tu me l'as avoué toi-même.

— Il est vrai.

— Eh bien! ce jour-là n'est-il venu personne d'étranger dans cette chambre?

— Oh! si fait; il est d'abord venu les deux médecins, et puis le prêtre qu'on avait envoyé chercher.

— Je ne te parle pas de ceux-là, mais n'est-il venu... aucune femme?

— Eh! mais... mademoiselle Laure Rieublanc...

— Elle seule? elle seule est venue?...

— Je n'ai vu qu'elle.

— Tu en es bien sûr? tu ne me caches rien?

— Pourquoi cette question?

— C'est qu'il m'a semblé, au moment où j'étais le plus mal, avoir aperçu... là... au pied de mon lit... une personne... grande... brune...

— C'était une hallucination de ton cerveau. La fièvre produit souvent de pareils effets.

— Tu crois?

— J'en suis intimement convaincu.

— Allons, je le veux bien. — Et Arthur ajouta aussitôt à part lui : — Quelle folie était la mienne de supposer que cette femme était venue ici! Mais dans quel but y serait-elle venue? Ne m'a-t-elle pas dit qu'elle ne m'aimait pas, qu'elle avait voulu seulement s'amuser un peu à mes dépens, voilà tout? Que lui importe dès lors que je vive ou que je meure! Des femmes comme celles-là n'ont pas de cœur. Oh! comment ai-je pu un seul instant établir une comparaison entre elle et Laure, entre tant de fraîcheur, de candeur virginale et... une statue! Oh! je ne veux plus penser qu'à Laure maintenant, à ma charmante fiancée, et meure à tout jamais dans mon âme le souvenir de Marguerite!

Pour le coup, la marquise était bien décidément détrônée. Aussi bien elle avait contre elle dorénavant un ennemi des plus difficiles à vaincre, l'amour-propre, qui en amour joue un rôle cent fois plus important encore qu'on n'est généralement disposé à le croire. Nous sommes bien loin, en effet, des temps de chevalerie où l'on aimait sans espoir de retour, et il est peu d'hommes à notre époque, si disgraciés qu'ils soient de la nature, qui se résolvent à soupirer longtemps pour une belle inhumaine. L'amour aujourd'hui est devenu une passion toute calculatrice, dont le livre de recettes et dépenses est tenu avec la plus rigoureuse exactitude, et qui est toujours disposée à déposer son bilan du moment où la balance cesse d'être parfaite entre le doit et l'avoir.

A quelques jours de là, il fut enfin permis à Arthur de se lever et de venir respirer l'air à sa fenêtre, assis dans un fauteuil. Ce fut Laure qui voulut encore être la première à guider ses pas tremblans. Oh! combien cette jeune fille lui était devenue chère! Comme il attendait avec impatience, tous les jours, son arrivée! Comme il était triste lorsqu'il fallait se séparer d'elle, et combien le temps lui semblait long pendant qu'elle était absente!

Par un beau soir du mois de mai il était demeuré solitaire et rêveur après le départ de monsieur Rieublanc et de sa fille, s'enivrant des senteurs parfumées qui, après une chaude journée, se dégagent de l'écorce des arbres, et, occupé à contempler la lune, qui se levait majestueusement en face de lui, inondant de ses molles clartés cet ondoyant amphithéâtre de verdure que forment à cet endroit les massifs du bois. Tout à coup une femme, vêtue d'une élégante amazone et suivie de loin par deux domestiques en livrée, vint à passer sous sa fenêtre. Au moment où elle s'avançait ainsi, un rayon de la lune vint frapper son visage, et Arthur (était-ce donc une hallucination de son cerveau encore affaibli ?) crut reconnaître la marquise de Sainte-Fare.

Elle lui parut plus belle que jamais peut-être sous ce costume qui dessinait à merveille sa taille élégante et flexible et les voluptueux contours de son corps. Il n'était pas jusqu'au désordre de ses cheveux que la brise du soir agitait follement sur son front et sur ses joues qui n'ajoutât à son visage un charme tout particulier.

A cette vue, Arthur se rejeta violemment en arrière ; mais, quelque précipitation qu'il eût mise dans ce mouvement, il crut remarquer que la jeune femme, de son côté, l'avait reconnu. En effet, par suite de quelque brusque tressaillement dans le bras qui tenait les rênes, le cheval que montait la belle amazone se cabra et resta un instant devant la maison sans vouloir avancer ; mais bientot, stimulé par un vigoureux coup de cravache, il partit au grand trot.

Alors seulement Arthur osa avancer sa tête, et, s'accoudant sur l'appui de la fenêtre, il attacha sur la cavalcade, qui s'éloignait de lui, un long regard, un regard plein d'une inexprimable mélancolie ; puis, quand, vision ou réalité, la charmante écuyère eut disparu entre les branchages des arbres, quand le nuage de poussière sous les pieds des chevaux fut dissipé, il prêta l'oreille et écouta longtemps encore le bruit lointain de la cavalcade, qui s'éteignait insensiblement dans les profondeurs du bois.

XXV

UNE REPRÉSENTATION DE LA SYLPHIDE.

Cependant, sous la douce influence du printemps, la convalescence d'Arthur faisait de rapides progrès. Déjà aux promenades dans la chambre avaient succédé les promenades au bois de Boulogne en voiture, puis à pied ; déjà même il avait été convenu qu'il irait reprendre, pour peu de temps il est vrai, possession de sa chartreuse de la rue de la Ferme-des-Mathurins ; car aucun obstacle ne s'opposait plus désormais à son mariage si fatalement ajourné. Les choses en étaient là lorsqu'il se passa un événement qui devait avoir une grande influence sur la destinée de nos personnages.

En ce temps-là Marie Taglioni vint à Paris pour y donner quelques représentations. Les habitués de l'Opéra n'ont pas encore oublié quelle impression produisit parmi eux cette grande nouvelle : Marie Taglioni nous est rendue ; dans son vol aérien, cette nymphe charmante consent à s'arrêter quelques jours à Paris, témoin de ses premiers triomphes, à Paris qui l'avait accueillie alors qu'elle était pauvre, obscure, inconnue, et qui l'avait rendue à l'Europe riche et rayonnante de célébrité. Plus que personne peut-être, Arthur professait une sorte de culte pour Marie Taglioni, qu'il considérait comme une personnification vivante de la danse dans ce qu'elle a de chaste, unie à la poésie dans ce qu'elle a de plus enivrant. Il avait inspiré à mademoiselle Laure Rieublanc, qui d'ailleurs n'avait jamais encore mis le pied à l'Opéra, le plus vif désir de voir la reine du ballet. Il fut convenu qu'Arthur retiendrait une loge pour le premier jour où Marie Taglioni reparaîtrait dans son rôle de *la Sylphide*, considéré depuis longtemps comme le triomphe de la danseuse adorée.

En conséquence, le jour de la reprise de *la Sylphide*, vers sept heures et demie du soir, quatre personnes occupaient à l'Opéra, aux premières de côté, la loge n° 11. C'étaient sur le devant Laure et son père, et derrière eux Arthur et son ami Durandin, le notaire, qui avait réclamé la faveur d'être de la partie. On donnait, pour commencer le spectacle, le premier acte du *Serment*. Aussi un certain nombre de loges étaient encore vides, bien que tout le reste de la salle fût comble ; mais monsieur Rieublanc avait voulu ne rien perdre du spectacle, et il ne pouvait s'empêcher de témoigner à chaque instant le plus vif étonnement de ce que chacun ne s'empressait pas de suivre son exemple, ne comprenant pas qu'on s'allât promener aux Champs-Elysées, pour y respirer l'air frais du soir, alors qu'on aurait pu jouir, avant le ballet, d'un acte d'opéra exécuté « par les premiers artistes du chant de l'Académie royale de musique, » ainsi que l'avait annoncé le matin son journal. Une telle façon d'agir était en contradiction trop formelle avec les idées du brave homme pour que Durandin, qui avait entrepris de prêter aux retardataires l'appui de son éloquence, eût le moindre succès ; cela lui semblait presque aussi étrange que si les voltigeurs de sa compagnie eussent pris fantaisie de venir au poste après la parade, et il eût volontiers fait mettre au violon toutes les belles dames qui arrivèrent à la suite les unes des autres durant le premier acte du *Serment*. Car les chants d'Auber reçurent ainsi un accompagnement non obligé de portes fermées et de jeu de serrures fort peu harmonique. Peu s'en fallut même que l'impatient capitaine ne cherchât querelle à Durandin pour avoir échangé quelques paroles avec une dame qui entra dans la loge voisine au moment où l'on commençait le finale du 1er acte du *Serment*. Laure et Arthur sourirent. Lorsque le rideau fut baissé, Laure se pencha du côté de Durandin et lui dit à voix basse :

— Quelle est donc cette dame que vous avez saluée ?

— Oh ! — reprit le notaire d'un ton dégagé, — c'est une de mes nouvelles clientes.

Arthur se retourna pour voir la nouvelle cliente de son ami, et tressaillit, car il reconnut aussitôt en elle la parente, l'amie intime de la marquise de Sainte-Fare, celle qui l'avait accompagnée au pavillon Marsan, au bal de l'Opéra et plus tard au bois de Boulogne. La baronne le salua avec son plus doux sourire, et Arthur ne put s'empêcher de s'incliner en rougissant devant elle.

— Vous connaissez donc aussi cette dame ? — reprit Laure.

— Oh ! fort peu, — repartit le jeune homme avec embarras, et il s'empressa aussitôt de changer de conversation.

Mais il n'était pas, comme on dit vulgairement, au bout de ses peines, et il fallut qu'il satisfît tant bien que mal à toutes les questions que la jeune fille eut la curiosité de lui adresser sur le nom de la nouvelle venue, sa position dans le monde, etc.

Sur ces entrefaites, la sonnette d'avertissement avait retenti au foyer, chacun avait regagné sa place, et monsieur Rieublanc venait de constater avec une satisfaction extrême que toutes les loges étaient occupées, sauf une seule, restée vide aux premières de face, non loin de la loge royale. Le chef d'orchestre donna le signal, et l'ouverture commença. Elle fut exécutée avec plus de verve et plus d'entrain que jamais, tant les musiciens eux-mêmes subissaient l'influence magnétique qui régnait en ce moment dans toute la salle, influence résumée dans cette pensée qu'on allait enfin revoir la sylphide. Aux dernières mesures et avant que le rideau se levât, monsieur Rieublanc ne put s'empêcher de promener encore une fois ses regards dans toute la salle, dont il passa rapidement la revue, en quelque sorte sorte loge par loge, comme s'il eût voulu s'assurer qu'aucun bruit de porte ou de serrure ne viendrait plus le troubler. Il y avait toujours aux premières de face, et non loin de celle du roi, une loge vide.

— Sacrebleu! — grommela le capitaine, — c'est vraiment indécent! — Là-dessus le rideau se leva, et l'on put voir, endormi dans un grand fauteuil à bras, ce pauvre jeune montagnard écossais dont une charmante fille de l'air vient troubler les rêves. Avec quelle grâce voluptueuse et lutine elle passe et repasse incessamment devant lui, l'appelant du geste, lui souriant, l'implorant même à genoux, puis, pour dernière épreuve, se penchant doucement jusqu'à son front, où elle imprime ses lèvres. Nul de ceux qui ont vu Mario Taglioni dans ce ballet ne saurait avoir oublié tout ce qu'elle répandait sur cette première scène de charmes ineffables et de pudiques enchantemens. La foule immense, accourue dans la vaste salle de l'Opéra, était émue, haletante, et, lorsque James (c'est le nom du jeune montagnard écossais) se réveille en sursaut et s'élance pour saisir au vol la mystérieuse déité dont le souvenir a déjà jeté tant de trouble dans son cœur, les applaudissemens, contenus jusque alors, éclatèrent avec un enthousiasme tel qu'on eût dit que la salle allait s'écrouler. Monsieur Rieublanc crut pouvoir y joindre les siens, et, se retournant vers Arthur, il s'écria : — C'est merveilleux! Décidément il y a deux choses qui ont fait de grands progrès depuis la révolution de juillet, la garde nationale et la danse. Qu'en dites-vous?

Arthur ne répondit pas. Il était en ce moment absorbé par une profonde préoccupation. L'action qu'on représentait sur la scène éveillait dans son âme comme un écho mélancolique de son passé. Il se voyait revivre dans ce jeune montagnard, qui, la tête remplie de je ne sais quelle folle passion pour un être idéal entrevu dans un rêve, oublie, en poursuivant cette créature insaisissable, ses plus chères affections, les joies les plus pures du foyer et jusqu'à la jeune fiancée dont il était aimé et que lui-même aimait tendrement.

On sait comment se termine le premier acte du ballet. Au milieu d'une fête donnée à l'occasion des fiançailles de James et d'Effie, apparaît soudain la sylphide, qui, invisible pour tout autre que pour le jeune montagnard, se mêle aux danses et déploie tant de séductions qu'elle finit par l'arracher des bras de sa fiancée et par l'entraîner avec elle dans son royaume fantastique.

A cet instant la baronne de R..., qui, comme on sait, se trouvait placée dans une loge voisine, fut prise d'un léger accès de toux. Arthur avait alors ses yeux fixés sur le théâtre, et il se retourna machinalement du côté opposé pour regarder, puis tout à coup il devint fort pâle, et un cri s'échappa de sa poitrine. Il n'y avait plus alors dans toute la salle une seule loge vide, et aux premières de face il venait d'apercevoir deux femmes, toutes deux à divers titres bien dignes de fixer l'attention.

L'une, plus que septuagénaire, de petite taille, un peu voûtée, était remarquable par l'étrangeté de sa mise ainsi que par une triomphante perruque poudrée, surmontée d'un bonnet à la dauphine, garni de fleurs, dont les fraîches couleurs eussent présenté sans doute un contraste assez étrange avec ses rides si elle n'eût pris soin de se farder le visage d'une épaisse couche de blanc et de rouge. Elle tenait d'une main un riche éventail du temps de Louis XV, peint sans doute par Watteau ou par quelqu'un de ses émules, et de l'autre un délicieux bouquet de roses.

L'autre femme, qui semblait au printemps de la vie, était d'une taille élevée et se distinguait au contraire par la simplicité presque sévère de sa toilette. Elle était vêtue d'une robe de mousseline des Indes, au corsage de laquelle était attaché un bouquet de pensées et de violettes mélangées ensemble avec une seule marguerite au milieu. Ses cheveux, d'un noir de jais et dépourvus de tout ornement, descendaient sur ses tempes en bandeaux et revenaient former derrière sa tête une double natte arrondie à l'italienne. Cette coiffure faisait ressortir à merveille la blancheur un peu mate de son teint. Elle n'avait point d'éventail, et tenait à la main un bouquet exactement semblable à celui qui était attaché au corsage de sa robe.

Arthur avait reconnu la chanoinesse et la marquise de Sainte-Fare.

— Qu'est-ce donc? — s'écria monsieur Rieublanc dès que le rideau fut baissé; — que s'est-il passé?

— En effet, — ajouta Laure avec vivacité, — qu'avez-vous, Arthur? Comme vous êtes pâle! Est-ce que vous souffrez de votre blessure?

— Moi! nullement.

— Eh! mais, — reprit fort malencontreusement l'ancien droguiste, — j'aperçois maintenant du monde dans cette loge qui était restée vide. Ce sont deux dames, mais je ne saurais les distinguer. Il me semble pourtant qu'elles nous regardent. Qui me prête une lorgnette?

— Ah! — s'écria Durandin, qui changea de couleur à son tour, — ne lorgnez pas, ne lorgnez pas, capitaine! Ce serait peu poli de votre part, et ces dames pourraient s'en fâcher.

— Est-ce que vous les connaissez, qu'elles ne détournent pas les yeux de notre loge?

— Oui... oui... un peu... c'est moi qu'elles regardent. Ce sont des clientes, mais je ne veux pas avoir l'air de les apercevoir, parce que... vous comprenez?...

— Peste! monsieur Durandin, mais l'Opéra n'est donc peuplé que de vos clientes, ce soir? Attendez, il me semble qu'il y a une de ces dames que j'ai vue quelque part, la grande, la jeune... — En parlant ainsi, monsieur Rieublanc s'était emparé de la lorgnette de sa fille, et, malgré les efforts de Durandin, il était parvenu à la fixer dans la direction des premières loges de face, et déjà il s'écriait : — Que vois-je! Ah! vous me la donnez belle à garder, vous, avec vos clientes! Je reconnais parfaitement cette dame; c'est cette actrice que vous avez amenée un certain jour chez mon gendre futur. Je gage qu'il la reconnaîtra tout aussi bien que moi. Eh! d'Escorailles, retournez-vous donc par ici : ah çà! est-ce que la dame qui est à côté d'elle a gardé son costume de théâtre pour venir à l'Opéra? C'est donc une actrice aussi? Elle a pourtant l'air bien âgé. Elle fait les duègnes, n'est-ce pas, cette femme-là? Laure, Laure! regarde donc là-bas, aux premières de face. Veux-tu voir deux actrices? Comment les nommez-vous ces actrices-là, monsieur Durandin?

L'infortuné notaire était interdit, et, le front baigné de sueur, il ne pouvait parvenir à articuler une parole. Quant à Arthur, il était réellement atterré. Laure les contempla l'un et l'autre pendant quelques secondes avec une naïve surprise; puis elle se pencha en fixant les yeux dans la direction que lui indiquait son père, mais elle les ramena presque aussitôt sur Arthur, et échangea avec lui un regard, un de ces regards dont nulle parole humaine ne saurait rendre l'expression. Ce fut tout. Pendant le reste de la soirée il ne lui échappa ni un soupir, ni une plainte ni le moindre mot dont le sens, même détourné, pût donner à penser qu'elle s'était découvert une rivale. Peut-être avait-elle pitié du trouble auquel elle voyait qu'Arthur était en proie. Peut-être en était-il de la douleur qui dut alors briser le cœur de la malheureuse jeune fille comme de celle qu'on éprouve en perdant inopinément les plus chers objets de ses affections. Dans le premier moment, la surprise l'emporte encore sur le chagrin. Il semble alors qu'on ne soit pas tout à fait sûr de son malheur. On ne sait pas qu'il est sans remède, et l'on a peine à se familiariser avec cette idée que la perte qu'on a faite est une perte éternelle, que la douleur qu'on ressent est une douleur irréparable.

Un léger incident vint faire diversion à la position fort embarrassante dans laquelle les hôtes de la loge nº 11 se trouvaient vis-à-vis les uns des autres. Bigorne, qui les avait aperçus de sa stalle d'orchestre, crut devoir se présenter dans l'entr'acte sous prétexte de serrer la main du convalescent, mais en réalité pour voir de plus près mademoiselle Laure Rieublanc.

— Je te fais mon compliment, — dit-il à voix basse à Arthur en se retirant, — ta future est adorable, une véritable vierge de Raphaël, ma parole d'honneur! Oh! je m'y connais. A propos de vierge de Raphaël, je te recommande la petite J...; tu vas la voir, c'est la sixième sylphide à gauche de l'acteur, au lever du rideau. A présent que te voilà rétabli, tâche donc de faire parler d'elle dans les journaux.

Quelques instans après, le second acte commença, mais la marquise et sa tante avaient déjà disparu. Arthur, monsieur Rieublanc et sa fille, ainsi que Durandin, demeurèrent jusqu'à la fin du spectacle. Il est présumable que sur ces quatre derniers personnages trois au moins n'assistèrent pas sans des émotions diverses au dénoûment du ballet, où James, après avoir vu mourir la créature fantastique à laquelle il s'était attaché, est encore condamné à être le témoin de la pompe nuptiale de sa fiancée, qui passe devant lui pour aller épouser son heureux rival. Il y a dans la vie des instans pleins de solennité, où l'âme quelquefois la plus ferme et la mieux trempée s'ouvre avec une étrange facilité aux idées superstitieuses, et où la moindre circonstance, l'analogie la plus lointaine s'empreint aussitôt d'un sens prophétique.

Comme nos quatre personnages sortaient de leur loge, un jeune capitaine d'état-major, en grande tenue, s'approcha avec un air assez effaré de la baronne de R..., sur les épaules de laquelle un superbe chasseur venait de poser un riche burnous.

— Qu'avez-vous donc ce soir? — dit la baronne, — je vous trouve un visage d'enterrement.

— Hélas! madame, — reprit l'officier, — c'est un visage de circonstance. Je sors de chez le ministre de la guerre, et j'en apporte une fâcheuse nouvelle. Il est arrivé ce soir un courrier d'Afrique qui nous a appris que l'armée venait de perdre un de ses plus braves officiers, le Jockey-Club un de ses membres les plus distingués, et vous, madame, en particulier, un parent que vous affectionnez, je crois. Plaignez-moi d'avoir à vous annoncer la mort du marquis de Sainte-Fare. Il a été tué dans une embuscade. On soupçonne que c'est une vengeance particulière d'un chef arabe dont il avait fait enlever la femme.

— O ciel! — s'écria la baronne, — Marguerite est veuve!

Et elle attacha aussitôt un regard rempli d'une expression singulière sur Laure et Arthur, qui venaient de passer devant elle, et qui n'avaient pas perdu une seule des paroles du jeune officier.

XXVI

UNE GRANDE RÉSOLUTION.

Arthur se mit au lit avec la fièvre en rentrant de l'Opéra dans son logis de la rue de la Ferme-des-Mathurins, dont il était revenu prendre possession depuis peu, après avoir quitté l'avenue de Madrid. A peine rétabli de la blessure qui avait failli causer sa mort, il était hors d'état de supporter les émotions de toute nature auxquelles il avait été en proie durant une bonne partie de la soirée. Le lendemain matin, il lui fut impossible de se lever, et il envoya chercher son camarade de collége le jeune docteur. Celui-ci l'engagea à garder le lit et à prendre quelques jours d'un repos absolu, s'il ne voulait retomber dangereusement malade. Ce fut un grand crève-cœur pour notre héros, qui devait ce jour même aller à la campagne avec monsieur Rieublanc et sa fille, et qui comptait bien en profiter pour tâcher d'avoir un entretien particulier avec Laure, entretien dans lequel il lui aurait confessé avec franchise tout le passé, et demandé un pardon qu'on ne lui eût sans doute point refusé.

Combien il regretta alors de n'avoir pas eu le courage de faire depuis longtemps un pareil aveu! Mais d'abord il avait appréhendé de causer un vif chagrin à sa jeune fiancée, un chagrin qui peut-être eût été pour elle, dans l'avenir, une source incessante de soupçons et de méfiance; et puis il avait cru que le brusque et fatal dénoûment d'une intrigue qui ne pouvait avoir aucune suite l'affranchissait mieux que toute autre considération d'un devoir si pénible à remplir. Ces calculs, comme on le voit, n'étaient pas sans fondement; mais il suffit, hélas! de si peu de chose pour renverser les prévisions les mieux établies de l'humaine sagesse!

Que faire maintenant? Ecrire à Laure? mais il y a de ces détails que les amans ne confient guère au papier qu'autant qu'il leur est impossible de faire autrement; car, en recourant à la voie épistolaire, ils se privent aussi de mille argumens bien précieux pour conjurer un orage, pour réfuter une objection, pour persuader même. Tout amant devient en pareil cas un avocat de premier ordre. Il a le geste, l'accent, le regard, les larmes même, comme jamais Cicéron, Patru, Gerbier ne les eurent; il y a bien d'autres ressources encore que n'ont pas les avocats. Tout bien considéré, il valait donc mieux attendre une nouvelle occasion d'échanger avec Laure quelques paroles qu'elle seule entendrait; et cette occasion ne pouvait tarder à se présenter.

Provisoirement Abd-el-Kader fut envoyé en ambassade rue des Cinq-Diamans, afin de prévenir monsieur Rieublanc de l'état de maladie de son maître, et de présenter aussi intelligiblement qu'il le pourrait ses excuses et ses regrets. Tout désappointé qu'il était de sa rechute et de l'ordonnance du docteur, Arthur nourrissait, il faut le dire, au fond de son cœur un vague espoir que cette fâcheuse nouvelle exciterait la compassion et les alarmes de sa jeune fiancée, et la déterminerait à accourir elle-même lui demander une justification qu'il avait hâte de lui donner. Plusieurs fois, pendant qu'il habitait l'avenue de Madrid, Laure n'était-elle pas venue le voir en compagnie d'une simple camériste, et son père n'arrivait ensuite que pour la chercher?

Sous l'impression d'un pareil pressentiment, il sentait son cœur battre bien fort toutes les fois qu'il entendait agiter la sonnette de son appartement. Le docteur avait défendu de recevoir personne, parce qu'il craignait pour Arthur un épanchement dans la poitrine, les émotions de la veille ayant déterminé un léger crachement de sang; mais bien entendu cette défense ne s'appliquait point à Laure ni à son père. Il vint enfin un moment où un bruit de pas retentit à la porte de la chambre du malade, puis cette porte s'ouvrit. Arthur tressaillit, car une voix connue avait frappé son oreille. Monsieur Rieublanc entra, mais il était seul.

Sa visite fut fort courte, et, chose assez étrange! lui si vif et si franc d'ordinaire, il s'exprima avec froideur et presque avec solennité. Il était évidemment embarrassé. Il annonça que sa fille avait appris avec peine l'indisposition d'Arthur, qu'elle espérait bien que cette indisposition n'aurait point de suites fâcheuses, et qu'elle aurait beaucoup de plaisir à le revoir lorsqu'il serait rétabli; mais il ne donna nullement à entendre qu'elle dût venir visiter le malade, ainsi que par le passé. Arthur resta quelque temps en proie à une douloureuse surprise, puis il pensa que monsieur Rieublanc avait peut-être en ce moment en tête quelque innovation relative au service de la garde nationale, et cette idée le rassura un peu.

Le lendemain il était toujours à peu près dans le même état; monsieur Rieublanc ne vint pas, et envoya un tambour de sa compagnie s'informer des nouvelles de monsieur d'Escorailles. Il était sans doute de garde et ne pouvait quitter son poste. Le surlendemain, le tambour se présenta encore. Le jour suivant, il en fut de même. Oh!

pour le coup, il se passait quelque chose d'extraordinaire. Durandin, le fidèle Durandin lui-même l'abandonnait. Il avait envoyé son petit clerc, mais il n'avait point paru. Arthur pria son camarade de collége, le jeune docteur, de lui rendre le service d'aller rue des Cinq-Diamans afin de chercher à découvrir ce qu'il en était.

Celui-ci s'acquitta de la mission, et revint vers le soir en raconter le résultat à son client. Il avait été reçu avec la meilleure grâce. Monsieur Rieublanc et sa fille avaient même voulu à toute force le garder à dîner. On avait demandé de part et d'autre, avec beaucoup d'intérêt, des nouvelles du malade, et monsieur Rieublanc s'était excusé de n'être pas venu en savoir lui-même, absorbé qu'il était par l'élaboration d'un grand projet de réforme dans le service intérieur des légions de la garde nationale, qu'il voulait soumettre à monsieur le maréchal Gérard.

Plus calme après avoir appris ces détails, Arthur eut une excellente nuit, et deux jours après, le docteur l'ayant jugé en état de sortir, son premier soin fut d'envoyer chercher un cabriolet et de se faire conduire rue des Cinq-Diamans, où il s'était fait annoncer dès la veille. Monsieur Subtil daigna venir à sa rencontre avec les attributs de sa profession à la main, et souriant agréablement à travers les barreaux de la grille, car notre héros avait découvert un moyen infaillible d'adoucir ce cerbère.

— Ah ! vous voilà donc rétabli, monsieur Arthur d'Escorailles ! — s'écria-t-il ; — comme je suis donc heureux de vous voir !

Arthur tira une pièce de cinq francs de sa poche et la glissa dans la main de son interlocuteur, en ajoutant :

— Et moi aussi, monsieur Subtil. Monsieur Rieublanc n'est pas encore sorti, n'est-ce pas ?

— Si fait, monsieur Arthur d'Escorailles. Oh ! il y a déjà longtemps. La compagnie Rieublanc est de garde aujourd'hui.

Un éclair de joie illumina le visage d'Arthur, qui reprit aussitôt :

— C'est bien. Je trouverai du moins mademoiselle Laure.

— Faites excuse, monsieur Arthur d'Escorailles. Mademoiselle est sortie aussi.

— Sortie, seule, sans son père ? Cela est étrange. Je vais l'attendre.

— Si c'est un effet de votre bonté, monsieur Arthur d'Escorailles, de vous asseoir dans ma loge, je vais vous introduire, mais je crains que vous n'attendiez longtemps.

— Il n'y a donc personne chez monsieur Rieublanc ?

— Oh ! personne absolument. Les deux filles sont aussi sorties. Je crois que tout le monde est en campagne.

Et vous ne savez pas quand on doit revenir ?

— Je l'ignore, monsieur Arthur d'Escorailles, je l'ignore totalement. Vous comprenez que le devoir d'un concierge...

— Et l'on ne vous a remis pour moi aucune lettre ? on ne vous a chargé d'aucune commission, monsieur Subtil ?

— Non, monsieur Arthur d'Escorailles. — Arthur eut besoin de s'appuyer à la muraille. Il était anéanti. Laure savait qu'il devait la revoir ; après une séparation de huit jours, après que sa santé avait éprouvé de nouveau une altération profonde, elle était sortie sans l'attendre, sans même daigner se faire excuser auprès lui ! Que devait-il penser d'une pareille conduite à son égard ? À quelle conjecture s'arrêter ? Comme il demeurait immobile et muet, monsieur Subtil, qui avait réfléchi pendant ce temps-là, se frappa le front avec sa manique : — Pardon, excuse, monsieur Arthur d'Escorailles, — s'écria-t-il, — je me souviens maintenant que l'une des filles est sortie aujourd'hui de grand matin avec une lettre, et qu'elle m'a dit comme ça qu'elle allait la porter chez le notaire de la rue des Lombards, et que cette lettre était pour vous.

Arthur, dont tous ces incidens ne faisaient qu'accroître l'anxiété, attendit quelque temps Durandin dans son cabinet ; puis, pensant qu'il trouverait peut-être dans son propre domicile la clef de toutes ces énigmes, il prit le parti de retourner rue de la Ferme-des-Mathurins, après avoir laissé sur le bureau de son Pylade un billet où il le priait de le venir voir aussitôt qu'il rentrerait, ayant à causer avec lui d'affaires fort importantes.

Il rentra chez lui vers le milieu de la journée, mais sans y trouver aucun message propre à jeter quelque jour sur le ténébreux dédale au milieu duquel il s'agitait. Durandin ne se fit pas attendre longtemps. Malheureusement il ne put être d'aucun secours à notre héros pour le guider dans ce dédale. Il avait été complétement absorbé depuis huit jours par les devoirs de son nouvel office, et n'avait pu faire qu'une visite assez courte aux habitans de la rue des Cinq-Diamans. Il avait bien remarqué que mademoiselle Laure n'avait plus sa gaieté et son enjouement habituels, mais il avait attribué cet état de choses à la nouvelle qu'elle avait reçue de l'indisposition d'Arthur. Pourtant cette induction se conciliait assez mal avec le fait de son absence au moment où elle était informée qu'il allait venir passer avec elle une partie de la journée. Les deux amis s'épuisaient, à cet égard, en commentaires et en suppositions plus ou moins raisonnables. Arthur poussait de gros soupirs et aurait volontiers, dans cette occurrence délicate, demandé des conseils au nègre Abd-el-Kader ou à monsieur Subtil. Durandin cherchait des idées au plafond et n'en trouvait guère.

Pendant que tous les deux s'efforcent de lire dans ce qu'il y a peut-être de plus indéchiffrable au monde, le cœur d'une jeune fille, voyons ce qui s'était passé à l'horizon brumeux de la rue des Cinq-Diamans.

Mademoiselle Laure Rieublanc était, on a pu le voir dans le cours de ce récit, une de ces natures timides, pleines de candeur et dont le dévouement est en quelque sorte l'essence. Dans certaines circonstances données, ces natures-là sont susceptibles de grandes résolutions, mais alors elles apportent dans le sacrifice de leurs plus chers intérêts, dans la résignation la plus absolue, toute l'énergie, toute l'exaltation même que les autres dépensent dans un but d'ambition, de possession ou d'avenir. Leur activité ne s'exerce qu'au profit d'autrui, jamais pour elles-mêmes. Ces natures-là ne sont pas rares parmi les femmes. Elles déploient pour l'accomplissement d'un devoir la même ardeur que les hommes pour la revendication d'un droit. C'est peut-être là la distinction morale la plus tranchée qui existe entre les deux sexes.

La nuit qui suivit la représentation de *la Sylphide* à l'Opéra fut pour Laure une nuit de désespoir. Elle pleura amèrement sur tous ses rêves de bonheur détruits, et le passé, comme l'avenir, s'éclaira à ses yeux d'une horrible lueur. Désormais tous les doutes, tous les soupçons même que, à diverses époques, elle avait conçus sur l'existence d'une rivale se trouvaient réalisés, et cette rivale était Marguerite, la compagne, l'amie de son enfance ! Marguerite ! c'était elle qu'il aimait ; c'était elle dont le nom, un soir, prononcé par hasard, lui avait causé tant de trouble ; c'était en souvenir d'elle qu'il avait porté à sa boutonnière cette fleur symbolique qu'elle lui avait donnée sans doute ; c'était pour elle qu'il s'était battu et qu'il avait failli mourir. Ils s'aimaient tous les deux, et la barrière qui les séparait venait de tomber. Marguerite était veuve. Oui, mais Arthur était engagé moralement envers Laure. Eh bien ! Laure ne pouvait-elle le relever de cet engagement ? Ne pouvait-elle faire plus encore ?

La première fois que cette idée se présenta à la pensée de la jeune fille, elle la repoussa presque avec horreur ; mais peu à peu elle se familiarisa avec elle. Il y a toujours dans certaines âmes une voix qui finit par s'élever au-dessus de celle des passions, quelque puissante que soit cette dernière : c'est la voix des sentimens nobles et généreux. Une résolution vraiment sublime avait germé dans le cœur de Laure, et c'était pour ne pas être tentée d'y renoncer qu'elle s'était imposé la loi si dure pour elle de paraître indifférente aux maux d'Arthur, de ne point le revoir tant qu'elle n'aurait pas assuré son bonheur. Bien plus, elle avait voulu que son père s'abstînt également de visiter le malade, afin que rien ne vînt contrarier l'exécution de son projet; et le bonhomme s'était conformé aux intentions de sa fille, tout en se demandant quel pouvait en être le but. Il ne s'agissait plus maintenant que de pourvoir à l'accomplissement de ce projet.

Le matin du jour auquel se rapporte cette partie de notre récit, à peine monsieur Rieublanc était-il parti pour se mettre à la tête de sa compagnie que sa fille, qui avait passé une bonne moitié de la nuit à écrire une lettre dix fois déchirée, dix fois recommencée, appela l'une des deux servantes de la maison, et lui remit le message destiné comme on l'a vu à Arthur. Quel pouvait en être le contenu? C'est ce que nul ne sut jamais, puisqu'un quart d'heure après elle l'envoya rechercher et le livra aux flammes; puis, cet holocauste accompli, elle se fit habiller de noir, et, ayant prié celle des deux servantes qui lui servait habituellement de fille de chambre de l'accompagner dans une course fort importante qu'elle avait à faire, elle envoya chercher un fiacre, et se fit conduire au faubourg Saint-Honoré. Là, elle mit pied à terre devant un des plus charmans hôtels de ce faubourg privilégié, qui menace incessamment de détrôner le noble faubourg Saint-Germain, et, ayant franchi lestement un porche dont l'élégante architecture rappelait à la fois dans mille poétiques détails les galantes résidences de Follembraye et de Chenonceaux, elle demanda à parler à la marquise de Sainte-Fare.

XXVII

LE LANGAGE DES FLEURS.

Lorsque mademoiselle Laure Rieublanc se présenta à l'hôtel de la marquise, on lui dit que madame de Sainte-Fare, ayant reçu depuis huit jours seulement la nouvelle de la mort de son mari, n'était visible encore que pour les personnes de sa famille ou de son intimité; mais Laure avait prévu cette difficulté, et elle avait écrit quelques lignes sur un papier qu'elle fit remettre à son ancienne amie. Celle-ci n'y eut pas plutôt jeté les yeux qu'elle vint elle-même au-devant de la jeune fille, lui tendit la main, puis se jeta dans ses bras en fondant en larmes. Toutes les deux se tinrent longtemps embrassées. Ensuite la marquise, prenant son amie par la main, l'introduisit dans une façon d'oratoire richement meublé, et dont les portes entr'ouvertes laissaient apercevoir une galerie vitrée, disposée en forme de serre et garnie d'arbustes et de fleurs. Ce fut la marquise qui rompit la première le silence.

— Eh bien! — s'écria-t-elle, — ma pauvre Laure, je suis veuve!

— Et moi aussi, — reprit la jeune fille d'une voix altérée, — je suis veuve!

— Toi! grand Dieu! que veux-tu dire? monsieur d'Escorailles...

— Oh! rassure-toi, il existe encore! — Un vif incarnat vint animer les joues pâles de la marquise, qui baissa la tête et se cacha le visage entre les mains. — Ecoute, — dit Laure, — il n'est plus temps de feindre, car je sais tout; je sais qu'il t'aime, et si en venant ici j'avais pu douter encore que cet amour fût partagé, je n'aurais plus aucun doute maintenant.

— Il m'aime! il m'aime, lui! Oh! tu te trompes, Laure, je te jure que tu te trompes! Il ne doit pas, il ne peut pas m'aimer. Mais tu ne sais donc pas tout ce que j'ai fait pour mériter sa haine, son mépris! Il ne te l'a donc pas dit, lui! Eh bien! je veux être franche avec toi pour que tu me prennes au moins en pitié. Oui, je l'aime, moi, et c'est ma punition. Insensée que je suis... j'ai voulu jouer avec le feu, et le feu m'a brûlée. L'amour que je m'étais fait un jeu cruel d'inspirer à monsieur d'Escorailles, un jour est venu où je l'ai ressenti moi-même, et cet amour a été d'autant plus violent, d'autant plus terrible, que tout m'imposait le devoir de le combattre. Oh! non, tu ne sauras jamais toutes les souffrances, toutes les angoisses que j'ai endurées pendant ces derniers mois, seule à Paris, sans guide, sans appui, tantôt cherchant dans les distractions du monde l'oubli d'une passion coupable et sans espérance, tantôt m'abandonnant à cette passion avec tout l'emportement que donne le désespoir. Combien de fois ne m'est-il pas arrivé de diriger mes promenades vers l'allée de Madrid, de passer devant cette maison où la triste victime de ma coquetterie était couchée sur son lit de douleur! Tu étais à ses côtés, toi, j'entendais les sons de ton piano, je recueillais l'écho de tes chants, et je te maudissais, car je ressentais toutes les tortures de cette horrible passion, la jalousie! Ah! Laure, Laure, que Dieu t'épargne à jamais cet affreux supplice! — Ici la jeune fille ne put réprimer un tressaillement nerveux, et la marquise attacha sur elle un regard plein de mélancolie; puis elle continua: — Dans ces derniers temps, j'avais pris un grand parti, j'avais voulu changer d'air, me rendre à la campagne: j'espérais que la solitude ferait pour moi ce que n'avait pu faire le tourbillon du monde. Oh! je m'étais amèrement trompée. Il n'y avait pas cinq jours que j'avais quitté Paris qu'il m'était devenu impossible de vivre plus longtemps dans cette odieuse retraite. Dans mon château désert, sous les grands arbres de mon parc, j'étouffais. Je suis revenue ici avec la pensée qu'au moins je respirerais le même air que lui. J'ai repris mon existence mondaine et frivole, je suis allée à l'Opéra... tu sais le reste. Je l'y ai aperçue, ainsi que lui. Alors le remords et la honte m'ont saisie, et je me suis enfuie. Etait-ce donc un pressentiment? En revenant chez moi, j'y ai trouvé un de mes parens, qui venait de la part du ministre de la guerre m'annoncer la mort de monsieur de Sainte-Fare. Quelques mois auparavant, je ne sais comment j'eusse pu supporter une pareille nouvelle. Hélas! à présent, faut-il te l'avouer, au milieu de tous les regrets que je dois à la mémoire du mort, revient incessamment se placer l'image du vivant!

— Je te plains, Marguerite, je te plains; mais, crois-moi, tout espoir de bonheur n'est pas perdu pour toi dans l'avenir. Tu as beau dire, je suis sûre que tu es encore aimée, je suis sûre que, en m'épousant, monsieur d'Escorailles accomplirait seulement un devoir parce qu'il se croirait lié envers moi par sa promesse, peut-être par la reconnaissance pour les soins que je lui ai donnés pendant sa maladie, et je ne saurais accepter un pareil sacrifice. Oh! va, j'ai lu dans ses yeux l'autre jour, lorsqu'il t'a reconnue à l'Opéra. Quels qu'aient pu être tes torts envers lui, il t'aime, il t'aime toujours! Eh bien! deux mots seulement, Marguerite, car je sais que le moment est peu convenable pour traiter un pareil sujet: dis-moi si dans l'avenir il peut espérer que tu consentiras à devenir sa femme. Voilà ce que je suis venue te demander et j'attends ta réponse.

— O ciel! c'est pour cela que tu es venue, pauvre Laure? mais ce que tu me demandes est impossible.

— Impossible! pourquoi?

— Parce que dans ta généreuse exaltation tu n'as pas calculé toutes les conséquences d'une démarche que demain, que ce soir peut-être tu regretteras amèrement, parce que tu l'aimes encore.

— N'est-ce que cet obstacle-là? Oui, je l'aime, mais non plus de cet amour brûlant, passionné, dont tu me parlais tout à l'heure. Je l'aime comme une sœur, comme une amie. Oh! j'ai bien réfléchi, va, avant de venir à toi, j'ai réfléchi pendant huit jours.

— Pauvre enfant! Qu'est-ce que huit jours quand on

aime? Je te plains, je t'admire du plus profond de mon cœur, mais tout me commande de te refuser, et tu m'en remercieras un jour.

— O Marguerite! je t'en supplie, rétracte cette parole. Mon Dieu! que dois-je dire, que dois-je faire pour te persuader! Ne le trouves-tu pas assez riche, assez noble pour prétendre à ta main?

— Oh! non, ce n'est pas cela, ce n'est pas cela!

— Eh bien donc! qui peut t'arrêter? Est-ce la crainte que je ne sois malheureuse et ne me repente de ce que j'ai fait aujourd'hui? Rassure-toi, Marguerite, je suis plus raisonnable que tu ne le penses. Il y a quelqu'un que je n'aime pas d'amour, il est vrai, mais que j'estime profondément, quelqu'un qui m'avait demandée en mariage avant monsieur d'Escorailles, un de ses amis, un notaire, un homme honnête et bon : je l'épouserai, et je suis sûre qu'il me rendra heureuse. Que te faut-il de plus?

— Mais il ne m'aime pas, mon enfant, je te dis qu'il ne m'aime pas!

— Et moi je te jure qu'il t'aime. O Marguerite, Marguerite! toi qui étais une si bonne amie pour moi dans mon enfance, ne m'aideras-tu pas à accomplir une bonne résolution, qui est notre salut à tous? Marguerite, je t'en supplie, que je ne sois pas venue en vain à toi, ne me refuse pas. Fais cela pour moi, Marguerite, qui passera le reste de mes jours à prier Dieu pour votre bonheur à tous deux, pour lui, qui va être si surpris, si charmé, lorsqu'il apprendra... Oh! vois-tu, je me fais une fête de sa joie.

La jeune fille ajouta bien d'autres choses encore; puisant dans son dévouement même une éloquence pleine d'entraînement et de passion, elle eut de ces accents du cœur qui émouvent et arrachent des larmes. Enfin il vint un moment où elle se jeta en pleurant aux genoux de la marquise. Celle-ci la releva, l'embrassa, confondit ses larmes avec les siennes. C'était un spectacle touchant que celui de ces deux jeunes femmes de condition si diverse, d'un type de beauté si opposé, et réunies dans une même pensée comme dans un même embrassement.

Il n'y eut d'abord entre elles deux que des paroles entrecoupées, puis la marquise, vaincue par les ardentes supplications de son amie, s'écria d'une voix à peine articulée :

— Tu le veux, Laure, tu le veux absolument? Eh bien! écoute : si dans quelque temps, dans six mois par exemple, tu persistes encore dans ta résolution; s'il est bien vrai que monsieur d'Escorailles m'ait pardonné ma conduite coupable envers lui; si aucun obstacle d'ailleurs ne vient à se présenter, alors nous lui dirons toutes les deux, comme jadis mesdemoiselles d'Aumale à Lauzun : Choisissez entre nous, qui vous aimons l'une et l'autre de toute notre âme.

— Oh! merci, merci! Marguerite, je veux lui annoncer moi-même cette bonne nouvelle. Mais, pour lui prouver que je dis bien la vérité, que je ne veux point le tromper, n'as-tu donc rien à me donner pour lui? Un mot de ta main, ou plutôt un souvenir qui soit en même temps pour lui une espérance.

— Un souvenir! une espérance!

La marquise était devenue rêveuse. Tout à coup, à travers les portes de la serre demeurées entr'ouvertes, au milieu d'un grand nombre de fleurs plus ou moins rares, plus ou moins éclatantes, les regards distraits de la jeune femme tombèrent sur des marguerites dont les corolles nuancées des plus vives couleurs s'épanouissaient sous un rayon de soleil. Elle fit quelques pas, et, ayant cueilli une de ces fleurs, elle se mit à l'effeuiller entre ses doigts en murmurant tout bas les paroles consacrées par la plus poétique peut-être de toutes les superstitions. La fleur interrogée répondit : *Passionnément*, et Laure s'écria en levant les yeux au ciel :

— Tu vois bien, Marguerite, que je ne m'étais pas trompée! Oh! les fleurs ne mentent jamais.

— Quelquefois, — dit la marquise, qui baissa soudain les yeux, et laissa tomber sa tête sur sa poitrine en soupirant.

Faut-il croire que, en ce moment, un remords venait de s'éveiller dans le sein de la jeune femme, et que, par un fatal retour sur son passé, elle voyait se dresser devant elle le premier envoi qu'elle avait fait à Arthur, cet envoi trompeur qui avait causé tant de désastres?

— Maintenant, — reprit Laure, — il faut en cueillir une autre, afin que je puisse la lui remettre de ta part.

La marquise ayant rempli, non sans hésiter beaucoup, ce dernier vœu de son amie, toutes deux se séparèrent.

Le même jour, dans l'après-midi, au moment où Durandin allait prendre congé d'Arthur, la porte s'ouvrit brusquement, et mademoiselle Laure Rieublanc apparut devant eux. Ses yeux brillaient, ses joues étaient animées, et il y avait sur ses lèvres comme un sourire.

— Laure! Laure! — s'écria enfin le jeune homme, — vous m'êtes donc enfin rendue! Oh! quelle douce surprise!

— Oui, j'ai voulu vous surprendre, en effet, — balbutia la jeune fille d'une voix qu'elle cherchait en vain à affermir; — et vous, monsieur Durandin, restez, vous n'êtes pas de trop ici. Ah! j'ai une bonne nouvelle à vous annoncer, Arthur : vous savez que madame... de Sainte-Fare... est veuve... vous savez... qu'elle vous aime... Arthur, elle consent, quand son deuil sera fini, à devenir votre femme. Tenez... voici... ce qu'elle vous envoie...

Et en même temps elle tendit à Arthur la fleur que ses doigts serraient convulsivement; mais, à ce moment solennel, à cet effort suprême, ses forces, sur lesquelles elle avait trop compté, l'abandonnèrent. Elle pâlit, et, brisée par toutes les émotions qui venaient de l'assaillir, elle s'affaissa sur elle-même et tomba évanouie dans les bras de son amant.

Une dizaine de jours après cette entrevue, une berline de poste traversait dans la forêt de Fontainebleau la grande route qui conduit à Orléans, puis à Moulins et à Clermont. C'était la nuit, et la lune versait à flots sa lumière sur les arbres de la forêt et dans l'intérieur même de la berline. Cette voiture était occupée par trois personnes : dans un coin, un petit vieillard à moustaches grises et à tournure martiale, profondément endormi; à côté de lui, un jeune homme et une jeune femme d'une beauté virginale, avec des cheveux blonds retombant en grappes soyeuses jusque sur ses épaules. Tous deux, le jeune homme et la jeune femme, avaient les mains entrelacées, et, muets et immobiles, ils semblaient s'enivrer du plaisir de se contempler. Il faisait un temps magnifique; un jeune conscrit, un émule d'Eugène Bidault, qui s'était laissé attarder pour rejoindre son étape, et qui suivait pédestrement la même route que la berline, se mit à chanter ces paroles si connues :

Au clair de la lune,
Quand on n'y voit pas,
La blonde et la brune
N'ont pas moins d'appas.

La jeune femme sourit malicieusement en regardant son compagnon de voyage. Celui-ci la serra dans ses bras, et, ayant déposé un double baiser sur ses paupières, il s'écria :

— Oui, j'étais aveugle alors, mais à présent j'ai recouvré la lumière.

Marguerite, la belle Marguerite de Canloinet, a passé bien longtemps ses jours dans le deuil et l'affliction. Pourtant, comme les regrets les plus vifs ne sauraient résister à l'action dissolvante du temps, elle a fini par se remarier; de marquise qu'elle était elle est devenue duchesse; seulement le duc est vieux et laid. Au moins celui-là ne la mettra pas, par ses infidélités, dans le cas d'user de représailles et d'envoyer des marguerites aux jeunes écrivains en renom; mais en amour comme en guerre n'agit-on jamais que par représailles?

Le nom d'Arthur n'apparaît plus que de loin en loin dans la littérature. Il fabriquait le roman, le drame et tout ce qui s'ensuit avec assez de facilité, mais il a été dans ces derniers temps bien distancé. C'est un écrivain qui *a fait son temps*, et l'on dit de lui maintenant ce qu'il disait naguère de quelques-uns de ses confrères, que, comme Charles-Quint, il assiste vivant à ses propres funérailles. Heureusement il a pour se consoler de sa gloire qui s'en va son bonheur qui lui reste sous les traits d'une jolie femme et d'un seul enfant, le tout accompagné d'une fortune honnête, ce qui ne gâte jamais rien.

Il y a dans les montagnes d'Auvergne une compagnie de garde nationale modèle que vient passer en revue de temps à autre un vieux capitaine de la vieille garde... nationale, et qu'on appelle la compagnie Rieublanc, absolument comme à Paris.

Des cent treize notaires de la capitale, un seul, dit-on, est déterminé à rester célibataire : c'est maître Polydore Durandin, successeur de maître Baudineau, rue des Lombards.

FIN DE LA RECHERCHE DE L'INCONNUE.

TABLE

DES CHAPITRES CONTENUS DANS CET OUVRAGE.

FIN DE LA TABLE DES CHAPITRES.

Paris. — Imprimerie J. Voisvenel, rue Chauchat, 14.

LIVRES [illegible] RÉSERVÉS AUX ABONNÉS DU JOURNAL LE SIÈCLE

Tout Abonné au SIÈCLE a droit, contre la r[illegible] demander des départements doivent être [illegible] joindre à la demande le prix du port, qui est [illegible] pour ceux de la troisième, de 30 centimes pour [illegible] stitués à remise de cinquante pour cent sur le pr[illegible] et contenant leur montant en un mandat sur la poste [illegible] le volume, de 1 franc pour ceux de la première catég[illegible] à quatrième. [illegible] l'ordre [illegible] centim[illegible]

Première Catégorie.

Musée littéraire.

[illegible] série. — Les Sept Péchés capitaux : l'Orgueil, l'Envie, la Colère, la Luxure, la Paresse, l'Avarice, la Gourmandise, E. SUE. Prix : 6 fr.

19e série. — Les Catacombes de Paris, E. BERTHET ; La Gorgone, DE LA LANDELLE ; Gabrielle, Mme ANCELOT. [illegible] Prix : 6 fr.

[illegible] (Marcel), FÉLICIEN MALLEFILLE ; Les Frères de la Côte, E. GONZALÈS ; Le Conseiller d'État, F. SOULIÉ ; Le Notaire de Chantilly, L. GOZLAN ; Hermione Sénéchal, Hélène Raynal, PAUL FERNEY. Prix : 6 fr.

[illegible] série. — Le Chemin le plus court, ALPH. KARR ; Esaü le lépreux, E. GONZALÈS ; Blanche Mortimer, A. PAUL. Prix : 6 fr.

[illegible] série. — Une Haine à bord, DE LA LANDELLE ; Les Amoureux, E. BERTHET ; Le Bossu, P. FÉVAL. Prix : 6 fr.

[illegible] série. — Les Excentricités de sir Georges, Nicolette, ADRIEN PAUL ; Une Vengeance, Mme LÉONIE D'AUNET ; Les Mendiants de Paris, Mme CLÉMENCE ROBERT ; [illegible] (Nouvelle) Thérésa, ADRIEN PAUL. Prix : 6 fr.

[illegible] série. — Le Chevalier de Pioustignac, à côté du bonheur, A. PAUL ; Les Émigrans, E. BERTHET ; Un Corsaire sous l'Empire, F. GIRARD ; L'Or est une chimère, la Traite des blanches, Sans Famille, MOLÉRI. Prix : 6 fr.

[illegible] série. — Thadéus le Ressuscité, MICHEL MASSON et AUGUSTE LUCHET ; La Belle novice, EMMANUEL GONZALÈS ; Le Marquis de Moncelar, Madame Leblanc, MOLÉRI ; Le Nouveau monde, OSCAR COMETTANT. Prix : 6 fr.

[illegible] série. — Frère et Sœur, A. LUCHET ; Ivanhoe, WALTER SCOTT (trad. Victor Perceval) ; La Dryade de Clairefont, E. BERTHET ; Les Proscrits de Sicile, E. GONZALÈS. Prix : 6 fr.

[illegible] série. — Les Géants de la mer, DE LA LANDELLE ; Le Vengeur du mari, EMMANUEL GONZALÈS. Prix : 6 fr.

30e série. — L'Homme des bois, ÉLIE BERTHET ; En Amérique, en France et ailleurs, OSCAR COMETTANT ; Bernard le potier de terre, Étienne Giraud, MOLÉRI ; Les Duels de Valentin, ADRIEN PAUL. Prix : 6 fr.

31e série. — Une Dette de jeu, Les Finesses de d'Argenson, ADRIEN PAUL ; La Famille Guilleumme, Suzanne, MOLÉRI ; Le Gentilhomme verrier, ÉLIE BERTHET ; Le Chasseur d'hommes, EMMANUEL GONZALÈS. Prix : 6 fr.

32e série. — Robin Hood, PIERCE EGAN (traduction de Victor Perceval) ; Marcelline Vauvert, FULGENCE GIRARD. Les Sabotiers de la forêt Noire, EMMANUEL GONZALÈS ; Les Martyrs de la Pologne, LOUIS NOIR. Prix : 6 fr.

33e série. — La Belle argentière, Vte PONSON DU TERRAIL ; Les Anabaptistes des Vosges, les Marquards, une Noce dans le Poitou, ALFRED MICHIELS ; Sur nos Grèves, Giulia Falcom, FULGENCE GIRARD. Prix : 6 fr.

[illegible] série. — Le Serment des quatre Valets, Vte PONSON DU TERRAIL ; Souvenirs d'un simple Zouave, LOUIS NOIR. Prix : 6 fr.

34e série. — La Reine des barricades, Vte PONSON DU TERRAIL ; Jeanne de Valbelle, CASIMIR BLANC ; Mémoires d'un Ange, EMMANUEL GONZALÈS ; Les Chasseurs de chamois, ALFRED MICHIELS. Prix : 6 fr.

35e série. — Comment on aime, ÉTIENNE ENAULT ; Le Brouillard sanglant, LOUIS NOIR ; Les Sept baisers de Buckingham, E. GONZALÈS et MOLÉRI ; Le Curé du Pecq, Jean Lebon, GUSTAVE CHADEUIL. Prix : 6 fr.

[illegible] série. — Jacques la Hache, LOUIS NOIR ; Les Petits drames bourgeois, MOLÉRI ; La Double vue, ÉLIE BERTHET ;

Les Trois fiancées, EMMANUEL GO[illegible]

37e série. — Le Colon d'Algérie, du Vert-Galant, La Mignonne du [illegible], Le Serment de la veuve, G[illegible] Les Jardins de Monaco, E. [illegible] Don Juan sur le retour, Par[illegible]

38e série. — Le beau Ga[illegible] L'Hôtesse du Connétable, E. [illegible] PERCEVAL ; La Calvaire [illegible] femmes, [illegible]

39e série. — La secon[illegible] TERRAIL ; L'Épée de S[illegible] Mexique, L. NOIR ; les Cy[illegible]

40e série. — Chroniqu[illegible] que), FULGENCE GIRARD ; FRED MICHIELS ; le Dragon télégraphe, ÉLIE BERTHE[illegible]

41e série. — Contes des [illegible] bourg mystérieux, L. GOZLAN ; A. LUCHET ; Un Mariage sous le[illegible] les Prussiens en Alsace-Lorraine.

42e série. — Jean Bart et Charles [illegible] Portugal, l'Usurier sentimental [illegible] femmes, L'École de la vie, D[illegible]

43e série. — Les Drames de [illegible] Histoire d'une conscience, — ENAULT ; Les crimes inconnus.

44e série. — Chroniques de la [illegible] pire), F. GIRARD ; Les Muscadins.

45e série. — Une Belle-Mère, [illegible] ALFRED ASSOLANT ; Le père Bratort, [illegible] quête de Plassans, ÉMILE ZOLA.

Deuxième Catégorie.

ŒUVRES CHOISIES D'EUGÈNE SUE.

Tome 2e. — 2e PARTIE. — Latréaumont. — Jean Cavalier ou les Fanatiques des Cévennes. — Le Colonel de Surville ; Godolphin-Arabian. Prix : 4 50

Tome 3e. — 1re PARTIE. — La Salamandre. — Atar-Gull. — Plik et Plok. — La Vigie de Koat-Ven. Prix : 4 50

Tome 3e. — 2e PARTIE. — La Coucaratcha. — Le Commandeur de Malte. — Le Morne-au-Diable. — Les Aventures de Hercule Hardi, Kardiki. Prix : 4 50

NOUVELLES ET ROMANS CHOISIS D'ÉLIE BERTHET.

Tome 1er. — 1re PARTIE. — Le Colporteur, le Val d'Andorre, la Croix de l'affût. — La Maison murée, le Pacte de famine, une Passion, le Dernier alchimiste, la Tour Ezlim, le Chasseur de marmottes. — Le Roi des ménétriers. — Le Nid de cigognes. — La Mine d'or. Prix : 4 fr. 50

Tome 1er. — 2e PARTIE. — L'Étang de Précigny. — Richard le fauconnier, la Ferme de l'Oseraie. — La Belle drapière, le Château d'Auvergne. — Le Réfractaire, le Cadet de Normandie. Prix : 4 50

Tome 2e. — 1re PARTIE. — Bastide Rouge, la Roche Tremblante. — Mystères de la Famille. — Spectre de Châtillon. — Braconnier, Château de Montbrun. Prix : 4 50

Tome 2e. — 2e PARTIE. — Le dernier Irlandais. — Le Vallon suisse. — Une Maison de Paris. — La Marquise de Norville, la Nièce du Notaire, la Convulsionnaire, le Père Xavier, le Marquis de Beaulieu, les deux Mourans. Prix : 4 50

Tome 3e. — 1re PARTIE. — L'Oiseau du désert, Le Douanier de Mer, Le Juré. Prix : 4 fr. 50

NOUVELLES ET ROMANS CHOISIS D'A. DE LAVERGNE.

Tome 1er. — 1re PARTIE. — La Recherche de l'inconnue. — La Famille de Marsal. — L'Aîné de la famille. — Un Gentilhomme d'aujourd'hui. Prix : 4 50

Tome 1er. — 2e PARTIE. — La Duchesse de Mazarin. — La Circassienne. — La Pension bourgeoise, le Chevalier du silence, le Comte de Mansfeldt, le Secret de la confession. Le Cadet de famille. Prix : 4 [illegible]

Tome 2e. — 1re PARTIE. — La Princesse des Ursins. — Il faut que jeunesse se passe. — Les Trois aveugles, le Dernier seigneur de village. — La Marquise de Contades, le Livre du mesouar, la Course au clocher, Brancas le Rêveur, — Le Château de la Brosse-Saint-Ouen, la Dernière hymne de Santeuil, Anne d'Arcona, Hannah Glenmore, le Brasero. Prix : 4 [illegible]

Tome 2e. — 2e PARTIE. — Le Lieutenant Robert. — Ruines historiques de France. — L'[illegible] — Pauline Butler. — Les Suites d'une Passion, le [illegible] mort de Grenade, la Force, [illegible] jeune Boufflers. Prix : 4 fr.

Le Veau d'Or, F. SOULIÉ et LÉO LESPÈS. Prix : 4 [illegible]

Esaü le lépreux, E. GONZALÈS. Prix : 4 [illegible]

Les Géants de la mer, DE LA LANDELLE. Prix : 4 [illegible]

Troisième Catégorie.

EUGÈNE SUE. — L'Orgueil, 2 fr. 50. — L'Envie, la Colère, 2 fr. 50.

ÉLIE BERTHET. — Les Catacombes de Paris, 2 50. — Les Émigrans, 2 50. — L'Homme des bois, 2 fr. 50. — La Marquise de Norville, la Nièce du Notaire, la Convulsionnaire, le Père Xavier, le Marquis de Beaulieu, les deux Mourans, 2 50. — Le Gentilhomme verrier, 2 50. — Le colon d'Algérie, 2 50.

PAUL FÉVAL. — Les Amours de Paris, 2 50. — Le Bossu, 2 50.

DE LA LANDELLE. — La Gorgone, 2 fr. 50. — Les Grands de Portugal, l'Usurier sentimental, 2 fr. 50.

L. GOZLAN. — Le Médecin du Pecq, 2 fr. 50.

Vte PONSON DU TERRAIL. — La jeunesse du roi Henri ; La Belle Argentière, 2 50 ; Le Serment des quatre valets, 2 50 ; La Reine des Barricades, 2 fr. 50.

CLÉMENCE ROBERT. — Les Mendiants de Paris, 2 fr. 50.

M. MASSON et A. LUCHET. — Thadéus le Ressuscité, 2 50.

MOLÉRI. — L'Or est une chimère, la Traite des blanches, Sans Famille, 2 fr. 50. — Les Petits drames bourgeois, 2 fr. 50.

OSCAR COMETTANT. — Le Nouveau monde, 2 fr. 50. — En Amérique, en France et ailleurs 2 fr. 50.

WALTER SCOTT (trad. Victor Perceval). — Ivanhoe, 2 fr. 50.

PIERCE EGAN. — Robin Hood par V. Perceval, 2 fr. 50.

E. GONZALÈS. — Le Chasseur d'hommes, 2 50. — Les Mémoires d'un Ange, 2 50. — Amours du Vert-Galant, Mignonne du roi, Princesse russe, Serment de la veuve, Giangurgolo, Jacqueline, Épave, Jardins de Monaco, 2 [illegible] 50.

A. DE LAVERGNE. — Famille de Marsal, 2 fr. 50. — Pension bourgeoise, Chevalier du silence, Comte de Mansfeldt, Secret de la confession, 2 fr. 50. Lieutenant R[illegible] 2 fr. 50.

L. NOIR. — Les Martyrs de la Pologne, 2 fr. 50. — Souvenirs d'un simple Zouave, 2 fr. 50. — Jacques la Hache, 2 [illegible]

M.-L. GAGNEUR. — Le Calvaire des Femmes, 2 fr. [illegible]

FULGENCE GIRARD. — Sur nos Grèves, Giulia Falcom, 2 [illegible] — Chroniques de la marine française (République). — Chroniques de la marine française (Empire), 2 [illegible]

E. ENAULT. — Comment on aime, 2 50. — Enfant trouvé, 2 [illegible]

JULES CLARETIE. — Les Muscadins, 2 [illegible]

HECTOR MALOT. — Un Mariage sous le second empire, 2 [illegible] — Une Belle-Mère, 2 fr. 50. [illegible]

ANDRÉ LÉO. — Le père Bratort, 2 fr. 50. — La grande illusion des petits bourgeois, 2 fr. 50.

Quatrième Catégorie

ÉLIE BERTHET. — Le Colporteur, le Val d'Andorre, la Croix de l'affût, 1 fr. 20. — La Maison murée, le Pacte de famine, une Passion, le Dernier alchimiste, la Tour Ezlim, le Chasseur de marmottes, 1 fr. 20. — Le Roi des ménétriers, 1 fr. 20. — Le Nid de cigognes, 1 fr. 20. — La Mine d'or, 1 fr. 20. — L'Étang de Précigny, 1 fr. 20. — Richard le fauconnier, la Ferme de l'Oseraie, 1 fr. 20. — La Belle drapière, le Château d'Auvergne, 1 fr. 20. — Le Réfractaire, le Cadet de Normandie, 1 fr. 20. — La Dryade de Clairefont, 1 fr. 20. — La Bastide Rouge, la Roche Tremblante, 1 fr. 20. — Les Mystères de la famille, 1 fr. 20. — Le Spectre de Châtillon, 1 fr. 20. — Le Braconnier, le Château de Montbrun, 1 fr. 20. — Le Dernier Irlandais, 1 fr. 20. — Le Vallon suisse, 1 fr. 20. — Une Maison de Paris, 1 fr. 20. — La Double vue, 1 fr. 20. — La Tour du Télégraphe, 1 20. — L'Oiseau du désert, 1 fr. 20. — Le Douanier de Mer, 1 20. — Le Juré, 1 20. — Les Crimes inconnus, 1 20.

EUGÈNE SUE. — La Luxure, la Paresse, 1 fr. 20. — L'Avarice la Gourmandise, 1 fr. 20.

LÉON GOZLAN. — Dragon rouge, 1 fr 20. — Le Faubourg mystérieux, 1 fr 20

E. GONZALÈS. — Les Frères de la Côte, 1 fr. 20. — La Belle novice, 1 fr. 20. — Les Proscrits de Sicile, 1 fr. 20. — La Ve[illegible] 1 fr. 20. — Les Sabotiers de la forêt Noire, 1 fr. 20. — Les Sept baisers de Buckingham, 1 fr. 20.

— Les Trois fiancées, 1 fr. 20. — L'Hôtesse du connétable 1 fr. 20. — L'Épée de Suzanne, 1 fr. 20.

A. LUCHET. — Frère et Sœur, 1 fr. 20 — Souvenirs de Fontainebleau, 1 fr. 20.

P. FERNEY. — Hermione Sénéchal, Hélène Raynal, 1 fr. 20

DE LA LANDELLE. — Une Haine à bord, 1 fr. 20. — Jean Bart et Charles Keyser, 1 fr. 20. — Le plus heureux des femmes, 1 fr. 20. — L'École de la vie, 1 fr. 20.

LÉONIE D'AUNET. — Une Vengeance, 1 fr. 20.

FULGENCE GIRARD. — Un Corsaire sous l'Empire, 1 fr. 20. — Marcelline Vauvert, 1 fr. 20.

MOLÉRI. — Le Marquis de Moncelar ou un Gentilhomme d'autrefois, Madame Leblanc, 1 fr. 20. — Bernard le potier de terre, Étienne Giraud, 1 fr. 20. — La Famille Guilleumme, Suzanne, 1 fr. 20. — La Terre promise, Jambo, un don Juan sur le retour, Partie et Revanche, 1 fr. 20.

ALEXANDRE DE LAVERGNE. — La Recherche de l'inconnue, 1 20. — L'Aîné de la famille, 1 20. — Un Gentilhomme d'aujourd'hui, 1 20. — La Duchesse de Mazarin, 1 20. — La Circassienne, 1 20. — Le Cadet de famille, 1 20. — La Princesse des Ursins, 1 20. — Il faut que jeunesse se passe, 1 20. — Les Trois aveugles, le Dernier seigneur de village 1 20.

La Marquise de Contades, le Livre du mesouar, la Course au clocher, Brancas le Rêveur, 1 fr. 20. — Le Château de la Brosse-Saint-Ouen, la Dernière hymne de Santeuil, Anne d'Arcona, Hannah Glenmore, le Brasero, 1 fr 20. — Ruines historiques de France, 1 fr. 20. — L'Or de Poitrine, 1 fr. [illegible] — Pauline Butler, etc., 1 fr. 20.

ALFRED MICHIELS. — Les Chasseurs de chamois, 1 [illegible] — Contes d'une nuit d'hiver, 1 20. — Contes des montagnes, 1 fr. 20.

CASIMIR BLANC. — Jeanne de Valbelle, 1 fr. 20.

LOUIS NOIR. — Le Brouillard sanglant, 1 fr. 20. — Campagne du Mexique, 1 fr. 20.

G. CHADEUIL. — Le Curé du Pecq, Jean Lebon, 1 [illegible]

V. PERCEVAL. — La Contessina 1 fr. 20. — L. Dieu et V. PERCEVAL, Une femme dangereuse, 1 fr. 20.

Vte PONSON DU TERRAIL. — Le beau Galaor, 1 fr. [illegible] La seconde jeunesse du roi Henri, 1 fr. 20.

J.-M. VILBORT. — Les Cyniques, etc., 1 fr. 20.

ÉTIENNE ENAULT. — Histoire d'une conscience, 1 [illegible] Mademoiselle de Champrosay 1 fr. 20.

ALFRED ASSOLANT. — Léa, 1 fr. 20.

ÉMILE ZOLA. — La Conquête de Plassans, 1 fr. 20.

Paris. — Imprimerie J. Voisvenel 16, rue Chauchat.

www.ingramcontent.com/pod-product-compliance
Ingram Content Group UK Ltd.
Pitfield, Milton Keynes, MK11 3LW, UK
UKHW020413230726
13925UKWH00004B/1391